Ayesha Harruna Attah
Die Frauen von Salaga

Zum Buch

Salaga, Ende des 19. Jahrhunderts. Politik, Schießen und Reiten – das sind Wurches Leidenschaften. Als Tochter des Herrschers über Salaga würde sie gern wie ihre Brüder Einfluss auf die Geschicke der Stadt nehmen. Doch alles, was sie beitragen darf, ist, einen wichtigen Verbündeten ihres Vaters zu heiraten. So oft sie kann, entflieht die frisch vermählte Wurche ihrem Mann und reitet in die Stadt. Dort begegnet sie dem Sklaventreiber Moro und beginnt eine heimliche Affäre mit weit reichenden Konsequenzen.

Aminah träumt davon, wie ihr Vater das Schusterhandwerk zu lernen und mit den Karawanen in die umliegenden Städte zu ziehen, um sie dort feilzubieten – so ungewöhnlich dies für eine Frau auch wäre. Doch ihre Zukunftspläne werden jäh zerstört, als Sklavenhändler ihr Oasendorf überfallen und die Bewohner in die Wüste treiben. Die plötzliche Schicksalswendung raubt Aminah jede Hoffnung. Als Sklavin eines Gutsherrn übersteht sie zwei harte Jahre. Dann wird sie auf dem Sklavenmarkt von Salaga erneut zum Verkauf angeboten – und trifft auf Wurche.

Zur Autorin

Ayesha Harruna Attah wurde in Ghana geboren, studierte in den USA u. a. an der Columbia University und der NYU und lebt heute im Senegal. Ihr Roman *Die Frauen von Salaga* ist von dem Schicksal ihrer Ururgroßmutter inspiriert.

AYESHA HARRUNA ATTAH

DIE FRAUEN VON SALAGA

Roman

Aus dem Englischen von
Christiane Burkhardt

DIANA

Sollte diese Publikation Links auf Webseiten Dritter enthalten,
so übernehmen wir für deren Inhalte keine Haftung,
da wir uns diese nicht zu eigen machen, sondern lediglich
auf deren Stand zum Zeitpunkt der Erstveröffentlichung verweisen.

Von Ayesha Harruna Attah sind im Diana Verlag erschienen:
Die Frauen von Salaga
Tiefe Wasser zwischen uns

Penguin Random House Verlagsgruppe FSC® N001967

Taschenbucherstausgabe 12/2021
Copyright © 2018 Ayesha Harruna Attah
Die Originalausgabe erschien 2018 unter dem Titel
The Hundred Wells of Salaga bei Cassava Republic Press, Abuja/London.
Copyright © 2019 der deutschsprachigen Ausgabe
und © 2021 dieser Ausgabe by Diana Verlag, München,
in der Penguin Random House Verlagsgruppe GmbH,
Neumarkter Straße 28, 81673 München
Redaktion: Antje Steinhäuser
Umschlaggestaltung: geviert.com, Andrea Hollerieth
Umschlagmotiv: © plainpicture / Moa Karlberg –
aus der Kollektion Rauschen, © shutterstock, SF Stock
Satz: GGP Media GmbH, Pößneck
Druck und Bindung: GGP Media GmbH, Pößneck
Alle Rechte vorbehalten
Printed in Germany
ISBN 978-3-453-36078-5

www.diana-verlag.de

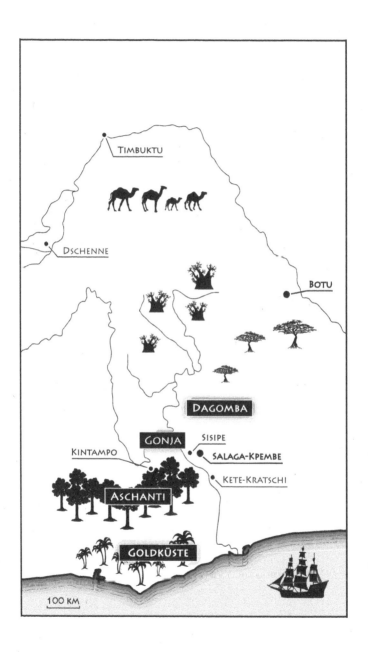

*Ein Clan reich an Mitgliedern
ist auch reich an Kraft.*

– Sprichwort der Gurma –

Aminah

Die Karawanen konnten bei Tagesanbruch eintreffen. Die Karawanen konnten eintreffen, wenn die Sonne am höchsten stand. Die Karawanen konnten auch gegen Mitternacht eintreffen, wenn die ganze Welt in samtenes Blau gehüllt war. Fest stand nur, dass die Sokoto-Karawanen weit vor Ende der Trockenzeit eintreffen würden. Nicht so dieses Mal: Seit Wochen waren sich Aminah und die übrigen Einwohner von Botu nicht einmal mehr sicher, ob die Karawanen überhaupt noch eintreffen würden. Auch wenn sich die dunklen Wolken nach wie vor nicht abgeregnet hatten, zuckte in der Ferne ein Blitz über den Himmel, und es donnerte. Das Gras stand bereits hoch. Außerdem hieß es, Reiter seien im Anzug, die alles dem Erdboden gleichmachten. Reiter, die die Karawanserei in die Flucht schlugen. Reiter, die Menschen raubten. Das war gar kein gutes Zeichen. Aminahs Vater musste nach Dschenne, um Schuhe zu verkaufen. Und Aminahs Familie die von ihr erzeugten Lebensmittel an den Mann bringen.

Eine Woche bevor der Regen kam – Aminah bereitete

gerade das Abendessen zu –, hörte sie die Trommeln. Sie ließ die Zwiebeln fallen, dankte ihrem Gott Otienu, dass er sie vor Unglück bewahrt hatte, und eilte in die Hütte ihrer Mutter zu ihren Zwillingsschwestern. Die Mädchen beeilten sich, einer ganzen Schar von Dorfschwestern und Dorfbrüdern zu folgen, die Willkommensgesänge schmetterten. Sie konnten ihre eigenen Lieder allerdings kaum verstehen, weil sie von den Trommeln der Karawane übertönt wurden. Aminah und die Zwillinge zwängten sich durch die Menge, um weiter nach vorn zu gelangen.

Kamele und ihre Reiter zogen vorbei, bewegten sich fast im Gleichschritt zum Rhythmus der Trommeln, gefolgt von Frauen, die riesige, wolkenförmige Bündel auf den Köpfen balancierten. Ihre Nachhut wurde von Eseln gebildet, bepackt mit turmhohen Lasten. Dann kamen die Träger, Mitleid erregende Männer und Frauen, die unter schweren Körben und Töpfen gebückt gingen – in nichts als Stoffstreifen gehüllt, die ihre Genitalien bedeckten. Hassana, die ältere der Zwillinge, zeigte aufgeregt auf eine Gestalt in der Ferne, die alle anderen in dieser endlosen Prozession zu überragen schien. Der Madugu! Aminahs Herz hüpfte vor Aufregung. Der Karawanenführer, eine majestätische Gestalt auf einem riesigen Pferd, hob die Hand, um die Menge zu grüßen. Wenn er vorüberzog, schien die Erde zu beben. Das lag an seiner Kleidung, an seinem Pferd, an seinen eleganten Bewegungen – daran, dass er Orte auf der Welt gesehen hatte, an denen niemand von ihnen je gewesen war. Das lag an seiner Macht. Er war der Höhepunkt der Karawane. Den Schlusspunkt bildeten zerlumpte Jungen, die auf Kalebassen eintrommelten und Geld von denen erbettelten, die bereit waren, ihnen welches zu geben. Ihr Anblick stimmte Aminah traurig. Als die Menge die Bettler sah, drängte sie nach vorn, um auf Höhe des Madugu zu bleiben. So als würde allein durch seinen Anblick etwas von seiner Pracht auf sie übergehen. Die Luft war von Regen, herbem Viehgeruch, Gewürzen und dem Duft brodelnder Suppen erfüllt. Als sich der Abendhimmel rosa verfärbte, wuchs die Erregung der Menge.

»Macht Platz für das Oberhaupt aus Botu, macht Platz für Obado«, sagte eine Stimme, die nur Eeyah, Aminahs Großmutter, gehören konnte.

Eeyah und ihre Griottes, die anderen Sängerinnen, hatten sich so dicht um Obado geschart, dass er kaum noch zu erkennen war. Aminah stellte sich seinen flatternden Kaftan, seine schief sitzende Kappe, seine ernste Miene und seine kurzen Arme vor, mit denen er selbstgefällig wackelte. Als Obado dann auftauchte, trug er zwar einen Kaftan, aber keine Kappe. Er setzte sich an die Spitze des Zuges, den großen Lederbeutel quer vor seinem kleinen beleibten Körper, zum Zeichen, dass er gekommen war, um Geld einzutreiben.

Der Madugu lenkte sein Pferd zu Obado, um über den Karawanenzoll zu verhandeln. Der von der Sokoto-Karawane geforderte war höher als der aller anderen Karawanen zusammen. Er war auch am schwierigsten auszuhandeln. Einmal war die Karawane über eine Woche in

Botu geblieben, weil sich der Madugu und Obado nicht hatten einigen können.

Mit seinen Gewändern in satten Blaulilatönen, seinem weißen Turban und seiner dunkel schimmernden Haut federte der Madugu bei jedem Trommelschlag nach links und nach rechts, und seine geballte Faust schien die Luft über seinem Kopf mit jedem Schritt seines Pferdes regelrecht zu punktieren. Aminah fragte sich, wie es sich wohl anfühlte, so viel Macht zu besitzen. Sie sorgte dafür, dass er sich auf eine Art in seiner Haut wohlfühlte, die Obado abging. Aber das war auch kein Wunder: Er führte Tausende von Reisenden an, während Botu nur ein paar Hundert Einwohner besaß.

Als der Madugu von seinem Pferd sprang und sich vor Obado aufbaute, wirkte Botus Anführer – der Mann, zu dem die Leute gingen, damit er für Frieden sorgte – wie ein kleines Kind. Das Getrommel erreichte einen Höhepunkt und wurde anschließend leiser.

Die beiden Männer umarmten sich, und der Madugu beugte sich vor, um mit Obado zu reden. Gleichzeitig wies er seine Leute an, die Karawane in den Zongo, den von Muslimen gegründeten Stadtteil, zu führen. Gemeinsam gingen sie zu Obados Haus, gefolgt von Eeyah und ihren Griottes, die mit hohen Stimmen ein Loblied auf den Madugu und Obado sangen.

Aminah zerrte die Zwillinge nach Hause. Na würde bestimmt verärgert sein, weil die Mädchen nicht schon gekocht und damit begonnen hatten, der Karawane Essen zu verkaufen.

Aminah sah zu, wie sich ein Klumpen Sheabutter zu goldenem Öl verflüssigte – in Gedanken nach wie vor bei der Karawane, beim Madugu. Eeyah hatte ihr einmal gesagt, dass er zwanzig Frauen habe und stets nach neuen Ausschau halte. Als sie das ihren Freundinnen erzählte, wollten die ihm absichtlich über den Weg laufen ... und seine einundzwanzigste Frau werden. Doch was war daran eigentlich so erstrebenswert? Aminah stellte sich lieber vor, zu Kamel oder zu Pferd mit einem Sack Schuhe auf Reisen zu gehen, dieselbe Arbeit zu machen wie Baba, also etwas von Hand herzustellen, um es dann auf weiten Reisen zu verkaufen. Das Öl bildete Blasen und spritzte, gab sein nussiges Aroma ab. Aminah stützte den Kopf in die Hände und starrte ins Öl. Keine Frau in Botu stellte Schuhe her. Frauen arbeiteten ausschließlich auf dem Feld. Sie musste mit Baba reden. Was, wenn sie Schuhe nähte?

Ein Schlag traf ihren Hinterkopf, und sie zuckte zusammen. Das war bestimmt Na, ihre Mutter, die Aminahs Tagträumerei nicht leiden konnte. Oder Eeyah, die sie gerne erschreckte. Aminah drehte sich um und fing Issa-Nas kühlen Blick auf. Die Augen der Frau waren von einem durchbohrenden Weiß, ihr wie Stacheln vom Kopf abstehendes Haar mit Bändern verflochten. Stachelschweine tauchten vor Aminahs innerem Auge auf, sobald sie Issa-Na sah. Sie war nur die Zweitfrau, was sie mit Verbitterung erfüllte. Mehr brauchte Aminah gar nicht, um zu wissen, dass es alles andere als wünschenswert war, zur einundzwanzigsten Frau genommen zu werden.

Aminah sah ihre Stiefmutter an, die auch Issas Mutter war, die ihres einzigen Bruders. Sie versuchte, ihre Gesichtszüge zu kontrollieren, um so respektvoll wie möglich zu wirken.

»Du wirst die Maasa noch verbrennen«, sagte Issa-Na. »Es gibt nichts Schlimmeres als verbrannte Maasa.«

Die Frau hatte recht. Das Sheaöl warf am Rand schwarze Blasen. Aminah nahm den Topf vom Feuer. Issa-Na machte auf dem Absatz kehrt und verließ die Küche, noch bevor Aminah sich bei ihr bedanken konnte.

Aminah stellte den Topf zurück aufs Feuer und formte Bällchen aus dem Reis-Hirseteig. Als sie sie ins Öl gab, wurde sie ganz aufgeregt. Die Maasa nahmen eine goldbraune Färbung an. Man wusste nie, was die Karawanen so brachten. In ein breites Messinggefäß stellte sie einen großen Topf mit Hirsebrei, Honig und Kefir sowie mehrere Kalebassenhälften. Die Maasa kamen auf ein kleineres Tablett. Anschließend trug sie alles nach draußen, wo Na, eingehüllt in Dampf, der aus einem riesigen Topf aufstieg, in ihrem Tuo rührte. Nas Tuo war beliebt, weil er so schön locker war. Das Geheimnis ihres Familienrezepts bestand darin, Reismehl in den Hirseteig zu geben.

Na rief sie zu sich. »Hab ich richtig gesehen, dass dich diese Frau geschlagen hat?«

Aminah nickte langsam. Der Schlag hatte sie nur zusammenzucken lassen – wehgetan hatte er nicht. Und so gemein Issa-Na auch zu ihr war, sie wollte ihr keinen Ärger machen. »Das Öl wäre beinahe verbrannt.«

»Das nächste Mal gibst du ihr keinen Grund, dich anzurühren«, sagte Na.

Na behauptete, dass Issa-Na fast immer ihren Willen bekäme, weil ihre Haut weißer war. Und auch, dass man den Leuten vor langer Zeit die dumme Idee in den Kopf gesetzt hätte, je heller die Hautfarbe, desto besser. Darüber hinaus sagte sie, dass Issa-Na halb gar aussehe und man Aminah in einer idealen Welt schöner fände als Issa-Na. Nicht ohne hinzuzufügen: »Aber Schönheit kann man nicht essen.«

Na starrte auf Issa-Nas Hütte und schaute dann wieder zu Aminah. »Worauf wartest du noch? Die Karawanenmitglieder haben Hunger. Los, beeil dich!«

Aminah zog die Zwillinge vom Gehöft. Die Mädchen begrüßten betagte Frauen, die sich zu alt fanden, um noch an dem Trubel teilzunehmen, aber auch keinen Klatsch verpassen wollten und deshalb ihre Hocker unweit des Zongo aufgestellt hatten.

Als es Abend wurde, waren die Zelte bereits aufgebaut und versprachen Bequemlichkeit – ganz so als hätten sie schon immer hier gestanden. Weitere Niederlassungen nahmen erst noch Gestalt an, während Karawanenmitglieder und Männer aus Botu hohes Gras schnitten. Andere holten Sand und Lehm vom Wasserloch und formten Blöcke daraus. Einige Frauen brachen Zweige ab, wieder andere flochten Wände aus Gras. Aus dem Zongo war ein Jahrmarkt geworden. Feuer knisterten, und Trommeln wurden geschlagen. Es roch nach Rauch, Fleisch und Alkohol. Aminah wollte, dass Na stolz auf sie war, sie wollte alles verkaufen, was sie dabeihatten. Aber als sie ihr Ziel erreichten, war jeder verfügbare Platz bereits von anderen Verkäufern besetzt. Da blieb ihnen nichts anderes übrig, als umherzulaufen und ihr Essen feilzubieten. Aminah teilte es auf, gab Hassana die Maasa und dem jüngeren Zwilling, Husseina, den Kefir. Sie selbst trug den Brei.

»*Maasakokodanono*«, sangen die Zwillinge, die Eeyahs musikalisches Talent geerbt hatten. »*Maasakokodanono.*«

Schmale Pfade trennten die Zelte voneinander. Überall auf dem Boden waren Tierknochen, Stofffetzen, Essensreste, kaputte Töpfe, Haarbüschel und Pfützen von irgendwelchen Flüssigkeiten. Vor einem der Zelte wurde Aminah von einer Frau wiedererkannt, die sagte, sie freue sich schon seit ihrer letzten Reise aus Kano darauf, ihre Maasa zu essen. Sie sprach Hausa, die Sprache der Karawanen, und nicht Gurma, die Sprache von Botu. Aminah fragte sich, wie es wohl in Kano aussah. War es genauso klein wie Botu? Oder so wie Baba Dschenne beschrieb: eine Stadt aus Lehmhäusern, mit Straßen, in denen man sich verlaufen konnte. Eine Stadt, die zwei Flussarme säumten. Eine Stadt mit einer Moschee, die weit in den Himmel ragte – groß genug, um Tausende von Gläubigen zu beherbergen. Ihre Gedanken eilten zu anderen Städten, in denen Baba gewesen war, um seine Schuhe zu verkaufen: Timbuktu, Salaga. Kano hatte er noch nie besucht.

Die Frau seufzte und riss Aminah aus ihrer Träumerei. Die Zwillinge waren bereits weitergegangen, weshalb sie der Frau dankte, Hassana und Husseina zu sich rief und sich gemeinsam mit ihnen weiter durch den Zongo schlängelte. Manche Reisende boten Waren feil, während andere ihre schmutzigen Füße auf Matten ausgestreckt und sich gleich schlafen gelegt hatten. Bei einem Zelt erregten Hunderte von funkelnden Lichtern Aminahs Aufmerksamkeit. Es war ein Verkaufsstand mit Spiegeln in allen Größen, manche davon genauso groß wie sie, andere so klein, dass sie gerade einmal ihr Gesicht darin betrachten konnte. Es kam nicht alle Tage vor, dass sie ihr Spiegelbild sah, und der Besitzer war nirgendwo zu entdecken. Deshalb stellte sie ihren Brei ab und warf einen kurzen Blick in einen kleinen silbernen Spiegel mit Elfenbeingriff, in den blühende Weinreben geschnitzt waren. Sein Rahmen zeigte zwei furchterregende, echsenartige Tiere mit ovalen Augen, schuppigen Körpern und zahlreichen ineinander verschränkten Gliedmaßen. Sie folgte dem Lockruf des Spiegels. Ihr Spiegelbild sah sie nur zu solch besonderen Anlässen im Dorf. Einzig und allein Obados Frau besaß einen Spiegel. Alle Dorfbewohner fanden sich vor ihrer Hütte ein, um sich das Haar und das Gesicht zurechtzumachen, bevor es zur Zeremonie ging. Aminah musterte ihre dichten Brauen, ihr überall vom Kopf abstehendes Haar. Ihre Nase war klein und wurde breiter, wenn sie die Nasenflügel weitete. Sie wollte gerade die Zunge herausstrecken, als sie im Spiegel jemanden hinter sich stehen sah. Fast hätte sie laut aufgeschrien. Das Herz rutschte ihr in die Kniekehlen. Doch ihre Mutter hatte ihr beigebracht, in der Öffentlichkeit niemals Angst zu zeigen. Sie drehte sich um und sah sich einem alten Mann gegenüber, dessen Haar die Farbe schwerer Regenwolken hatte.

»Wie ich sehe, gefallen dir meine Spiegel«, sagte er. Seine Augen erinnern Aminah an ihren Vater, ein freundlicher, fleißiger Mann.

»Entschuldigung ...«

»An manchen Orten sagt man, dass einem der Spiegel die Seele raubt, wenn man zu lange hineinschaut«, ließ er sie wissen. »An anderen, dass man eitel wird, wenn man sich über Gebühr darin bewundert. Wer hat recht?«

Aminah sah sich um, um sich zu vergewissern, ob er jemand anders ansprach. Jemand, der sich mit Rätseln auskannte.

»Na, was glaubst du?«

Plötzlich fielen ihr die Zwillinge wieder ein. Sie hatte ganz vergessen, dass sie gemeinsam aufgebrochen waren.

»Es tut mir leid.« Sie bückte sich nach ihrem Topf mit dem Brei. Wenn sie ihre Schwestern verlor – was sollte sie dann bloß ihren Eltern sagen?

Sie schlängelte sich drei Mal durch den Zongo, bevor sie mehreren Männern mit Turban begegnete, die um ein Feuer saßen und lachten, als hätten sie keinerlei Sorgen. Neben ihnen hockten die Zwillinge auf einer Bastmatte vor einem Berg aus Holzpuppen, die mit Perlen und Kaurimuscheln in allen Regenbogenfarben verziert waren. Als sie auf sie zuging, hörte einer der Turban-Männer auf zu reden, musterte sie und hob dann seine beringte Hand, um sie herbeizuwinken. Sämtliche Härchen an ihrem

Unterarm stellten sich auf, und sie warf einen flüchtigen Blick auf die Zwillinge, die ganz in den Anblick der Puppen vertieft waren. Aminah war sich sicher, dass sie dem Mann rasch etwas verkaufen und ihre Schwestern anschließend wieder einsammeln konnte. Sie war hier, um Essen feilzubieten, ermahnte sie sich, und das war ein potenzieller Kunde. Sie ging zu ihm.

»Was verkaufst du, Schönheit?«, fragte der Mann. Er lächelte, und seine Zähne funkelten weiß. Die von seinem türkisfarbenen Turban verschatteten Augen ruhten weiterhin auf ihr. Er schien permanent zu grinsen.

»Maasa, Kefir und Hirsebrei.«

»*Meine* Mutter macht den besten Hirsebrei. Mal gucken, ob deiner mithalten kann.«

Aminah stellte ihren Topf ab, aber die Hände zitterten so sehr, dass der Mann sie am Handgelenk packte und sanft, aber bestimmt zu sich hinabzog.

»Entspann dich«, flüsterte er und rief dann: »Wer will vom Brei dieser Schönheit kosten?«

Alle Männer wollten das. Aminah begann, denjenigen zu bedienen, der sie herbeigewinkt hatte, aber er zeigte auf die anderen, wies sie an, sich zuerst um seine Freunde zu kümmern und sich ihn für den Schluss aufzuheben. Das lodernde Feuer sorgte dafür, dass ihr ganz heiß wurde, dass ihr Herz raste, dass ihr der Schweiß ausbrach und ihr schwindlig wurde. Sie sah zu den Zwillingen hinüber, die nach wie vor mit den Puppen spielten. Dabei kleckerte sie Brei auf das weiße Gewand eines Mannes. Als sie entsetzt auf den Fleck starrte, fuhr er mit einem anderen Teil des Gewands darüber und scheuchte sie fort. Sie bediente alle, nahm ihre Kaurimuscheln und kehrte dann zu dem Mann mit dem türkisfarbenen Turban zurück. Als sie seine Portion Brei in eine Kalebasse goss, spürte sie seinen Blick. Sie gab sie ihm.

»Setz dich zu mir, Schönheit.«

Er hatte ihr einige Kunden verschafft, und sie musste ihre Schalen wieder einsammeln, deshalb gab sie nach. Sie setzte sich und versuchte, sich ihre Angst nicht anmerken zu lassen. Wieder sah sie sich nach den Zwillingen um. Die hatten sie noch nicht mal bemerkt. Der Mann legte seinen sehnigen Arm um Aminahs Taille und zog sie an sich. Er war klein, aber kräftig und schlürfte seinen Brei, während seine Freunde aßen und plauderten.

»Da bin ich anderer Meinung: Babatus Krieger handeln unüberlegt«, rief einer. »Es gibt Menschen, die für ein Sklavendasein geschaffen sind, und solche, die man lieber in Ruhe lassen sollte. Doch diese Männer stellen jedem nach. Ganz gleich ob man von hoher oder niedriger Geburt ist – vor ihren Raubzügen ist niemand gefeit. Außerdem bringen sie alle Reiter in Verruf.«

»Entspann dich, Mus«, sagte der Mann, der Aminah herbeigerufen hatte, und lachte. Dabei zeigte er sämtliche Zähne. »Babatu und seine Krieger sind auf uns angewiesen. Wenn er und seine Sklavenräuber anfangen, Kaufleute anzugreifen – woher wollen sie dann ihre Waren beziehen? Wir sind ihr Bindeglied zu den Europäern und ihren Erzeugnissen. Außerdem: Wie viele Menschen kaufen jetzt noch Sklaven, wo die Europäer sagen, dass sie die Sklaverei verboten haben?«

»Er hat recht«, meinte ein anderer. »Doch es gibt noch genug Europäer, die Sklaven wollen.«

»Fast alle meine Träger sind von Babatus Soldaten gefangen genommen worden«, sagte ein Dritter.

Der Mann neben Aminah krümmte seinen Zeigefinger, an dem ein genoppter Silberring steckte, und nahm einen letzten Klumpen Brei aus der Kalebasse. Sie wartete auf sein Urteil, in der Hoffnung, anschließend gehen zu können.

»Wie heißt du?«, fragte er.

»Aminah.«

»Schöne Königin Aminah!« Wieder strahlte er sie an, was sie allerdings keineswegs beruhigte.

»Hat der Brei geschmeckt?«, fragte sie.

Er legte seine Hand auf ihren Schenkel, und seine Fingerkuppen ruhten auf ihr wie Füße, die Halt auf ungewohntem Gelände suchen: erst »auf Zehenspitzen«, dann mit ihrem vollen Gewicht. Mit Daumen und Zeigefinger nahm er das Tuch, das ihre Schenkel bedeckte, und fand den Schlitz, woraufhin sein Daumen Hautkontakt bekam. Er beschrieb kleine Kreise damit. Wärme breitete sich aus und drohte höher zu steigen, aber sie zwang die Hitze, unter seinen Fingern zu bleiben. Sie verstand nicht, warum ihr Körper sein Tun genoss, obwohl es sich verboten anfühlte. Seine Finger wanderten immer weiter ihre Schenkel hinauf. Seine Freunde unterhielten sich und bekamen nichts davon mit oder ließen es sich zumindest nicht anmerken. Sie konzentrierte sich auf den auf und ab gleitenden Stoff, während er seine Hand bewegte. Sein Gesicht kam näher, und sein heißer Atem war nur noch wenige Zentimeter von ihr entfernt.

»Ich sag dir etwas zu deinem Brei, wenn wir kurz woanders hingehen«, flüsterte er.

Seine Hand fuhr ihren Schenkel hinauf, und seine Finger standen kurz davor, ihre Scham zu berühren, als sie aufsprang. Sie packte seine Schale und beeilte sich, die aufzusammeln, die noch auf dem Boden standen.

»Hassana, Husseina«, rief sie und eilte zu ihnen. »Los, nach Hause!«

Während sie auf die Zwillinge zuging, konnte sie die zitternden Hände kaum beruhigen.

»Schöne Aminah«, murmelte der Mann und lehnte sich zurück, wobei er sie nicht aus den Augen ließ.

»Können wir nicht noch ein wenig bleiben?«, flehte Hassana.

Aminah ging nicht weiter auf sie ein. Sie wollte sich am liebsten unsichtbar machen. Als sie sich ihren Weg aus dem Zongo hinausbahnte, sang, rauschte, zirpte, ächzte, pfiff, raschelte, tanzte und bog sich das Gras. Vor lauter Panik, was sich darin verbergen konnte – Leoparden, Schakale, Krokodile, Reiter, Männer mit Turban –, befahl sie den Zwillingen, den ganzen Heimweg im Eilschritt zurückzulegen.

Sie scheuchte sie in Nas Hütte und ließ die Töpfe und Kalebassen ungewaschen stehen. Na würde ihr die Unordnung bestimmt noch den ganzen nächsten Tag vorwerfen und sagen, dass Essensreste Ratten anlockten und Ratten Schlangen. Aber nach diesem Erlebnis von heute Abend würden Nas Worte die reinste Wohltat sein. Als sie auf die Hütte zuging, die sie sich mit Eeyah teilte, hörte sie ein Klirren: Etwas Metallenes war zu Boden gefallen. Baba. Immer ließ er etwas fallen. Sie ging zu ihm.

Ein kleines Feuer erhellte den Raum, umschlossen von der schönen Laterne mit gefächerter Krone und dem kunstvoll verschlungenen Drahtgeflecht, die der Schmied Baba geschenkt hatte.

»Wie findest du den hier?« Er hielt einen großen braunen Stiefel hoch, den er rot bestickt hatte. Er hatte schon besser gestickt, aber Aminah wurde immer ganz warm ums Herz, wenn er sie um ihre Meinung bat, und der Stiefel war wirklich ein Prachtstück.

»Schön.« Sie nahm auf dem einzigen Hocker Platz. »Baba, ich habe Angst«, sagte sie nach einer kurzen Pause.

»Warum?«

Das mit dem Turbanmann konnte sie ihm unmöglich erzählen – das konnte sie niemandem erzählen. Doch die belauschte Unterhaltung über Babatu und seine plündernden Reiter bot ihr genug Gesprächsstoff.

»Diese Reiter. Was, wenn sie kommen, während du fort bist?«

Baba schwieg. Nachdenkliche Stille machte sich breit – nicht die beklemmende, nervöse eines Menschen, der keine Stille erträgt. Diese Gelassenheit war typisch für ihn und schaffte es, alles gleich weniger bedrohlich wirken zu lassen. Baba hatte ein graues Tuch auf dem Boden ausgebreitet, darauf türmten sich seine Schuhe. Er griff nach einem Messer, schnitt ein loses Ende von einem Stiefel ab und legte ihn ebenfalls auf den Stapel.

»Wirklich in Sicherheit ist man nirgendwo«, sagte er nach einer Weile. »Aber wir können nicht ständig in Angst leben. Die Leute hören nicht auf, von den Reitern zu reden, als wären sie etwas ganz Neues. Und wenn es nicht die Reiter sind, dann irgendeine Krankheit oder Dürre. Es wird immer Unbekanntes auf uns warten. Und was die Reiter angeht: Das liegt an den Städten, in denen es Könige und Königinnen gibt. Aber in Botu, wo alle gleich sind, finden sich keine Sklaven. Nur dass Botu nicht mehr viele Einwohner hat. Alles, was wir tun können, ist, zu Otienu zu beten, dass er uns auch weiterhin Schutz gewährt. Pass bitte für mich auf deine Mütter auf. Du hast hier das Sagen, bis ich zurück bin, also träum nicht so viel.«

Seine schweren Lider senkten sich, und der Schatten der Laterne fiel darauf. Es war, als hätte Otienu all seinen Zügen Sanftheit verliehen.

Drei Tage später ging er fort, als wilde Trommelwirbel im Morgengrauen den Aufbruch der Karawane ankündigten. Aminah und die Zwillinge nahmen Abschied von ihm, mit ihren dünnen Ärmchen winkten sie ihm nach, bis Baba und sein Albino-Esel von der Menge verschluckt wurden. Wir werden unseren Alltag einfach fortsetzen, dachte Aminah, bis er in wenigen Monaten wieder zurück ist.

Wurche

Damit ihnen der Trubel Salagas nicht zu nahe kam, hatte die Dynastie der Zwillingsstadt Salaga-Kpembe verfügt, dass nur Mitglieder der königlichen Familie in Kpembe wohnen durften. Alle anderen lebten in Salaga. Aber für Wurche war Salaga so etwas wie die Suppen, die ihre Großmutter häufig zubereitete und in denen alle möglichen Fleisch- und Fischsorten durcheinanderkochten. In Salaga waren Mossi, Yoruba, Hausa, Dioula und Dagomba zu Hause. Bei ihren Besuchen bewunderte sie oft sehnsüchtig die europäischen Waffen, die von der Küste kamen. Die Pferde, die die Mossi mitgebracht hatten. Dann lauschte sie dem Geplänkel zwischen den Reitern, die ihre Waren loswerden wollten, und den Käufern, die es einfach nur liebten zu handeln. In Salaga gab es einfach alles. Etuto, ihr Vater, ging mit ihr oft zum Freitagsrennen. Doch Anfang der Woche hatte er ihre Brüder zu einem wichtigen Treffen mitgenommen, auf dem sie die anderen Chiefs von Kpembe kennenlernen sollten – in Kete-Kratschi, einer Stadt mit einem mächtigen Orakelpriester, der zu einem Mittler zwischen den umliegenden Reichen geworden war. So kam es, dass jetzt Wurche und ihre Großmutter, Mma Suma, die Familie in Abwesenheit der Männer repräsentierten. Die Frauen gingen zur Rennstrecke, vorbei an Sheabutterbäumen, deren Äste von den ovalen Körpern Tausender Störche besetzt waren. Die Frauen setzten ihren Weg fort, kamen an verfallenen Hütten und unzähligen Brunnen vorbei.

»Münzen aus aller Herren Länder!«

»Bestickte Lederschuhe!«

»Maasa, Maasa, Maasa!«

Am Eingang zur Rennstrecke tanzte ein Verrückter, während Männer breitrandige Trommeln schlugen – *padada padada padada* –, das Haar verfilzt, den gesamten Körper von Staub bedeckt. *Pa pa pa padada pa pa.* Er knetete seine Haut, ließ die Schultern zucken, zog langsam erst ein Knie an und dann das andere. *Pa pa pa.* Jede Muskelfaser seiner braunen Arme und Beine war in Aktion. Die Trommler schlugen auf die Häute ihrer Trommeln ein. *Pa pa pa padadaada.* Fiebriger Wahn blitzte in seinen Augen auf. Er schwankte nach links und nach rechts, sodass Wurche schon befürchtete, er würde stürzen.

Als Reiter auf ihren Pferden vorbeisausten, wurde die Rennstrecke in Staub gehüllt. Obwohl es herrlich war, nach Salaga zu kommen, konnte Wurche gut auf dieses Rennen verzichten, weil stets Shaibu gewann. Der Sohn des alten Kpembewura lag in Führung, sein graues Pferd war mit einer blausamtenen Satteldecke und dazu passender Haube geschmückt. Sie hob die Hand, um die anderen Reiter anzufeuern.

Mma kniff Wurche in die Armbeuge. »Genau das verhindert, dass du einen Mann findest.«

Die alten Frauen von Kpembe sagten, aus Wurche hätte eigentlich ein Junge werden müssen: Das Einzige, was ihr dazu noch fehle, sei dieses Ding zwischen den Beinen. Es hieß, sie habe winzige Kieselsteine statt Brüste und einen Po wie ein Brett. Etuto fand, Wurches zierliche Figur mache sie zu einer geborenen Rennreiterin. Trotzdem ließ er sie nie an den Freitagsrennen teilnehmen: Das gehöre sich einfach nicht. Die alten Frauen von Kpembe sagten auch, sie sei das Lieblingskind ihres Vaters, doch sie sah das anders. Er überlegte genau, was er ihr erlaubte und was nicht.

»Lächeln!«, befahl Mma. »Eine gerunzelte Stirn kleidet kein rundes Gesicht.«

»Das ist doch reine Zeitverschwendung. Ich sollte ebenfalls in Kete-Kratschi sein.«

»Dein Vater sagt, dass sich das für ein Mädchen nicht schickt, und er hat recht: Der Orakelpriester von Dente versteht keinen Spaß. Einst hat er die Aschanti zum Sieg geführt, indem er heftigen Regen gebracht hat. Er ist nicht Allah, aber er kann trotzdem für Regen sorgen, also gebührt ihm Respekt. Außerdem können die Unstimmigkeiten zwischen den Chiefs aus dem Ruder laufen, wenn der alte Kpembewura stirbt. Ich war noch ein kleines Mädchen, als der letzte Krieg ausbrach – nur weil sich die drei Königslinien nicht auf einen Nachfolger einigen konnten. Glaub mir, so etwas kommt immer wieder vor!«

Wurche hörte ihrer Großmutter kaum noch zu. Wenn sogar Dramani nach Kete-Kratschi gereist war, sollte sie auch dabei sein. Alles, was ihr Bruder konnte, konnte auch Wurche – vorausgesetzt, man gab ihr die Möglichkeit dazu. Mma hatte ihr einmal gesagt, dass Wurche vom Geist eines Mannes beseelt sei und Dramani von dem einer Frau. Mma glaubte, Wurches Mutter habe sich so an Etuto gerächt, weil sie bei der Geburt *seines* Kindes gestorben und nicht immer gut behandelt worden war.

Wurche beobachtete ihre Großmutter, die ebenfalls kein Auge für das Rennen hatte. Die alte Frau schaute sich bestimmt nach einem potenziellen Schwiegerenkel um. Wurche überflog die Menge: Würdenträger aus Dagomba in prächtigen indigoblau gestreiften Kaftanen, geformt wie Sanduhrtrommeln. Landlords aus Salaga, die nur zu gern die Etuto und den anderen Kpembe-Chiefs zustehenden Steuern hinterzogen. Hausa-Kaufleute, deren Köpfe in weiße Turbane gehüllt waren. Mossi-Männer in ihren langen, wehenden Gewändern, die ihre Esel festhielten. Einige Weiße und Dom Francisco de Sousa, der Brasilianer, der ab und zu von der Küste kam, um hier einzukaufen. Der ursprünglich aus Sokoto stammende Dom Sousa war als Sklave gehandelt worden und in einem Land namens Bahia gelandet, bis er sich freikaufen konnte und an die Goldküste zurückkehrte. Es hieß, er komme deshalb so gern zu den Rennen nach Salaga, weil ihn die Stadt an Sokoto erinnere. Es gab Frauen, die Maasa und Kefir verkauften. Männer, die Gewänder feilboten. Sklaven mit Halseisen, die Holz für ihre Herren holten.

Fäulnisgeruch wehte zu ihnen herüber. Das war das Einzige, was sie an Salaga nicht mochte: überall Müll, sodass die Geier die Aufräumarbeiten übernehmen mussten.

Als ein Raunen durch die Menge ging, konzentrierte sich Wurche wieder auf die Rennstrecke. Jemand hatte Shaibu überholt. Sie beugte sich vor. Endlich wurde es interessant. Der neue Reiter schoss auf einem Schimmel vorbei, den eine Satteldecke aus Leopardenfell schmückte.

»Dieser Mann ist entweder sehr mutig oder aber sehr dumm«, bemerkte Wurche. »Aber dass Shaibu endlich jemand zeigt, dass er kein Talent hat, gefällt mir sehr.«

Der tapfere Reiter ging deutlich in Führung. Die anderen fielen zurück und wagten es nicht, die Lücke zu Shaibu zu schließen. Als der Schimmel die Ziellinie überquerte, tobte die Menge. Wurche kreischte. Der Reiter saß ab und wartete, bis der Königssohn und die anderen die Ziellinie erreichten.

Eine kleine Schlange bildete sich vor Shaibu und schien bei jedem einzelnen seiner Worte eine Verbeugung zu machen, vor ihm zu katzbuckeln. Shaibu packte das Handgelenk des Siegers und hielt seinen Arm in die Luft. Wieder brach die Menge in Applaus aus. Shaibu nickte dem Sieger zu und wirkte kein bisschen verstimmt.

»Wer ist der Mann, der es geschafft hat, sich gegen Shaibu durchzusetzen?«, fragte Wurche.

»Moro«, erwiderte Mma. »Etuto hat erzählt, dass er erst gestern Hunderte von Sklaven nach Salaga gebracht hat. Wenn das so weitergeht, genießt er bald denselben Ruf wie Babatu und Samory Toure.«

»Ich habe noch nie von ihm gehört.«

»Du weißt auch nicht alles, Wurche – schon gar nicht wenn es um Salaga und den Handel geht. Für dich ist das unwichtig. Aber es sind Leute wie Moro, die Salaga am Leben halten. Du bist sogar mit ihm aufgewachsen.«

Als Wurche noch ein Kind gewesen sei, so Mma, habe Moro in Kpembe gelebt. Er sei Shaibus Schatten und stets in einen schmutzigen Sack gehüllt gewesen. Wurche zermarterte sich das Hirn, konnte sich aber nicht an ihn erinnern.

Sie gingen nach vorn, um dem Sieger zu gratulieren, so wie es die Tradition verlangte. Zum ersten Mal seit Langem war es nicht Shaibu, und Wurche konnte es kaum erwarten, Moro zu treffen. Sie warteten geduldig, bis Shaibu sie bemerkte. Wurche musste sich auf die Zunge beißen, sie wollte das mit Shaibu so schnell wie möglich hinter sich bringen.

Männer kamen und gingen, gaben Shaibu und Moro die Hand. Als Shaibu Mma und Wurche entdeckte, sagte er: »Guten Tag, Mma Suma. Guten Tag, wilde Königstochter von Kpembe, die du mir das Herz gebrochen hast.«

»Wie geht es der Familie deiner Mutter?«, fragte Mma, beugte ihr linkes Knie und verzog vor Schmerz das Gesicht. Wurche setzte einen finsteren Blick auf. Schon seit einem Monat klagte die Frau über schmerzende Knie. Eigentlich sollte sich Shaibu vor ihr verbeugen und nicht andersherum! Aber weil er ein Mann und Königssohn war, blieb Mma nichts anderes übrig.

»Sie erfreuen sich alle guter Gesundheit«, erwiderte Shaibu.

»Und die Familie deines Vaters?«

»Guter Gesundheit.«

»Und du?«

»Guter Gesundheit.«

»Allah sei gedankt.« Mma wandte sich an Moro. »Das war großartig, ein großartiges Rennen. Ich gratuliere.«

Shaibu, Mma und Moro schauten zu Wurche, die ganz vergessen hatte, ihre Glückwünsche zu überbringen. Etwas an Moros Gesicht, an seiner Art erschütterte ihr Selbstvertrauen.

»Meine Enkelin scheint ihre guten Manieren vergessen zu haben«, sagte Mma.

»Gut gemacht«, lobte Wurche.

Genau in diesem Augenblick durchbrach ein lauter, kehliger Schrei das Stimmengewirr. Einer, bei dem einem sämtliche Haare zu Berge stehen. Alle sahen sich verwirrt um. Eine kaum bekleidete Frau trat nach vorn, sie trug ein dickes Halseisen und kam auf sie zugerannt. Moro beendete ihren Wutausbruch, indem er blitzschnell hinter sie trat und ihr einen Schlag auf die Schulter versetzte. Als sie in sich zusammensackte, beugte er sich über sie, zog ihren Oberkörper in eine aufrechte Position, hob sie dann hoch und legte sie sich über die Schulter. Die Frau, deren dunkle Haut von roter Erde bedeckt war, wand sich vor Schmerz, und ein heiseres Knurren entrang sich ihrer Kehle. Wer war dieser Mann? Er redete leise auf die Frau ein wie ein Vater ein ungehorsames Kind ermahnt, und tätschelte ihr den Rücken. Ein Mann näherte sich aus derselben Richtung, aus der die Frau gekommen war. Er hatte eine Kette in der Hand und sah sich suchend um. Moro ging zu ihm.

»Eine von den Wilden«, erklärte Shaibu, um dann verärgert hinzuzufügen: »Ich verstehe nicht, wie sie entkommen konnte. Die Widerspenstigen müssen sich gut angekettet in der Sonne aufhalten. Man könnte meinen, sie hat von dem Treffen der Mitglieder des Königshauses gewusst und ist absichtlich zu uns gekommen.«

Den Rückweg nach Kpembe legte Wurche langsam mit Mma hinter sich auf ihrer Stute Baki zurück. Mma beschwerte sich, sobald sie schneller als Schneckentempo ritt.

»Salaga ist am Ende«, sagte Mma. »Ich komme nicht oft dorthin, aber von Mal zu Mal wirkt es heruntergekommener. Als ich noch ein junges Mädchen war, konnte man das Brunnenwasser trinken. Heute wollen nicht mal mehr Sklaven mit diesem Wasser in Berührung kommen. Und diese schreckliche Frau, die da auf uns zugestürmt ist ... Ich sage das nur ungern, aber als wir noch unter den Aschanti gelebt haben, wäre so etwas nie passiert. Sie haben Salaga mit viel mehr Weitblick regiert. Seit sie vertrieben wurden, haben wir nichts mehr zuwegegebracht. Wir kennen nur noch interne Machtkämpfe.«

Gedankenverloren murmelte Wurche irgendeine Antwort. Moro weckte ihre Neugier. War es die Symmetrie seines Gesichts, das Blauschwarz seiner Haut? Oder lag es daran, dass sie eine gemeinsame Vergangenheit hatten – eine, an die sie sich nicht mehr erinnern konnte? Sie versuchte, die Bilder heraufzubeschwören, aber ihr Gedächtnis versiegte wie die Hälfte der Brunnen in Salaga. Wie sooft eilten ihre Gedanken von der Vergangenheit in die Zukunft – in eine Zukunft, die sie bald planen musste, ja, die immer bedrückender wurde, weil alle sie drängten zu heiraten. Sie hatte es geschafft, der langweiligen Hausarbeit zu entfliehen, ihren Vater überredet, sie bei einer Lehrerin in Salaga lernen zu lassen, aber auch das war ein wenig ins Stocken geraten. Der nächste Schritt wäre der, Frauen darin zu unterweisen, eine gute Muslimin zu sein. Aber das ging nur, wenn sie verheiratet war, und sie wollte nicht heiraten. Ihr größter Wunsch war der, ihr Volk, die Gonja, mitzuregieren. Sie war nicht umsonst auf den Namen Wurche getauft worden: Königin. Die ursprüngliche Wurche hatte eine Armee aus dreihundert Mann in Sicherheit gebracht. Dass so eine Frau zweihundert Jahre vor ihrer Geburt gelebt hatte, sollte ihr eigentlich Mut machen. Und was war mit Aminah aus Zazzau aus einer noch viel früheren Epoche, die sich geweigert hatte zu heiraten und ihre Liebhaber getötet hatte, damit niemand ihr den Thron streitig machen konnte? Aber auch das hatte Aminah aus Zazzau erst nach dem Tod der Eltern tun können. Wurche dagegen wollte ihre Familie nicht verlieren. Andererseits wusste sie, dass diese sie bald zu einer Heirat drängen würde. Was, wenn sie nachgäbe – wenn auch unter einer Bedingung, nämlich der, dass sie den Bräutigam selbst auswählen durfte? Normalerweise galt die Regel, dass Mitglieder von Königsdynastien nur untereinander heirateten. Was, wenn sie ihnen mitteilte, sie habe sich für jemanden wie Moro entschieden? Für einen gemeinen Mann aus dem Volk. Hätte er eines Tages den Rang eines Babatu erreicht, käme er vielleicht durchaus infrage.

Wieder in Kpembe, saß Wurche ab, half Mma vom Pferd und führte Baki in den Stall. Im Hof von Etutos Palast stand ein Weißer vor Wurches Vater und ihren Brüdern. Sie waren schneller zurück als erwartet. Ihr Vater saß als einer der drei rangniedrigeren Chiefs von Kpembe auf seinen zeremoniellen Leopardenfellen. Hatte es etwas zu bedeuten, dass die anderen zwei nicht mit dabei waren? Und diese Weißen! Sie fand sie noch unangenehmer und langweiliger als andere Männer. Ihr Sheabutterteint ließ eine schlechte Gesundheit vermuten, und das Misstrauen ihnen gegenüber saß tief. Jede Woche tauchte ein neuer Weißer auf, um Etuto und die anderen Chiefs zu treffen, ihnen seine Freundschaft anzubieten. Salaga, so erklärte ihr Vater, sei ein strategisch wichtiger Ort ... an der Schnittstelle zwischen Wald und Dornstrauchsavanne, außerdem ganz in der Nähe des Zusammenflusses von Nakambe und Daka mit dem Adirri, der schließlich ins Meer mündete.

Man hatte Etuto Waffen, Flaschen mit braunem Alkohol und Salzsäcke zu Füßen gelegt. Neben dem Weißen und seiner Entourage befanden sich vier geschmückte Schafe, ein Berg Yamswurzeln und zwei große Elefantenstoßzähne.

»Ihr habt uns dabei geholfen, das grausame Joch der Aschanti abzuschütteln«, sagte Etuto gerade, »und dafür sind wir euch ewig dankbar. Aber seitdem ist in Salaga nichts mehr so wie zuvor.«

»*Wir* wissen um die Bedeutung von Salaga«, sagte der Dolmetscher des Weißen, ein großer kahlköpfiger Mann. »Deshalb überlegen wir ja, wie wir euch helfen können. Salaga ist für uns alle eine wichtige Stadt, und wir müssen sie zur Küste hin öffnen. Mit eurer Hilfe und Freundschaft natürlich.«

»Die Aschanti schicken keine Kolanüsse mehr, seit ihr sie geschlagen habt«, sagte Etuto. »Wir brauchen wieder Kolanüsse auf den Märkten von Salaga. Die Karawanen werden ausbleiben, wenn wir keine Kolanüsse mehr haben. Wenn ihr wollt, dass Salaga blüht und gedeiht, müsst ihr uns Kolanüsse bringen.«

In der Vergangenheit hatten die Gonja und andere Völker der Umgebung den Aschanti einen jährlichen Tribut an Sklaven entrichtet. Die Sklaven arbeiteten dann auf Gehöften der Aschanti oder wurden wie Dom Francisco de Sousa in Länder wie Bahia geschickt. Dann hatten die Briten die Aschanti besiegt. Als die Leute in Salaga davon erfuhren, metzelten sie jeden Aschanti in der Stadt nieder. Daraufhin hatten die Aschanti Salaga vom Handel mit Kolanüssen abgeschnitten, wovon sich die Stadt laut Mma nie mehr erholt hatte.

Mit dem Ärmel ihres Kaftans wischte sich Wurche den Schweiß von der Nase.

»Kolanüsse«, wiederholte Etuto.

Nachdem die Besucher gegangen waren, eilte Wurche an ihren Brüdern vorbei in Etutos Zimmer. Sie schlang die Arme um ihren Vater, der die Umarmung gern über sich ergehen ließ. Eine Flasche in seiner Tasche drückte gegen ihre Brust. Sie ließ sich auf einem Fell im Vorzimmer nieder und wartete darauf, dass er sich umzog. Er kehrte zurück, öffnete die Flasche, nahm einen großen Schluck und zog eine Grimasse. »Billiger Fusel.« Er neigte die Flasche in Wurches Richtung, doch die schüttelte nur den Kopf. Ein festes Ritual, obwohl Wurche keinen Alkohol trank.

»Warum empfängst du sie immer wieder?«

»Unsere Situation wird immer schwieriger. Ich muss jede Hilfe nehmen, die ich kriegen kann.«

»Liegt es an Kete-Kratschi? Ging es darum, wer Nachfolger des alten Kpembewura wird?«

Sollte der alte Chief sterben, würde entweder Shaibu, der Sohn des alten Kpembewura, Etuto oder ein anderer rangniedriger Chief seine Nachfolge antreten. Ein jeder vertrat eine andere Königsdynastie. Etutos Dynastie war schon seit Generationen ins Abseits geraten, und so wie es aussah, würde das jetzt wieder passieren. Etuto war jedoch fest davon überzeugt, dass er – sollte ihm der Weiße wieder Zugang zu Kolanüssen verschaffen – Salaga zur alten Größe zurückverhelfen konnte. Dann würden die anderen beiden Dynastien *ihn* zum Nachfolger des alten Kpembewura machen.

»Es war ein langer Tag«, sagte er. »Als wir zurückkamen, waren die britischen Offiziere bereits da. Ich muss mich ausruhen. Aber morgen erzähle ich dir mehr, versprochen!«

Wie auf ein Zeichen kamen Wurches Brüder herein.

»Sollten wir nicht mit unseren Verbündeten in Dagomba statt mit diesen Weißen zusammenarbeiten?«, fragte Wurche. »Oder Kontakt zu den Aschanti aufnehmen?«

»Wie bitte?«, sagte Dramani. »Die Aschanti, die uns zu *ihren* Sklavenräubern degradiert, uns gezwungen haben, ganze Dörfer dem Erdboden gleichzumachen – nur damit sie ihren jährlichen Tribut bekommen?«

»Damals waren wir wenigstens noch unabhängig«, brachte Wurche vor.

»Was soll das für eine Unabhängigkeit sein, wenn sogar unser Markt von den Aschanti kontrolliert wurde?«, sagte Dramani. Er redete ständig davon, dass Menschen keine anderen Menschen besitzen sollten, und es war nach einer dieser Reden gewesen, dass Mma gesagt hatte, er sei vom Geist einer Frau beseelt.

»Menschen wechseln ihre Verbündeten«, erwiderte Wurche. »Auch wir. Es gab einmal eine Zeit, da waren wir mit den Dagomba verfeindet. Wie viele Kriege haben wir gegeneinander geführt? Jetzt stammen Etutos beste Freunde von dort. Ich traue den Aschanti mehr als den Weißen.«

»Wie Etuto schon sagt«, meinte Sulemana, »es war ein langer Tag. Hast du es ihr schon beigebracht?«

»Was denn?«, fragte Wurche.

»Wir ziehen auf das Gehöft«, sagte er mit ernster Miene.

»Warum?«

»Ich bin müde«, sagte Etuto.

»Er sagt, er braucht einen ruhigen Ort zum Nachdenken«, fügte Dramani hinzu.

Sie begaben sich nur einmal im Jahr auf das Gehöft, damit sich Etuto ausruhen konnte. Wurche, die sich direkt nach der Ankunft zu Tode langweilte, zählte stets die Tage bis zur Rückkehr. Dort gab es einfach nichts für sie zu tun. Niemand von ihnen betrieb Landwirtschaft, Etutos Sklaven kümmerten sich um das bisschen fruchtbaren Boden. Und im Gegensatz zu Kpembe gab es keine große Stadt, die man in einer Viertelstunde zu Pferd erreichen konnte. Irgendwas stimmte nicht: Warum mussten sie dorthin ziehen, statt das Gehöft nur zu besuchen?

»Wurche«, sagte Sulemana, »geh und mach die Kleinen fertig.«

Sie würde Mma bitten, ihre jüngeren Geschwister fertigzumachen, und behaupten, dass Etuto es so wolle. Sie konnte nicht mit Kindern umgehen. Sie waren ihr bloß im Weg und außerdem unberechenbar. Ihre Mütter waren schließlich auch noch da. Ihre eigene Mutter hatte aus dem Umland von Etutos Gehöft gestammt, und die Menschen dort würden nie aufhören, ihr zu erzählen, wie sehr sie der Frau ähnele, die sie nie kennengelernt hatte.

Aminah

Andere Karawanen kamen ebenfalls nach Botu, aber keine davon war so spektakulär wie die Sokoto-Karawanen nach Dschenne. Baba kehrte oft mit einer nach Salaga ziehenden Karawane zurück. Die Anzahl der Karawanenmitglieder war stärker gesunken denn je, aber weil die Möglichkeit bestand, dass Baba mit dabei war, befahl ihnen Na zu kochen und das Essen zu verkaufen.

Aminah näherte sich jeder Karawane mit einem Knoten im Magen – aus Angst, dem Mann aus der Sokoto-Karawane erneut zu begegnen. Sie achtete darauf, dass die Zwillinge stets in ihrer Nähe blieben, und wenn diese in ihrem hohen Singsang »*Maasakokodanono*« riefen, linderte deren Begeisterung ihre Nervosität ein wenig. Eine Begeisterung, die weniger Neuheiten geschuldet war, sondern der Erwartung, von Babas Abenteuern zu erfahren.

Auch andere hielten nach vertrauten Gesichtern Ausschau, obwohl sich manche die Gelegenheit nicht entgehen ließen, sich den ein oder anderen hübschen Gegenstand anzusehen. Sie suchten nach vertrauter Kleidung, auch wenn die der Heimkehrer stets heller leuchtete, davon kündete, dass sie aus Botu herausgekommen waren. Alle schienen die Nasen in die Luft zu halten, um die Witterung geliebter Familienmitglieder aufzunehmen, aber die Aromen warmer Speisen, unbekannter Gewürze und neuer Parfüms nahmen sämtliche Sinne gefangen. Die Einwohner Botus waren hin- und hergerissen zwischen dem, was ihnen vertraut, und dem, was neu war. Und wie immer gewann das Vertraute die Oberhand. Sie wünschten sich ihre Väter, Mütter, Brüder und Schwestern zurück.

Einen Monat lang guckten sich Hassana, Husseina und Aminah die Augen aus dem Kopf, bis auch der letzte Bettler vorbeimarschiert war. Nach einem weiteren Monat begannen sie herumzufragen, doch niemand hatte Baba und seinen Albino-Esel gesehen. Drei Monate war Baba jetzt schon fort. Na befahl ihnen, den Karawanen nichts mehr zu verkaufen. Sie hatten in letzter Zeit genug zum Leben verdient, und Na befürchtete, die Leute könnten reden, wenn sie weiterhin so taten, als wäre alles in Ordnung. Als Baba fünf Monate fort war, verbot Na ihren Töchtern, Schwarz zu tragen oder vor anderen zu weinen. Es gebe keinen Grund zum Weinen.

Aminah stellte bald fest, dass Na das nur sagte, damit ihre Nachbarn nichts zu tratschen hatten. Wie Aminah behielt auch Na vieles für sich, und man musste lange betteln, bevor sie etwas preisgab. Eines Abends hatte es derart stark geregnet, dass Aminahs und Eeyahs Dach nachgab. Daraufhin schlief Aminah bei Na und Eeyah bei Issa-Na. Aminah war bestürzt, als sie sah, dass Tränen aus

Nas Augen flossen. Hassana und Husseina lagen auf der Matte, Husseina hatte sich eng an Nas Rücken geschmiegt, während Hassana deren Bauch massierte. Erst da fiel Aminah auf, dass Nas Bauch so groß war wie die Kalebasse, aus der Obado seinen Hirsewein zu trinken pflegte. Ihre weiten Gewänder hatten dieses entscheidende Detail verhüllt.

»Warum hast du Baba nichts von dem Baby erzählt?«, fragte Aminah, als ihr einfiel, dass Baba vor Issas Geburt nicht mit der Karawane gereist war.

»Es war noch zu früh«, sagte Na. »Es ist immer noch zu früh. Ich weiß nicht, ob dieses Kind bleiben wird. Nicht jedes Kind ist für diese Welt gemacht. Manchmal haucht Otienu einem Körper Leben ein und merkt erst später, dass er dessen Seele zurückwill. Das ist dann das Schicksal dieses Kindes. Aber ich habe versucht, ihn zu warnen. Ich habe gespürt, dass er nicht hätte losziehen sollen, aber auf wen hören Männer schon?«

Abend für Abend kehrte Aminah in Nas Zimmer zurück, um ihre Mutter weinend vorzufinden. Aminahs eigene Tränen saßen direkt hinterm Brustbein, warteten nur darauf, in ein unendlich großes Becken zu fließen, doch die letzten Worte ihres Vaters fielen ihr wieder ein, nämlich dass sie sich um ihre Mütter kümmern solle. Hatte er gewusst, dass er nicht mehr zurückkehren würde?

Am nächsten Tag ging sie zu den Nachbarn und bat deren Sohn Motaaba, das Dach ihres Schlafgemachs zu reparieren. Sie zog die Zwillinge aus Nas Zimmer, löste deren Cornrow-Flechtfrisuren, die wilder aussahen als das Gras um Botu, und ließ Husseina auf einem Hocker zwischen ihren Knien Platz nehmen.

»Wie ist das Baby in Nas Bauch gekommen?«, fragte Husseina.

Aminah hatte eine ungefähre Vorstellung davon, wie Kinder entstehen. Einige ihrer Freundinnen waren bereits verheiratet und mit ihren Kindern nach Botu zurückgekehrt. Deshalb wusste sie, dass man dafür mit einem Mann zusammen sein musste. Aber da sie noch keinen Verehrer gehabt hatte, war sie noch nicht in Frauendinge eingeweiht.

»Es war ein Geschenk von Baba«, erwiderte sie.

»Baba ist doch gar nicht da«, gab Hassana zurück, die ein Stück weit entfernt Strichmännchen in den Sand malte. »Und er kommt auch nicht wieder.«

»Na ja, er hat es ihr vor seiner Abreise geschenkt«, erklärte Aminah. Sie wandte sich an Hassana. »Und Letzteres ist nicht gesagt.«

»Und warum hat er Issa-Na nichts geschenkt?«, fragte Husseina.

Aminah sehnte sich nach Antworten. Auch sie hatte viele Fragen. Sie wollte wissen, wie Kinder gezeugt werden. Warum Baba Na und dann Issa-Na geheiratet hatte. Warum Baba noch nicht wieder zurück war. Und warum sie keinen Verehrer hatte, wenn sie wirklich so schön war, wie immer alle behaupteten. Doch derjenige, mit dem sie darüber hätte reden können, war an irgendeinem unbekannten Ort verschollen.

»Ich hab dich was gefragt, Aminah«, sagte Husseina.

»Weil sie seine erste Frau ist, bekommt sie zuerst ein Geschenk. Wenn Baba zurückkommt, wird er auch Issa-Na ein Geschenk machen.«

»Baba kommt nicht mehr zurück«, erwiderte Hassana.

»Warum sagst du das die ganze Zeit?«, fragte Aminah.

»Ich hab geträumt, dass er in einem tür- und fensterlosen Raum ist, die Wände nach einer Öffnung abtastet«, sagte Hassana.

»Und das war Baba«, erklärte Husseina. »Ich habe auch geträumt, dass jemand in einem lichtlosen Raum festsitzt.«

Obwohl es schon mehrmals vorgekommen war, wusste Aminah nicht recht, ob die Zwillinge wirklich dasselbe träumen konnten. Normalerweise hatten ihre gemeinsamen Träume etwas mit Botu oder ihren Freundinnen vom Wasserloch zu tun. Harmloses Zeug. Doch das hier war unheimlich.

»Das heißt nicht, dass er nicht mehr wiederkommt«, sagte sie, vor allem um sich selbst Mut zu machen.

Nachdem sie mit den Cornrows der Zwillinge fertig war, ging sie in Issa-Nas Zimmer und wurde vom grasigen, minzigen Duft der Heilkräuter umfangen, die diese Issa gegen seine vielen Krankheiten gab. Ebenholzwurzeln, Baobabblätter, Dawadawa-Rinde – Issa-Na hatte alles vorrätig. Issa-Na brachte ihm bei, Awale zu spielen, und verteilte die Samen in ihrer Hand gerade laut klappernd in den runden Holzmulden des Spielbretts, als Aminah hereinkam. Awale war Aminahs Lieblingsspiel, andere staunten oft, wie ehrgeizig sie werden konnte, wenn es darum ging, vier Samen in der Mehrzahl der Mulden unterzubringen. Issa winkte Aminah.

»Ich wollte gucken, ob ich dir irgendwie helfen kann«, sagte Aminah.

»Nein, danke«, erwiderte Issa-Na.

Aminah wollte gerade hinausgehen, als ihr Issa-Na mit einer so zittrigen Stimme, dass sie kaum wiederzuerkennen war, zuflüsterte: »Wie sehr man jemanden liebt, merkt man erst, wenn er fort ist. Vielleicht hat er etwas Falsches gegessen und ist krank geworden. Vielleicht hat jemand versucht, ihn zu betrügen, und die Lage ist außer Kontrolle geraten. Wenn er irgendwie gekonnt hätte, hätte er uns eine Nachricht zukommen lassen. Vielleicht hat er sich auch verirrt. Doch in seiner bedächtigen Art hat er vermutlich mit niemandem geredet.« Ihr Haar war zurückgebunden, aber während sie sprach, löste sie es, sodass es ihr wie eine Wolke ums Gesicht stand, dick und voller kleiner Löckchen. In diesem Moment fand Aminah sie schön. Und auch dass sie ihrem Sohn beibrachte, Awale zu spielen, erwärmte Aminahs Herz.

»Beten wir weiter«, sagte sie.

Als würde sie aus einer Trance gerissen, begriff Issa-Na, wem sie sich da gerade anvertraut hatte, und schloss den Mund.

Aminah nahm sich vor, am nächsten Abend mit Eeyah zu sprechen. Alte Menschen sind weise, hieß es. Sie wusste bestimmt eine Antwort. Normalerweise war die alte Frau bereits eingenickt, bevor Aminah den Raum betrat, deshalb spülte Aminah das Abendgeschirr so schnell sie konnte und betrat die Hütte, die sie mit ihrer Großmutter teilte.

Eeyah trocknete sich die welken Brüste mit einem Tuch ab und griff nach ihrer sorgfältig in ein Stück Stoff gewickelten Pfeife neben der Matte, die sie mit Aminah teilte. Von Geburt an hatte Aminah mit ihrer Großmutter in einem Raum geschlafen. Eeyah war diejenige gewesen, die sie gebadet und versorgt hatte. Damit Na und Baba Zeit füreinander hatten, war es gut, wenn das Baby bei seiner Großmutter blieb. Eeyah wickelte die Pfeife aus, nahm sie am Kopf und sah sich nach ihren Tabakblättern um. Sie stopfte den Pfeifenkopf damit und schien Aminah überhaupt erst dann zu bemerken.

»Brennt das Feuer noch?«, fragte sie.

»Ja, Eeyah.«

Die alte Frau ging nach draußen und kam mit der angezündeten Pfeife zurückgeschlurft. Mit zusammengekniffenen Augen sah sie Aminah an. »Warum kommst du schon so früh?« Sie streckte die Zunge heraus und steckte sich die Pfeife in den Mund.

Aminah musterte ihre Großmutter, während sie sich eine Antwort zurechtlegte. Baba musste mehr nach seinem Vater geraten sein: Während seine Augen rund waren, waren die von Eeyah schmal und stechend. Und während Babas stets in die Ferne zu schauen schienen, waren die von Eeyah die Augen eines Menschen, dem man nichts vormachen kann. Als Aminah noch klein gewesen war, hatten ihre Freundinnen ihr Haus gemieden – angeblich sei ihre Großmutter eine Hexe.

»Lebt Baba noch?«, fragte Aminah.

»Ach, mein Kind, was für eine Frage«, flüsterte Eeyah, die Pfeife zwischen den Zähnen. »Das weiß nur Otienu.« Eeyahs Haut, die Aminah stets schön gefunden hatte, begann ihre Strahlkraft zu verlieren. Die Luft war schwer und schwül und hinterließ einen feuchten Glanz auf jeder Haut, nur nicht auf der Eeyahs. Zehrte das Verschwinden ihres Sohnes an ihrer Gesundheit?

»Als ich ein junges Mädchen war«, fuhr Eeyah fort, »hat mir mein Baba erzählt, dass Leute entführt und quer durch die Wüste transportiert werden, um als Sklaven zu enden. Viele überleben diese schreckliche Reise nicht. Ihre Leichen werden häufig neben Brunnen gefunden. Sie sterben, kaum dass sie eine Wasserquelle erreichen. Damals wohnten wir noch nicht in Botu, sondern näher an Dschenne. Er meinte, seine Eltern und er hätten noch weiter von Dschenne entfernt gelebt, aber wegen der Sklavenräuber und der Leute des Buches sind sie weiter nach Süden gezogen. Heute kommen die Menschenräuber aus dem Süden, nicht aus dem Norden. Eine Reise nach Dschenne ist sicherer als eine nach Salaga. Trotzdem bete ich …«

»Eeyah, was erzählst du da?«

»Nichts, mein Kind. Hör nicht auf mein Gerede. Aber eines merke dir: Wir wissen nicht, ob und wann er wiederkommt. Egal, was passiert, du musst stark sein! Es gibt Menschen, um die man sich kümmern muss, und es gibt Menschen, die sich kümmern. Du bist die Tochter deiner Mutter. Sie kümmert sich, genau wie du. Aber jetzt, wo sie schwanger ist, reichen ihre Kräfte unter Umständen nicht. Wir wissen alle, dass Issa-Na kaum für sich selbst sorgen kann. Und es ist nur eine Frage der Zeit, bis *ich* mich zu unseren Vorfahren geselle. Es ist an dir, dich stark vor uns alle zu stellen. Es ist keine leichte Aufgabe, die ich da von dir verlange. Sie wird dich viel Kraft kosten. Du tust bereits viel im Haushalt. Und auch daran wird es zehren.« Sie zeigte auf Aminahs Herz. »Aber wir brauchen jemanden, zu dem wir aufsehen können, und das bist du, auch wenn du erst fünfzehn bist. Wir haben keine andere Wahl. *Du* hast keine andere Wahl.«

Eeyah legte ihre Pfeife beiseite, nahm Aminah in die Arme und stimmte das Lied an, das sie immer sang – eines, das Aminah erst jetzt richtig verstand. Es war ein trauriges Lied über ihr Volk, das seine Heimat im Osten verließ, wo ein langer Fluss für Fruchtbarkeit sorgte und Feldfrüchte in Hülle und Fülle hervorbrachte. Darüber, wie Eindringlinge es vertrieben und gezwungen hatten, die Wüste zu durchqueren, bis es in immer kleinere Clans zerfallen war.

Wurche

Ein kleiner Wald markierte die südliche Grenze von Etutos Gehöft, daneben lag das Wasserloch. Am nördlichen Ende wurde der Boden trockener und steiniger. Das karge Gehöftland dehnte sich endlos aus, gab einem aber trotzdem das Gefühl, in einen kleinen dunklen Raum gezwängt zu sein. Wurches Langeweile und Klaustrophobie wurden von ihren Träumen noch verschlimmert, die sie nach wie vor vom Sklavenräuber Moro hatte. Ihr Vater hatte sein Gemach schon seit Tagen nicht mehr verlassen, und seine Frauen kamen und gingen, zunehmend ratlos, manchmal umklammerten sie leere Spirituosenflaschen. Keiner wusste, wann und ob die Familie nach Salaga-Kpembe zurückkehren würde. Immer wieder geriet Etuto in einen Zustand, in dem er tagelang nichts anderes zu tun schien, als an die Wand zu starren. Es gab Gerüchte, er hätte jede Nahrungsaufnahme eingestellt und aufgehört, sich zu waschen, ja sogar zu sprechen, solange dieser Anfall dauerte, um zwischendurch wiederholt Rum oder Gin zu trinken. Mma, die immer für alles eine Erklärung hatte, meinte, er wäre von

Dschinns besessen. Wäre er klar im Kopf gewesen, hätte er dafür gesorgt, dass Wurche ihn nicht in diesem Zustand zu sehen bekam.

Sie bestieg Baki und ritt in Richtung Salaga. Sie konnte behaupten, dass ihre Lehrerin ihr einen Boten geschickt hatte. Oder dass Mma – Wurche würde sich auf ihre Vergesslichkeit berufen – etwas dort zurückgelassen hatte. Sie war so damit beschäftigt, sich einen Vorwand für ihren Ausflug auszudenken, dass sie fast übersehen hätte, wie Dramani im Gras eine Muskete polierte, einen Beutel quer vor der Brust. Obwohl sie braun angelaufen war, war die Gravur in arabischen Schriftzeichen noch gut zu erkennen: eine von Etutos ersten Waffen, die seinen Namen trug. Ein breites Lächeln erhellte Dramanis Gesicht, wie immer wenn er sie sah. Wer es nicht besser wusste, hielt sie für Zwillinge – eine Ähnlichkeit, die sie nicht wahrhaben wollte. Sie waren im Abstand von einem Tag von verschiedenen Müttern zur Welt gebracht worden. Dramanis Mutter betrat und verließ nach wie vor Etutos Hütte, und Wurche fragte sich, ob ihre Mutter wohl dasselbe getan hätte.

»Von wem hast du die?«, fragte sie, ohne sein Lächeln zu erwidern.

»Von Etuto«, erwiderte Dramani. »Er besteht darauf, dass ich meine Schießkünste verbessere, wenn ich ein Mann werden will.«

Bisher hatte nur Sulemana eine Waffe besessen. Wurche wollte zu Etuto gehen, um gegen die Ungleichbehandlung zu protestieren. Gut, sie musste keine Männlichkeit beweisen, hatte ihn aber mehrfach darum gebeten. Sulemana hatte seinen Geschwistern erlaubt, ein paarmal mit der Muskete zu schießen, und jedes Mal hatte Wurche besser abgeschnitten als Dramani. Etuto wusste das. Trotzdem gab man ihr keine Chance. Außerdem hatten die Weißen Etuto jede Menge Waffen geschenkt, die er gar nicht benutzte. Er hätte also ruhig ihnen beiden eine geben können. Da fiel ihr etwas ein.

»Feuern wir jetzt auf Perlhühner?«, fragte sie. »Was ist mit dem guten alten Pfeil und Bogen?«

Dramani schwieg.

»Solltest du nicht lernen, wie man Yam anpflanzt?«

»Vielleicht«, meinte er kurz darauf.

»Du verheimlichst mir doch was.« Gut möglich, dass Etuto Dramani zu seinem Nachfolger aufbaute, weil er sich zur Ruhe setzen wollte, aber man wird nicht umsonst misstrauisch. Dass Dramani eine Waffe bekommen hatte, musste noch andere Gründe haben.

»Wollen wir gemeinsam üben?«, fragte Dramani.

Er war nun wirklich der Letzte, mit dem sie den Nachmittag verbringen wollte. Aber schießen gehen bedeutete, dass sie keinen Ärger bekommen konnte. Sie nickte und wartete, während er zum Stall zurückeilte, um sein Pferd zu holen. Schweigend ritten sie zu dem kleinen Waldstück, das nach Staub und Zimt duftete. Wurche saß ab und band Baki an einen Baum. Die Bäume standen weit genug auseinander, dass sie Baki im Auge behalten und bequem trainieren konnten, ohne die Pferde zu verschrecken. Sonnenstrahlen fielen durchs Geäst auf den trockenen grauen Boden. Dramani konnte es kaum erwarten, Wurche die Muskete in die Hand zu drücken, und Wurche nahm sie ebenso freudig entgegen.

Jetzt, wo sie darüber nachdachte, wären Perlhühner tatsächlich ein attraktives Ziel, aber das Land war so trocken, dass alle Vögel das Weite gesucht hatten. Sie sah sich um und entdeckte ungefähr zehn Schritte vor sich einen schlanken Baumstumpf. Sie fand trockene Baobabschoten, die meisten zerfielen in ihren Händen zu Staub. Sie ließ den großen Stein fallen, den sie aufgehoben hatte – die Kugeln würden gefährlich abprallen –, und entschied sich für einen kurzen Ast, den sie auf den Baumstumpf legte. Sie ging zu Dramani zurück.

»Wo ist die Patrone?«, fragte sie. »Ich hoffe, du hast jede Menge mitgenommen.« Dramani wühlte hektisch in seinem Lederbeutel und nahm eine kleine, in Papier gewickelte Patrone und einen winzigen Tontopf heraus – einen wie Mma ihn gerne mit Sheabutter gefüllt mit sich herumtrug, damit ihre Haut stets glänzte. Auf einmal wurde Wurche nervös. Sie traute es sich zwar zu, hatte aber höchstens zwei, drei Mal mit Sulemana geübt, was sie noch nicht zur Expertin machte. Trotzdem nahm sie Dramani die Gegenstände ab und tat so, als wäre sie eine. Sie biss die Papierpatrone auf, die ihr Schwarzpulver, so schwarz wie Bakis Fell, freigab, und schüttete es in den Lauf der Muskete. Sie nahm die Kugel aus der Patrone, bestrich sie mit Sheabutter, schob sie in den Lauf und fügte das restliche Schwarzpulver sowie den Rest der Patrone hinzu. Sie griff nach dem Ladestock und drückte damit den Inhalt des Laufs nach unten, schulterte die Muskete und versuchte, Dramanis nervöse Atmung zu ignorieren, während sie auf den Ast zielte. Sie nahm ihn ins Visier und drückte den Abzug. Nichts geschah.

»Bist du sicher, dass du alles richtig geladen hast?«, fragte Dramani. Ihr Bruder war kein schlechter Mensch. Seine Frage war frei von Häme. Wäre er ein anderer gewesen, hätte er – so wie bestimmt auch Wurche – hörbare Ungeduld mitschwingen lassen.

»Du hast das Steinschloss nicht geöffnet.«

Das sorgte überhaupt erst dafür, dass die Waffe zündete.

»Das hab ich ganz vergessen«, flüsterte sie und ließ das Steinschloss aufschnappen.

Sie gab Schwarzpulver in die freigelegte Pfanne, und als das Schloss wieder zuschnappte, gab es einen lauten Knall, und eine staubige Rauchwolke kam aus der Muskete, die sie vor Schreck fallen ließ. Obwohl Baki weit weg war, wieherte sie.

»Bist du verletzt?«, fragte Dramani.

»Nein.«

Sie griff wieder zur Muskete.

»Wir können auch aufhören, wenn es gefährlich ist. Diese Dinger sind furchtbar. Wir sollten unser Land auch ohne sie schützen können. Und ich sollte nicht gezwungen sein, mich damit als Mann zu beweisen.«

»Hätten wir keine Waffen, hätten wir dasselbe Los wie diejenigen, die in Salaga auf dem Markt landen. So läuft das nun mal: Man kann Ideen haben, so viel man will, aber man muss sie auch durchsetzen können. Und das funktioniert nun mal leider nur mit Gewalt. Deshalb gibt es Dschihads. Jaji sagt, dass es bei den Christen genauso war. Bei dem Propheten, den sie Issa nennen. Seine Lehre ging nur um Frieden. Aber der einzige Weg, seine Botschaft zu verbreiten, waren Kreuzzüge, die sehr brutal waren. Doch so weit muss man gar nicht erst gehen. Nimm die Aschanti. Die sind nur deshalb so mächtig geworden, weil sie ein wehrhaftes Volk sind. Wenn wir wollen, dass unser Volk vereint bleibt, müssen wir so viele Waffen wie möglich haben und sie auch richtig benutzen können.«

»Das bedeutet aber auch, dass die Leute nicht selbst entscheiden dürfen, was sie wollen. Du willst sie zwingen zu tun, was *dir* passt.«

»Wenn die Leute wüssten, was sie wollen, gäbe es auch keine Könige. Und du würdest nicht die Vorzüge genießen, die dir als Etutos Sohn zustehen. Du würdest gar keine Zeit haben, dir über solche Fragen Gedanken zu machen, sondern auf einem Gehöft schuften, das genauso ertraglos ist wie alle im näheren Umkreis. Aber jetzt lass uns endlich diese Waffe ausprobieren.«

»Wie heißt Jaji eigentlich? Du nennst sie immer Jaji, Lehrerin. Warum nicht Hajia? Sie war in Mekka, stimmt's?«

»Dramani, bei solchen Fragen habe ich nicht das Gefühl, dass du wirklich schießen willst. Wenn Etuto dich ernst nehmen soll, musst du das lernen. Du kannst nicht gleich aufgeben, bloß weil es beim ersten Mal nicht geklappt hat.«

Sie fing noch einmal von vorn an, schüttete das Schwarzpulver diesmal in die Pfanne des Steinschlosses, bevor sie die restliche Munition dazugab. Sie zielte und schoss auf den Ast. Die Kugel schlug den Ast vom Baumstumpf, und sie wäre am liebsten triumphierend auf und ab gehüpft. Sie reichte Dramani die Muskete.

»Du bist ein Naturtalent«, sagte er.

»Aber was bringt es, ein Talent zu haben, das niemand zu schätzen weiß?«

»Ich weiß es sehr wohl zu schätzen.«

»Schieß einfach!«

Eine Woche später, nach einem weiteren Schießtraining, ertappten Wurche und Dramani Sulemana beim Baden im Wasserloch in der Nähe des Waldes. Wurche wollte ihn erschrecken, doch er sah sie und winkte sie herbei.

»Hier auf diesem kleinen Gehöft sehe ich dich seltener als in Kpembe«, sagte sie.

»Das Leben ist wirklich seltsam«, erwiderte Sulemana und trat Wasser. »Man kann sich auch an kleinen Orten verlaufen. Während man sich an großen Orten kein bisschen verloren vorkommt. Ich weiß, dass du nur ungern hier bist.«

»Wenigstens hat mir Dramani erlaubt, mit seiner Muskete zu schießen. Erzähl uns, was los ist. Niemand betreibt mehr Ackerbau. Etuto verlässt sein Gemach nicht mehr. Da stimmt doch etwas nicht, aber niemand will mir Auskunft geben.«

»Du kennst seine Krankheit«, sagte Sulemana.

»Wenn es ihm wieder besser geht – kehren wir dann zurück?«, fragte Wurche.

Sulemana zuckte nur mit den Schultern und ließ die Hände laut klatschend ins Wasser fallen.

»Wir können schließlich nicht für immer auf diesem unfruchtbaren Gehöft bleiben. Sulemana, jetzt sag schon was!«

»Na gut, aber von mir hast du das nicht. Dramani, das gilt auch für dich! Ich kann nur sagen, dass es ihm besser geht, aber er hat viel von dir gesprochen, Wurche.«

»Du lügst doch! Nichts von dem, was in den letzten drei Wochen passiert ist, hatte irgendetwas mit mir zu tun. Hätte er an mich gedacht, hätte er mir auch eine Waffe gegeben.«

»Tut mir leid«, sagte Sulemana und bespritzte beide mit Wasser. »Aber mehr darf ich wirklich nicht sagen.«

Wenige Tage später begann Wurche, eins und eins zusammenzuzählen. Als sie wach wurde, sah sie, wie die Frauen des Gehöfts hinter Bergen von Perlhühnern hockten und deren gepunktete Federn ausrissen, um das dunkelrosa Fleisch freizulegen. Andere stampften Erdnüsse. Mehrere Bewohnerinnen saßen hinter Töpfen mit Tuo. Mma meinte, wie schön es doch wäre, wenn wieder ein Baby Einzug hielte, während sie an den Federbüscheln eines kleinen Vogels zerrte. Nachdem sie ihn gerupft hatte, legte sie ihn auf einen Klotz und hackte ihn in Stücke. Wurche fand es seltsam, dass ihre Großmutter erst von einem Baby sprach, um dann übergangslos einem so kleinen Geschöpf den Garaus zu machen. Mma stand ächzend auf, zählte etwas an den Fingern ab, starrte auf die gerupften Perlhuhnkadaver, flüsterte einer Tante etwas zu und strahlte. Mma lebte für solche Augenblicke – wenn sie zeigen konnte, wie gut erzogen sie war.

Als Wurche noch jünger war, hatte Mma es für eine gute Idee gehalten, ihre Enkelin in Haushaltsdinge miteinzubeziehen, zumal Wurche keine Mutter hatte, die sie in solche Aufgaben einweihen konnte. Wurche bekam mit, wie Mma einmal sagte, dass sie, Mma, Wurche auch darin hätte ausbilden müssen, wenn Wurches Mutter die Geburt überlebt hätte. Wurche verstand nicht recht, was das bedeuten sollte. Wochenlang zeigte ihr Mma, wie man eine Küche organisiert: wie man Geflügel zerteilt, Rind-, Lamm- und Ziegenfleisch kauft, Reis so kocht, dass die Körner intakt bleiben oder aber sich für Reistuo miteinander verbinden. Wie man die besten Heilpflanzen im Wald findet, wie man Kleider wäscht, sie faltet, und wer sie in Kpembe am besten bügeln kann. Wie man auf der Toilette schlechte Gerüche beseitigt. Was Wurche bei all diesen Tätigkeiten aufschnappte, war, dass sie dazu dienten, einen Ehemann glücklich zu machen. Es waren nervenaufreibende Wochen für sie, die nur dazu führten, dass sie Frauen dafür verachtete, so viel Mühe auf Dinge zu verwenden, die Männer vermutlich nicht einmal bemerkten. Auch jetzt ging Wurche davon aus, dass diese Essensvorbereitungen einem Mann galten. Ihrem Vater? Was gab es zu feiern, nachdem er die letzten Wochen damit verbracht hatte, die Wand anzustarren? Zu seinem Haushalt gehörten kleine Kinder – wie viele, konnte sie gar nicht sagen –, aber noch eines wäre einfach zu viel. Wurche war neugierig, wusste aber, dass sie es bereuen würde, die Nase in diese Angelegenheiten zu stecken. Mma würde ihr nur ein Messer in die Hand drücken und sie arbeiten lassen. Deshalb hielt sie Abstand, schlich um die Ecke zur Hütte ihres Vaters, wo mehrere Frauen flüsternd auf und ab liefen und immer wieder ihre Tücher um den Kopf festzogen. Sie hatte diese Leute noch nie zuvor gesehen, und weil es so viele waren, würde Etuto bestimmt keine Zeit haben, ihre Fragen zu beantworten.

Sie ging eine Runde schwimmen, um sich abzukühlen, und hielt dann unter dem nächsten Baum ein Schläfchen. Sie träumte, dass sie wieder ein Kind war. Sulemana warf sie in die Luft und fing sie wieder auf, während sich ihr ein Kichern entrang. Er umarmte sie, und in diesem Moment merkte sie, dass es gar nicht Sulemana, sondern Moro war. Ein erwachsener Moro. Das riss sie sofort aus ihren Träumen. Schützend legte sie die Arme um ihren Oberkörper. Die Sonne hatte sie gewärmt, trotzdem kribbelte ihr die Haut, als hätte sie ein kalter Luftzug erfasst. Sie wusste nicht, wie viel Zeit vergangen war, aber als sie sah, wie Mma langsam auf sie zuschlurfte, ging sie davon aus, dass es schon spät war.

Mma setzte sich zu Wurche und flüsterte: »Oh, Allah, meine Knie!« Dann sagte sie: »Dein Vater hat dir einen neuen Kaftan gekauft.« Vielleicht hatte Dramani ja Etuto erzählt, dass sie sich auch eine Waffe wünschte, der daraufhin befunden hatte, der Kaftan wäre ein passenderes Geschenk.

»Was waren das für Leute vor Etutos Hütte?«, fragte Wurche.

»Du wirst sie gleich kennenlernen«, sagte Mma gelassen. Warum beantwortete Mma ihre Frage nicht? Oder hatte sie das bereits getan? Da dämmerte es ihr: noch ein Bewerber. Für keinen ihrer anderen Freier waren jemals so viele Speisen zubereitet worden. Es musste sich also um eine andere Art Verehrer handeln.

»Du hast es immer noch nicht begriffen. Daraus wird nichts.«

»Er wird dir gefallen«, sagte Mma und legte die Hand auf Wurches Schulter.

Ein weiterer Verehrer. Trotz ihrer Reaktion ging Wurche nicht davon aus, dass wie sonst nichts daraus werden würde. Etwas war anders.

Wurche hatte gehört, dass europäische Könige auf einem Thron saßen. Die Aschanti-Könige saßen auf Hockern, Gonja-Könige und Chiefs dagegen auf Fellen. Wenn man zum König ernannt wurde, wurden einem Löwen- und Leopardenfelle verliehen. Je bedeutender man war, und je mehr Macht man besaß, desto raffinierter das Fell. Die Felle der Kpembe-Könige, auf denen angeblich schon Namba, der Stammvater der Gonja, gesessen hatte, waren besonders kostbar. Etuto saß auf Leopardenfellen, die jetzt auf dem Platz in der Mitte des Gehöfts ausgebreitet worden waren, umringt von mehreren Matten in Grün, Rot, Gelb und Indigoblau. Lederpoufs standen in sämtlichen Ecken. Die Frauen vor Etutos Hütte schüttelten Kissen auf, strichen Matten glatt und stellten Schalen mit Kolanüssen bereit. Die Kinder des Gehöfts hüpften von Pouf zu Pouf, bis Mma kam und sie fortscheuchte. Wurches neuer Seidenkaftan fiel so glatt an ihr herunter, dass sie sich nackt vorkam. Sie vermisste den kratzenden Stoff ihrer gewohnten Kleidung, besonders den Geruch des Gewandes, das sie am liebsten trug.

»Du bist schlimmer als ein Mauergecko«, pflegte Mma zu ihr zu sagen, weil Geckos immer wieder an denselben Ort zurückkehren.

Mma begab sich zu Wurche und zog ein Fläschchen mit Khol zwischen ihren Brüsten hervor, begann, ihn um Wurches Augen aufzutragen. Anschließend hüllte sie sie in einen sowohl heiligen als auch Glück verheißenden Duft — schließlich kam er aus dem weit entfernten Mekka, wie der Verkäufer erzählt hatte.

»Du siehst wunderschön aus«, sagte Mma. Wurche fühlte sich immer noch nackt. Und seltsam verängstigt.

Als es Abend wurde, hatten Etuto, seine Berater, Söhne und anderen männlichen Familienmitglieder den halben Hof gefüllt, während die Frauen die andere Hälfte beanspruchten. Jedes Mal, wenn Wurche versuchte, bis zu Etuto durchzudringen, hielt sie jemand auf, damit sie einen Verwandten begrüßte, von dessen Existenz sie bis dahin nicht das Geringste geahnt hatte: den Neffen des Großvaters ihrer Mutter. Eine entfernte Tante, die in Tränen ausbrach, weil Wurche angeblich genauso aussah wie ihre Mutter. Die Frau hatte geweint und Wurche dreimal an ihre Brust gedrückt. Diese Begegnungen begannen stets mit der Frage: »Kennst du mich noch?« Natürlich nicht! Am liebsten hätte sie ihnen gesagt, dass sie aufhören sollten, ihre Zeit zu verschwenden, doch ihr erwartungsvoller, forschender Blick – du *solltest* mich aber kennen! – amüsierte sie. Stattdessen ließ sie die Person und ihre Frage auf sich wirken, um dann eine Mischung aus Kopfnicken und Kopfschütteln von sich zu geben. Daraufhin würde ihr Gegenüber ganz von selbst zu dem Schluss gelangen, dass Wurche noch zu jung war, damals vielleicht noch gar nicht auf der Welt gewesen war. Erst dann ließ man sie gehen.

Etuto dagegen war von zwei Frauen flankiert, auf die er unaufhörlich einflüsterte. Sein Gesicht wurde vom Feuer erhellt, und jedes Mal, wenn er sich vorbeugte, kicherten die Frauen. Er sah nicht aus wie ein Mann, der die letzten Wochen gewissermaßen in einem lichtlosen Brunnenschacht verbracht hatte.

Wurches Mutter war in einer Hütte, etwa zehn Minuten von Etutos Gehöft, aufgewachsen. Mma hatte ihr nie gesagt, wer ihre Mutter gewesen war, aber mit der Zeit hatte sie eins und eins zusammengezählt und daraus geschlossen, dass ihre Mutter weder königlicher Abstammung noch eine legitime Ehefrau gewesen war. »Konkubine« traf es wohl eher, wie eine der Frauen neben Etuto. Da begriff sie: Wenn die Verwandten ihrer Mutter herbeigerufen worden waren – sie waren in großer Zahl gekommen –, stand der Ausgang des Geschehens bereits fest. Das hier war eine Hochzeitsanbahnung.

»Wurche«, rief Etuto, und sie zuckte zusammen. Er winkte sie zu sich. Als sie näher kam, sprang eine der

Frauen auf, um ihr Platz zu machen. Wurche ließ sich Zeit beim Hinsetzen. Er dämpfte die Stimme. »Ich weiß, dass du nicht begeistert bist.«

Wurche starrte auf die Brüste der Frau neben ihrem Vater, die herabhingen wie Baobabschoten.

»Geht es dir besser?«, fragte sie.

»Viel besser. Tut mir leid, dass ich noch keine Zeit hatte, mich mit dir zusammenzusetzen und dir zu erklären, was los ist«, sagte Etuto. »Es geht um das unangenehme Thema, wer das Fell erbt und neuer Chief von Kpembe und Salaga wird. Unsere Familie ist schon viel zu oft übergangen worden. Deshalb wirst du mir ... und nicht nur mir, sondern der gesamten Kanyase-Dynastie einen Gefallen tun. Bei deinen anderen Verehrern brauchten wir keine Bündnisse, und als du sie abgewiesen hast, habe ich dir das durchgehen lassen. Aber dieser junge Mann wird dir gefallen.«

Wurche musste daran denken, wie oft Etuto ihr selbst gesagt hatte, dass Gonja-Königstöchter die glücklichsten Frauen der ganzen Welt seien: Sie durften sich ihre Partner selbst aussuchen, auch Männer, die bereits verheiratet waren. Jetzt wurde ihr dieses Privileg verwehrt. Sie bekam einen ganz trockenen Mund. Und warum beharrten alle darauf, dass ihr der junge Mann gefallen werde? Sie hatten keine Ahnung von ihr und bestimmt auch nicht davon, welcher Typ Mann ihr gefiel.

»Wir müssen uns der unangenehmen Wahrheit stellen, Wurche«, fuhr Etuto fort. »Es wird Krieg geben. Ich habe mich hierher zurückgezogen, um unsere Strategie vorzubereiten.« Selbst bei diesen Worten blieb sein Gesichtsausdruck milde. Etuto sah aus wie ein glücklicher Mann. Wurche konnte sich nicht vorstellen, dass er nur noch an die Wand starrte, wenn seine Krankheit wieder zuschlug, oder Krieg gegen jemanden führte. Aber ihre Ahnung hatte sie nicht getrogen: Ihr Vater ruhte sich nicht aus. »Du hast mich sogar erst auf die Idee gebracht«, fuhr er fort. »Nämlich dass wir uns auf unsere Freundschaft mit den Dagomba konzentrieren sollten. Ein Bündnis mit den Dagomba ist die Lösung für unser Problem: Sie sind gut bewaffnet, und sie mögen mich, weil meine Schwester einen von ihnen geheiratet hat. Das sorgt dafür, dass wir einander mit Respekt be...«

Sanduhrtrommeln übertönten Etuto.

»Ah, sie sind da«, sagte er mit dröhnender Stimme. Er war ein großer Mann mit dunkler Haut, die im Schein des Feuers schimmerte. Alle erhoben sich. »Dagomba hat die besten Trommler weit und breit. Hört nur!«

Er gab seinen Leuten das Zeichen, zum Eingang zu gehen. Vier junge Männer drehten sich um die eigene Achse, schlugen wie verrückt ihre Sanduhrtrommeln und wirbelten Staub auf, während sie sich dem Eingang näherten. Etuto und die Seinen teilten sich vor den Musikern. Ihnen folgten mehrere Frauen, die Jubellaute ausstießen und in die Hände klatschten. Dann kamen drei Männer herein, die alle ähnliche blau gestreifte Kaftane, schwarz bestickte Reitstiefel und weiße, über die Schultern drapierte Tücher trugen. Die Frauen blieben stehen und klatschten dem Mann in der Mitte zu. Als das Trommeln erstarb, führte Etuto die Neuankömmlinge zu ihren Fellen.

Der Mann im Mittelpunkt der Aufmerksamkeit hatte auch ein rundes Gesicht, aber während Etuto in die Höhe schoss, ging er in die Breite. Er wirkte weichlich. Wurche warf einen kurzen Blick auf ihren Verehrer und beschloss dann, lieber ihre Fingernägel zu betrachten. Er sah kein bisschen aus wie Moro, sondern war in mehrfacher Hinsicht das genaue Gegenteil. Selbst seine Hautfarbe verblasste gegen ihn. Sie war nicht satt und schimmernd wie die Moros. Sie hatte auf ein Wunder gehofft. Und sich das alles noch dazu selbst eingebrockt. In Zukunft würde sie mehr an sich denken, wenn sie ihrem Vater Ratschläge erteilte.

Tabletts mit Wagashie und Kalebassen mit Hirsebier wurden herumgereicht. Etuto schritt auf den Spross der Königsfamilie von Dagomba zu. Sie schienen ein paar lustige Bemerkungen auszutauschen, weil beide in lautes Gelächter ausbrachen. Etuto legte seine Linke auf den Rücken des vornehmen Besuchs und ließ ihn erst die Männer seines Haushalts und dann die Frauen begrüßen, zuallererst die Ältesten. Anschließend machten sie vor Wurche Halt.

»Ich darf Euch meine Tochter vorstellen«, sagte Etuto. »Wurche, das ist Adnan, Mitglied der Königsfamilie, der gut aussehende Neffe des Chiefs von Dagomba.«

Wurche schüttelte die weichen Hände des Mannes. Wenn es Etuto glücklich machte, würde sie es ihm zuliebe tun. Um dann zu erbitten, was sie sich wünschte.

Aminah

Aminah wollte alles für Na und das neue Baby tun. Sie badete das Kind, trug es auf dem Rücken mit sich herum und sang es in den Schlaf. Sie lernte, gute Babyrülpser und -pupse von schlechten zu unterscheiden, blieb mit Na wach, wechselte sich mit ihr ab und half, den nicht nachlassenden Hunger des Babys zu stillen. Obwohl sie wegen Babas Abwesenheit trauerte, hielt sie das nicht davon ab, das niedliche Baby zu genießen: Wie es sich umsah und die Mimik aller in seiner Umgebung nachahmte, dabei auch die Aminahs auf seinem Gesicht zeigte. Es war fast unheimlich, wie sehr die Kleine Baba ähnelte. Die Trägheit, mit der sie die Augen öffnete und wieder schloss. Alle sahen es, ohne es auch nur mit einem Wort zu erwähnen.

Die Zeit verging. Das Baby begann, den Kopf zu heben und zu sprechen, ein vorsichtiges hustendes Gurgeln, das wieder etwas Gelächter Einzug halten ließ. Die Kleine steckte sich alles in den Mund, und Hassana tat nichts lieber, als das Baby mit seinem zahnlosen Gaumen an ihrer Nase knabbern zu lassen. Das waren die kleinen Momente, die die Familie durchhalten ließen. Das Baby schloss die Lücke, die Babas Abwesenheit gerissen hatte, obwohl noch überall etwas an ihn erinnerte: ein im Hof liegen gebliebener Schuh, der aussah wie ein offen stehender Mund, heruntergefallener Putz vor der Küchentür, den er nur ungenügend ausgebessert hatte, der anhaltende Duft nach Patschuli und Leder vor seinem Zimmer und der Trog seines Esels, in dem sich Staub und Gras ansammelten. Ein guter Mann, wie alle sagten, wenn sie die Frauen besuchten. Jedes Mal wenn Aminah versuchte, sein Gesicht vor ihrem inneren Auge heraufzubeschwören, wurde das Bild blasser, unschärfer. Sein rötlicher Teint, sein stilles Lächeln, seine großen Augen, die alles sahen und nichts verurteilten –, all diese Details hatten ihren Glanz verloren. Sie hatte sich noch nicht dazu aufraffen können, seine Werkstatt zu betreten. Keiner hatte das geschafft, auch nach über einem Jahr nicht. Aminah stellte sich vor, dass sie voller Spinnweben war, sein Arbeitsplatz von Sand zugeweht – ein Raum, der dringend geputzt werden musste. Aber sie konnte sich einfach nicht dazu durchringen, ihn zu betreten. Denn dann würde die stabile Mauer, die sie in den letzten Tagen, Wochen und Monaten errichtet hatte, schneller zu Staub zerfallen als ein Ameisenhügel im Sturm. Sie kamen irgendwie zurecht und mussten weitermachen.

Aminah putzte oft Nas Zimmer, hatte Babas Kleidung, die er dort zurückgelassen hatte, jedoch noch nicht angerührt. Sie lag nach wie vor ordentlich aufeinandergestapelt auf dem Hocker, auf dem er manchmal nach der

Arbeit an seinen Schuhen saß. Immer wenn Baba hereingekommen war und sich dorthin gesetzt hatte, hatte sich Aminah entschuldigt. Neben der Arbeit mit den Schuhen und den beiden Ehefrauen, die er versorgen musste, hatte er bestimmt nicht viel Zeit für Na. Sie stellte sich vor, wie Na das Gespräch mit »Weißt du, was mir Rama-Na heute erzählt hat?« einleitete. »Weißt du, wohin Adjaratu-Na heute Morgen gegangen ist? Weißt du, wie Motaaba-Na ihre Neri-Suppe kocht?« Woraufhin sich die Frau in endlosen farbigen Details ergehen würde, während Baba einfach nur zuhörte und liebevoll Nas Grübchen musterte, die in ihren Wangen auftauchten und wieder verschwanden, wenn sie sprach. Sie hatten eine enge Beziehung, davon war Aminah überzeugt, eine, die keine Geheimnisse kannte. Nas Familie, Viehhirten, war stets umhergezogen. Sie kamen gerade durch Botu, als Baba die junge Na beim Melken beobachtet hatte. Als er sich endlich dazu durchrang, um ihre Hand anzuhalten, war ihre Familie bereits weiter nach Norden gezogen. Zum Glück herrschte gerade Trockenzeit, sodass es Baba nach drei Tagen gelang, sie anhand von Grasflecken, auf denen Kühe geweidet hatten, zu finden.

Aminah sah zu, wie das Baby gierig an Nas Brust trank, während ihre Mutter an die Decke starrte.

»Na«, sagte Aminah und riss die Mutter aus ihren Gedanken.

»Ich weiß, dass du hier bist. Tut mir leid, aber ich habe bloß nachgedacht ...«

»Worüber denn?«

»Über nichts Besonderes.«

»Motaabas Vater ist gerade aus Dschenne zurückgekehrt.«

Na warf ihrer Tochter einen überraschten, erwartungsvollen Blick zu. Es war grausam, die Mutter in der Hoffnung zu wiegen, es gäbe Neuigkeiten von Baba, deshalb sagte Aminah sofort: »Motaaba-Na meinte, dass er ihr mehr als genug Salz mitgebracht hat. Wir dürfen uns gern welches holen.«

»Das ist nett von ihr.« Na legte das Baby an die andere Brust.

»Soll ich welches holen?«

Na schwieg. »Ich habe ein Opfer gebracht, damit Baba zurückkommt«, sagte sie unvermittelt. »Ich weiß, dass wir unser Schicksal annehmen sollten, weil Otienu Pläne für unsere Seelen und für uns hat. Aber das sagt sich so leicht. Das Leben ist alles andere als einfach. Ich kann nicht akzeptieren, dass Babas Schicksal miteinschließt, ihn in unser Leben treten und dann wieder daraus verschwinden zu lassen. Ich habe mich so hilflos gefühlt, wusste nicht, was ich tun sollte, deshalb habe ich mich mit Eeyah und Obado beratschlagt. Wir haben Obado einen alten Hammel gebracht, und er hat ihm die Kehle durchgeschnitten. Als du Dschenne erwähnt hast, dachte ich schon … Ich habe kurz gehofft, dass der *Parli* gewirkt hat.«

Ihre Stimme wurde ganz dünn.

»Es tut mir so leid, Na …«

»Wir müssen stark bleiben.« Sie hustete Schleim ab.

»Hol etwas Salz von Motaabas Vater. Und sag Motaaba-Na, dass sie sich jederzeit etwas dafür bei uns holen kann.«

Eines Nachmittags brachte Issa-Na Obado und einen leicht nervösen Mann mit antilopenähnlichen Augen mit. Dicke graue Wolken standen am Himmel, die Luft war feucht und schwül, und alle beteten um Regen.

»Das Haus der Frauen«, sagte Obado und ließ sich auf der Matte nieder, die Aminah für ihn ausgebreitet hatte. »Sieh nur, wie respektvoll sie ist«, sagte er zu dem kleinen Mann.

Ein Windstoß blies Obados Kappe fort und gab seine Glatze frei. Hassana lief der Kappe hinterher und setzte sie ihm übertrieben aufmerksam wieder auf.

Die Familie saß daneben, und das Baby beobachtete den Antilopenmann, wohl wissend, dass er noch nie hier gewesen war. Aminah holte Wasser für die Gäste und verpasste den Beginn von Obados Ansprache, aber als sie zurückkam, sagte er, ihre Gemeinschaft sei wie ein Vogelschwarm.

»Deshalb müssen wir Gruppen bilden, denn sonst sind wir angreifbar. Unser Bruder, dein Vater ...«, er schwieg und holte tief Luft, »... ist jetzt seit über einem Jahr fort. Als dann dieser brave Gentleman hier, der Onkel von unserer Issa-Na, kam und mich um meinen Segen bat, konnte ich nicht Nein sagen, denn dieses Haus braucht einen Mann, so wie Pflanzen Wasser brauchen. Issa-Nas Onkel würde gern um Aminahs Hand anhalten. Issa-Na meinte, dass ihr und *dein* Mann, Aminah-Na, schon länger darüber gesprochen habt, Aminah zu verheiraten und bei seiner Rückkehr ihre Hochzeit vorbereiten wolltet.«

Obados Worte trafen Aminah wie ein Schlag. Hatte Na das gewusst? Eeyah? Aminah sah verstohlen zu ihrer Großmutter hinüber, die an der Pfeife zwischen ihren Zähnen zog. Sie wirkte wenig beeindruckt. Issa-Na strahlte. Hatten Baba und sie das alles schon von langer Hand geplant? Der Zeitpunkt war schlecht gewählt, aber alle taten so, als wäre es das Normalste von der Welt. Die Einzige, die Aminahs Verwirrung zu teilen schien, war Na, die ihr Baby übertrieben auf ihrem Schoß auf und ab hüpfen ließ. Aminah starrte ihre Mutter an, bis sich ihre Blicke trafen. Na hob die Brauen, wie um zu fragen, was Aminah davon halte. Obado sagte gerade, für die Hochzeitsvorbereitungen sei noch ausreichend Zeit, als sich die Regenwolken entluden. Na eilte mit dem Baby in ihr Zimmer, gefolgt von Aminah.

Na ließ sich auf ihre Matte sinken und wischte dem Baby die Regentropfen ab.

»Stimmt das, was sie sagen?«, fragte Aminah.

Na antwortete ihr nicht gleich, sagte aber dann: »Das Wichtigste ist doch, ob du es willst. Mach dir um uns keine Sorgen.«

»Ich will das, was du mit Baba hast.« *Ich will das, was du mit Baba hattest.* Keiner dieser Sätze klang überzeugend. Na schwieg. »Ich möchte ihr gegenüber nicht respektlos sein«, fuhr Aminah fort. »Aber Issa-Na lügt, wenn sie behauptet, dass Baba mich verheiraten wollte. Dann hätte er dir ... oder mir doch etwas davon gesagt.«

Na schüttelte traurig den Kopf. Ihr Schweigen erzählte etwas anderes, verwies darauf, dass Aminah sich vielleicht in Bezug auf die Nähe zwischen ihren Eltern getäuscht hatte. Hätte Baba Issa-Na überhaupt geheiratet, wenn sich ihre Eltern wirklich so nahestanden, wie sie sich das immer vorgestellt hatte? Ihr Bauchgefühl sagte Aminah, dass Baba, selbst wenn ihn seine Familie dazu gedrängt hätte, immer bekam, was er wollte. Er hatte sich also bewusst für Issa-Na entschieden.

»Tu erst einmal nichts«, sagte Na. »Ich werde mit ihm reden und ihm sagen, dass es in unserer Natur liegt, zunächst alles gründlich zu durchdenken und keine übereilten Entscheidungen zu treffen. In zwei Wochen werde ich Issa-Na zu ihm schicken und ihn holen lassen. Wenn er kommt, werden wir so abwegige Forderungen stellen, dass er sich seinen Antrag noch einmal gut überlegen wird.«

Aminah war froh, dass Na den alten Kampfgeist trotz ihrer Trauer nicht verloren hatte.

Issa-Na ging in ihr Heimatdorf, um ihren Onkel zu holen, wie von Na gefordert. Issa ließ sie daheim, denn es war eine weite Reise, die seinen ohnehin schon geschwächten Körper noch mehr mitnehmen würde. Dadurch änderten sich die Schlafgewohnheiten: Na schlief mit dem Baby in ihrem Zimmer, Eeyah teilte sich einen Raum mit Husseina, und Hassana (die behauptete, Eeyahs Schnarchen hielte sie wach), Issa und Aminah schliefen in Issa-Nas Zimmer. Issa hatte begonnen, selbstbewusster aufzutreten. Er hielt sich kerzengerade, als würde ihn die Abwesenheit seiner Mutter dazu ermächtigen, seinen rechtmäßigen Platz als Herr des Hauses einzunehmen. Aminah nahm ihn mit zur Arbeit auf das Gehöft, und er war ihr eine große Hilfe: Seine kleinen Hände säten schneller als alle anderen.

Nach einer Woche war Issa-Na immer noch nicht zurück. Eeyah erzählte gerade die Geschichte von der heimtückischen Spinne, die gern alle anderen übers Ohr haut, vor allem den König, hielt aber mittendrin inne und sagte, sie werde den Rest morgen erzählen. Aminah mochte es gar nicht, wenn Geschichten nicht zu Ende erzählt wurden, aber das Baby war eingeschlafen und musste ins Bett gelegt werden, bevor es erneut geweckt wurde. Sie trug es in Nas Zimmer, wo diese mit fledermausartig ausgebreiteten Armen lag und an die Decke starrte. Sie setzte sich schniefend auf und versuchte, sich unauffällig über die Augen zu wischen, bevor sie die Hand nach dem Baby ausstreckte. Na legte es hin, ohne Aminah in die Augen zu schauen. Die wurde auf einmal ganz gereizt. Was trauerte sie nur so um einen Mann, der Geheimnisse vor ihr hatte?

»Vielleicht haben Issa-Na und Obado ja recht«, sagte Aminah. »Wir müssen uns damit abfinden, dass Baba tot ist, um ihn trauern und dem Baby einen Namen geben. Soll die Kleine denn ewig namenlos bleiben?«

Na warf ihr einen sengenden Blick zu.

Aminah stand auf, murmelte eine Entschuldigung und ging, wünschte sich, nicht so vorlaut gewesen zu sein. Sie trat auf den von blauem Mondlicht erhellten Weg und schämte sich von Minute zu Minute mehr. Sie wollte einen langen Spaziergang machen, aber das Gras wuchs wilder als je zuvor. Deshalb setzte sie sich vor dem Haus auf einen Felsen und ließ sich von ihrer Scham verschlingen. Sie brach in Tränen aus – Tränen, die sie schon seit einer Ewigkeit zurückhielt. Sie hörten gar nicht mehr auf zu fließen und weigerten sich zu versiegen. Dann betete sie für Baba. Darum, dass er – sollte er noch leben – wieder zu ihnen zurückkehrte, vor allem Na zuliebe. Und sollte dem nicht so sein, dann darum, dass er heil bei seinen Vorfahren ankäme. Dass es die Familie auch ohne ihn schaffen würde.

In dieser Nacht fand Aminah nur wenig Schlaf. Immer wenn sie gerade eine bequeme Position gefunden hatte, wurde sie von Hassana getreten. Als man sie wachrüttelte, kaum dass sie eingeschlafen war, glaubte sie, sich wieder nur schlaflos hin und her gewälzt zu haben. Doch dann wurden die ungewohnten Geräusche lauter. Pferde wieherten. Menschen schrien. Wehklagen wurde laut, ein Knistern und unablässiges Hufgetrappel vor dem Fenster, das immer mehr anschwoll. Hassana und Issa waren auch wach. Es war zu dunkel, um in ihren Gesichtern lesen zu können, aber Aminah spürte, wie sie da saßen, gelähmt vor Angst.

»Wartet hier.« Sie spähte in den Innenhof. Eeyah und Husseina waren draußen. Über dem Eingangstor wölbte sich eine grellrote Kuppel am Himmel, als wäre das Dorf ein riesiges Feuer. Aminah ging zu Husseina und Eeyah.

Die Häuser nebenan fingen Feuer. Das Hufgetrappel wurde drängender. Issa und Hassana kamen herausgerannt. Die Familie eilte auf Nas Hütte zu, aber ein Pferd mit Reiter in einem wehenden schwarzen Gewand kam durchs Eingangstor gestürmt. Er schien regelrecht zu schweben, eine geflügelte Gestalt, hinter der das Feuer loderte. Er ließ ein Gewehr mit langem Lauf über seinem Kopf kreisen – ein Bild, das ihr unter anderen Umständen die Sprache verschlagen hätte, doch in diesem Moment wollte sich Aminah nur noch unter einem Felsen verstecken. Der Reiter schlug Eeyah mit dem Gewehr zu Boden, zielte auf die Kinder und kommandierte sie zum Tor. Issa stand wie angewurzelt da und zitterte. Aminah nahm ihn auf den Arm und packte Hassana am Handgelenk. Hassana nahm Husseinas Hand.

»Sonst ist niemand mehr da«, rief Aminah panisch, in der verzweifelten Hoffnung, dass man ihre Hütten in Ruhe lassen würde. Dabei wusste sie nicht einmal, ob sie überhaupt dieselbe Sprache sprachen. Wenn sie noch jemanden retten konnte, dann Na und das Baby.

Der Reiter ließ Eeyah liegen, die sich nicht mehr rührte, und scheuchte die Kinder hinaus, wo mehrere andere Reiter Menschen aus ihren Häusern führten. Sie trieben alle zusammen und fesselten sie an der Taille aneinander, Männer und Frauen, Mädchen und Jungen wild durcheinander. Familien wurden getrennt und mit anderen Familien zusammengebunden. Aminah setzte Issa ab und packte seine Hand, wobei sie gleichzeitig Hassanas Handgelenk umklammert hielt. Sie wusste, dass sie ihnen wehtat, aber sie mussten zusammenbleiben. Sie waren von weinenden und flehenden Menschen umgeben. Aminah sah sich nach dem Haus um: Na und das Baby waren nach wie vor nicht herausgekommen. Sie war erleichtert, denn das Baby würde eine so grobe Behandlung bestimmt nicht überleben. Aminah konnte nur hoffen, dass Na tief und fest schlief, wie sie es manchmal tat. Denn wenn sie den Aufruhr hörte, würde sie bestimmt vor die Tür treten.

Die Reiter schwärmten aus, um die Dächer in Brand zu setzen. Andere schlugen die Gefangenen mit Fliegenwedeln, forderten sie brüllend auf, sich zu beeilen. Aminah sah sich um, und noch immer kam niemand aus ihrem Gehöft. Hatte Na beschlossen, im Gebäude zu bleiben?

Die Gefangenen liefen im Gänsemarsch hintereinander her, und als sich Aminah noch einmal umsah, war das ganze Dorf von Flammen verschlungen. Der Himmel über ihnen war kalt, blau und gleichgültig, der Mond war von weißen Wolkenfetzen umgeben. Aminah betete darum, dass Eeyah aufwachte, Na und das Baby rettete. Eine große Rußwolke stieg auf. Das grellrote Feuer verzehrte alles, der Rauch ließ sie husten und brannte in ihren Augen. Auf einmal war sich Aminah nicht mehr sicher, ob es ein Segen war zurückzubleiben. Sie lief wie in Trance, unfähig zu verarbeiten, was da gerade geschah. Etwas Schlimmes war passiert, passierte nach wie vor. Issa geriet ins Stolpern, Aminah stolperte über ihn und riss auch Hassana zu Boden. Dann stolperte Husseina über Aminah. Die Reiter hatten Helfer. Sie schlugen mit der Peitsche gegen Aminahs Schienbeine, sodass sie aufsprang, sich aufrichtete und Issa hochzog.

Das Dorf verbrannte. Sie spürten die Hitze sogar noch, als der größte Baum nur noch die Größe eines kleinen Asts zu haben schien. Nichts konnte ein solches Feuer überstehen. Aminah würgte. Wie dumm sie nur gewesen war! Sie hätte Na wecken müssen. Tränen ließen alles vor ihr verschwimmen. Sie konnte nicht sehen, wo sie hintrat. Hatten Na, das Baby und Eeyah überlebt? Bei dem Gedanken, dass sie verbrannt waren, musste sie erneut würgen. Die Menschen schnieften, schluchzten und wimmerten. Die Grillen sangen ihr übliches Lied dazu: *Kri-kri-kri.*

Wurche

Sie sah ihrem Hochzeitstag bang entgegen, wie eine Sklavin, die darauf wartet, verkauft zu werden, wohl wissend, dass der Tag kommen wird, wenn auch nicht genau wann. Wurche war außerdem wütend. Als sie nach Einzelheiten gefragt hatte, hatte sie nur erfahren, dass es ein vielversprechendes Datum sein müsse. Ihr gefiel der Mann nicht, den man ihr vorgestellt und der bereits die üblichen zwölf Kolanüsse gebracht hatte, um um ihre Hand anzuhalten. Doch ihre Wut richtete sich nicht gegen Etuto und Mma, die das Ganze geplant hatten, sondern in erster Linie gegen sich selbst, weil sie sich derart hatte entmachten lassen. Obwohl sie eingewilligt hatte, den Spross der Königsfamilie von Dagomba zu heiraten, zerbrach sie sich nach wie vor fieberhaft den Kopf, wie sich die Hochzeit vereiteln ließe. Fortlaufen war das Beste, aber sämtliche Szenarios, die sie sich ausdachte, zerfielen sofort zu Staub wie ein mottenzerfressener Kaftan, sobald man ihn in die Hand nimmt. Trotzdem machten sie ihr Hoffnung.

Ihr erster Plan sah vor, zur Familie ihrer Mutter zu ziehen, die nicht allzu weit von dem Gehöft entfernt lebte. Aber das waren ausgerechnet diejenigen, die Wurche mehr als alle anderen verheiraten wollten. Jeden Tag kamen irgendwelche Personen auf Etutos Gehöft, die behaupteten, ihre Tante zu sein, um dann hier in Erwartung, dass das Hochzeitsdatum verkündet würde, herumzusitzen. Der gierige Glanz in ihren Augen, sobald Essen herumgereicht wurde, ließ darauf schließen, dass sie sehr dankbar waren, mit einer wohlhabenden Königsfamilie verwandt zu sein (auch wenn das direkte Glied, Wurches Mutter, längst nicht mehr lebte). So gesehen würden sie Etuto also keinesfalls hintergehen.

Sollte sie versuchen, sich dorthin zu flüchten, würde man sie blitzschnell fesseln und zu Etuto zurückbringen.

Ihr zweiter Plan sah vor, zu den Aschanti zu fliehen. In ihrer Kindheit hatte Mma ihr so oft gedroht, sie zu den Aschanti zu schicken, dass sie ihre Angst vor den kleinwüchsigen Waldbewohnern, die einen Menschen auffressen, ohne mit der Wimper zu zucken, nie ganz überwunden hatte. Mma sagte, ihr Kannibalismus habe sie zum mächtigsten Reich der gesamten Region gemacht. Doch in Wahrheit waren die Aschanti so mächtig, weil sie den Gold- und Kolanusshandel kontrollierten, weil sie einen König hatten, den man nicht so leicht stürzen konnte wie die Gonja-Könige, und weil sie der dichte Wald, in dem sie lebten, sogar vor so mächtigen Feinden wie den Briten schützte. Doch dieses Wissen nahm ihr nicht die tief verwurzelte Angst. Andererseits wäre das das perfekte Versteck, aber sie beherrschte deren Sprache nicht und würde die Weite der Savanne vermissen. Ein Pferd würde sie im Wald auch nicht haben können. Und hätten sie erst mal herausgefunden, dass sie aus Salaga-Kpembe stammte und von königlicher Abstammung war, würden sie sie bestimmt köpfen.

Deshalb blieb sie bei ihrer ursprünglichen Idee, die vorsah, ihre Zustimmung zur Hochzeit als Unterpfand gegen ihren Vater zu nutzen: Sie würde um eine aktive Herrscherrolle bitten. Doch dann starb der alte König der Kpembe, und alles ging so schnell, wie Wurche es niemals hätte vorhersehen können.

Zahlreiche Frauen hatten sich vor Etutos Hütte versammelt.

Wie von Zauberhand tauchten sie auf, wie Fliegen, die ein Stück Fisch umschwirren, wie aus dem Nichts, in Heerscharen. Jede Stimme für sich war leise, doch im Chor erzeugten sie ein lautes Dröhnen. Eine Frau begann zu stöhnen, und aus dem Stöhnen wurde ein Schrei.

»*Wo yo!*«

»*Wo yo!*«

»*Wo yo!*«

Wurche war fest davon überzeugt, dass keine dieser Frauen den Chief der Kpembe jemals gesehen hatte, trotzdem trauerten sie um ihn wie um einen verlorenen Sohn. Wurche ertappte Mma dabei, wie sie sich die Augen abtupfte. Nicht auch noch du!, dachte sie, aber Mma hatte eine Erklärung parat.

»Er war der Kitt, der unsere Zwillingsstädte Kpembe-Salaga und die drei Dynastien, die um das Fell kämpfen, zusammengehalten hat. Jetzt haben sich die Dynastien über seine Nachfolge entzweit. Wie bereits gesagt – das wird nur Probleme geben. Außerdem war der alte Kpembewura wie ein Bruder für mich. Dein Großvater und er standen sich sehr nahe. Er war ein guter Mann.«

Mehrere Männer, die meisten mit langen weißen Bärten, kamen zu Pferd zu ihnen, sprangen ab und betraten Etutos Gemach. Manche schoben sogar die Frauen aus dem Weg. Wurche nutzte die Gelegenheit, mit ihnen hineinzuhuschen. Sie fing Mmas Blick auf, als diese versuchte, ihr Einhalt zu gebieten, doch sie war schneller als ihre Großmutter und schlüpfte in die Hütte.

Darin ließen sich die Männer im Kreis nieder, und die bereits Sitzenden fächelten sich mit ihren Fliegenwedeln Luft zu. Wurche entdeckte Sulemana und Dramani und ging auf sie zu. Sie konnte die missbilligenden Blicke förmlich spüren. Ein älterer Mann hob mahnend den Finger. Sie setzte sich neben Sulemana, der sie kopfschüttelnd ansah und lachte. Etuto beobachtete die Szene mit verquollenen Augen und wartete, bis alle Platz genommen hatten. Er stellte Blickkontakt zu ihr her, runzelte kurz die Stirn und ließ den Blick weiterschweifen. Er schien eindeutig Wichtigeres zu tun zu haben, als sich um seine rebellische Tochter zu kümmern. Sie wusste nicht, was der Tod des Kpembewura bewirken würde, aber Etutos Gesundheit hatte eindeutig gelitten. Sie schaute sich um und sah, wie Mma hereinhumpelte, eine Kürbisflasche in der Hand. Sie schritt auf Wurche zu.

»Es ging viel zu schnell«, sagte einer der Männer zu

seinem Sitznachbarn. »Bei diesem Machtvakuum kreisen bereits die Geier.«

»Wir sind nicht für einen Krieg gerüstet«, erwiderte dieser.

Das Murmeln der Männer wurde lauter, und Etutos Mallam kam herein – derjenige, dessen Rat am meisten zählte. Etuto half dem alten Mann auf das Kuhfell neben sich, beugte sich vor und flüsterte ihm etwas zu. Dann räusperte er sich laut und sorgte für Ruhe. Mma blieb nichts anderes übrig, als sich an Ort und Stelle zu setzen – eine Riesenerleichterung für Wurche, da die alte Frau sie sonst bestimmt mit hinausgezerrt hätte.

»Möge der Kpembewura in Frieden ruhen«, sagte Etuto.

»*Ami*«, segneten die Männer seine Aussage ab. »*Ami, Ami, Ami.*«

»Folgendes wird passieren«, fuhr Etuto fort. »Wir werden morgen nach Kpembe zurückkehren, um die anderen Ältesten der Kanyase-Dynastie zu treffen, und denjenigen wählen, der der nächste Kpembewura sein wird. Dann werden wir der Lepo- und der Singbung-Dynastie den von uns bestimmten Anführer vorstellen. Unsere Dynastie ist viel zu viele Generationen lang übergangen worden, und bei der Geburt unseres Reiches hat unser großer Gründervater Namba Kpembe seinen drei Söhnen vermacht: Kanyase, Lepo und Singbung. Einer von ihnen sollte das Fell erben, dann der Zweite und schließlich der Dritte. Warum sollen nur zwei Dynastien an die Macht kommen und eine übergangen werden? Warum wurden wir verdrängt? Die letzten sieben Felle haben vier Lepo- und drei Singbung-Chiefs bekommen. Kein einziger Kanyase. Manche sagen, dass Lepo und Kanyase Zwillinge waren und somit als eine Dynastie gelten, weshalb die Nachfolge stets an die Singbung und Lepo ging, aber das stimmt nicht. Kpembe ist uns dreien vermacht worden.«

Gemurmel wurde laut.

»Möge der Kpembewura in Frieden ruhen«, sagte ein Mann, der Etuto gegenübersaß. »Ich werde dich in deinem Bestreben, Kpembewura zu werden, unterstützen, auch wenn ich keine guten Nachrichten habe: Bevor wir Salaga verlassen haben, haben die anderen Dynastien gefordert, das Fell weder dir noch Königssohn Shaibu zu geben, der selbst gesagt hat, dass er kein Interesse daran hat, Kpembewura zu werden, sondern Königssohn Nafu, weil er vermögend ist und wir in diesen Zeiten Ressourcen brauchen, um Kpembe und Salaga wiederaufzubauen.«

»Nafu hat keine Ahnung vom Regieren«, warf ein anderer ein.

»Nafu hat kein Interesse daran, uns wiederzuvereinen«, bemerkte Wurche leise. »Er möchte bloß noch vermögender werden.«

»Ob er nun vermögend ist oder nicht«, sagte Etuto, »diese Ungerechtigkeit muss aufhören. Drei Dynastien ist das Fell vermacht worden, und wir müssen das Kräftegleichgewicht wiederherstellen, auf dem unser Reich bei seiner Gründung beruht hat.«

»Was, wenn die anderen Dynastien deinem Vorschlag

nicht zustimmen?«, fragte der alte Mann, der mahnend den Finger gegen Wurche erhoben hatte.

»Zunächst einmal müssen wir die Unsrigen dazu bringen, uns zu unterstützen«, flüsterte Sulemana. »Und das dürfte das größere Problem sein. Ich fürchte, wir haben alle Angst davor, von den eigenen Leuten abgelehnt zu werden.«

»Und dann werden wir uns an unsere Verbündeten aus Dagomba wenden«, antwortete Etuto dem alten Mann. Wurche schaute sich um. Alle Blicke waren auf ihn gerichtet. Wenn sie sich nach Dagomba begaben, dämmerte ihr, dann stand ihre Hochzeit unmittelbar bevor. »Meine Tochter hat einmal eine kluge Bemerkung gemacht: Sie meinte, dass unsere Dynastien genauso sind wie die Kochtöpfe, die unsere Frauen verwenden: auf zwei Füßen wackelig, aber auf dreien hochstabil. Die beiden anderen Dynastien haben sich ohne unsere Beteiligung korrumpieren lassen. Und wir haben uns damit abgefunden, nur noch zeremonielle Funktionen zu übernehmen.«

Wurches Angst wich einem kurzen Moment der Freude, die sich aber gleich wieder legte, als Etutos Bote hereingestürmt kam. Seine Kleider umhüllten einen ausgezehrten Körper, der aussah, als wäre er in den Staub getreten und geschlagen worden. Er nickte den Versammelten zu und warf sich vor Etuto auf den Boden, der ihm erlaubte, sich zu erheben. Keuchend flüsterte er Etuto etwas ins Ohr. Etuto fiel die Kinnlade herunter, doch er riss sich zusammen und dankte dem Boten, der sich verbeugte und an den Rand zurückzog.

Etuto wandte sich wieder an seinen Mallam und beriet sich mit ihm, bevor er sich an die anderen wandte.

»Wir müssen schnell sein«, sagte er mit ernster Miene. »Mein Bote war gerade auf dem Weg nach Kpembe, um die anderen Kanyase-Anführer über unser geplantes Treffen zu informieren, als er einen Vertrauten traf. Der hat ihm erzählt, dass die Singbung und Lepo bereits Soldaten ausgesandt haben, die uns angreifen sollen, weil sie glauben, wir würden uns gegen sie verschwören. Sobald sie mich erledigt haben, werden sie Königssohn Nafu als Kpembewura ins Amt bringen. Die Lepo- und Singbung-Dynastien unterstützen ihn, und die anderen Kanyase-Anführer haben mich zum Rebellen erklärt. Nun, meine Freunde, wir sind hier nicht ausreichend bewaffnet. Wir müssen so bald wie möglich nach Dagomba aufbrechen. Wenn sie kommen, werden sie hier niemanden mehr vorfinden. In Dagomba werden wir unsere Strategie dann weiter ausarbeiten. Sagt den Frauen, sie sollen alles vorbereiten. Und danke für eure Zeit.«

Wurches Eingeweide zogen sich schmerzhaft zusammen. Sie war noch nicht so weit. Sie musste dringend etwas tun, sich etwas einfallen lassen, damit sich ihre Abreise nach Dagomba verzögerte.

»Unsere Probleme haben angefangen, als wir uns in Dynastien aufgeteilt haben«, rief sie. Sie konnte es sich einfach nicht verkneifen. »Aber wie wäre es, wenn wir als ein Volk zusammenkommen und die Probleme als eine Familie gemeinsam lösen? Wenn wir nach Dagomba gehen, sollte unsere Strategie darin bestehen, die anderen

Dynastien dazu zu bewegen, mit uns zusammenzuarbeiten.«

Stille trat ein. Etuto stand auf, entließ alle und wollte sich gerade in sein Privatgemach zurückziehen, als er sich umdrehte und zu Sulemana, Dramani und Wurche hinüberging. Wurches Herz fühlte sich an, als wäre es auf einmal doppelt so groß und würde ihr schier aus der Brust springen. Mma kam auf sie zu, sie hatte missbilligend die Stirn gerunzelt.

»Entschuldigung, Etuto«, sagte Wurche. »Ich musste einfach etwas sagen und ...«

»Du kennst die Neuigkeit: Adnan, Spross der Königsfamilie, und du werdet so bald wie möglich heiraten«, hielt Etuto fest.

Mma schluckte herunter, was sie hatte sagen wollen, und ihr Stirnrunzeln wich einer mitleidigen Miene. Aber Mitleid war noch schlimmer als Wut.

»Etuto, dir zuliebe willige ich in diese Heirat ein«, sagte Wurche. »Aber lass mich bitte an den Verhandlungen in Dagomba teilnehmen. Bitte. Lass uns die anderen Dynastien zusammentrommeln und die Dagomba als Mittler einsetzen.«

Etuto nickte langsam, er schien durch Wurche hindurchzusehen. Schwer zu sagen, ob er überhaupt zugehört hatte. Er zog sich wieder in sein Privatgemach zurück.

Die nächsten zwei Stunden wurden mit dem Ausräumen und Verriegeln der Gehöfthütten verbracht. Eselskarren wurden mit Menschen beladen, Körbe mit Essen und Vorräten, dahinter gingen Schafe, Ziegen und die

Menschen, die zu schwer für die Karren waren. Vor den Eselskarren saßen Etuto und eine kleine Armee zu Pferd und warteten darauf, dass ihnen der Mallam das Zeichen zum Aufbruch gab. Etuto trug seine Kriegstracht, sein Kaftan war von oben bis unten mit quadratischen braunen Ledertalismanen bedeckt, und er hatte zwei Gewehre geschultert.

Mma saß hinter Wurche auf Baki – Etutos Idee. Keine von beiden war froh darüber: Mma beschwerte sich, dass Wurche ihr Pferd zu schnell antrieb, und jemand, der fand, dass sie dringend verheiratet werden müsse, war nun wirklich der letzte Mensch, den Wurche jetzt in ihrer Nähe haben wollte. Dramani war befohlen worden, neben Wurche herzureiten, um sie zu beschützen, was ihren Zorn nur noch steigerte.

»Wir können schon auf uns selbst aufpassen«, zischte Wurche zu Sulemana hinüber, der ebenfalls in Talismane gehüllt war. »Du solltest mehr Vertrauen in mich haben.«

»Du bist eine zukünftige Braut«, sagte Sulemana mit viel zu ernster Miene. »Wir dürfen nicht zulassen, dass dir irgendwas zustößt.«

»Er hat recht«, sagte Mma. »Beruhige dich, Wurche. Diese Dagomba ... Die werden dir nicht durchgehen lassen, was dir Etuto hier erlaubt. Sie haben eine ganz andere Kultur.«

Sulemana erhielt ein Zeichen vom Kopf des Zuges und trabte davon.

»Erinnerst du dich noch an die Geschichte, die du uns immer wieder erzählt hast?«, fragte Wurche.

»Welche denn? Ich habe mich bestimmt nicht wiederholt«, sagte Mma.

»Die Gonja-Geschichte«, sagte Dramani.

»Ja«, bestätigte Wurche. »Die, in der der König seinen beiden Söhnen Umar und Namba befiehlt, nach Bigu, in das Land des Goldes, zu ziehen, um es zu erobern und seinem Reich einzuverleiben. Die Königssöhne sind tapfer und unterwerfen die Menschen in Bigu, doch Namba erhält den Befehl, dass er noch ein Land erobern soll, trennt sich von seinem Bruder und zieht mit seinen Soldaten gen Osten. Er besiegt die dort heimische Bevölkerung und lässt sich in dem Gebiet nieder, wo heute Gonjaland liegt. Aber genau das ist das Problem.«

»Es war eine Prophezeiung«, sagte Mma. »Namba erfuhr, dass er niemals über sein Land herrschen würde.«

»Ja, genau, darum geht es ja. Darum, dass jeder König sein will. Sogar ich. Als Namba angefangen hat, eigene Wege zu gehen, ist eine Kluft entstanden. Und bei seinem Tod hat er mehrere Dynastien hinterlassen. Wir betrachten uns nicht als ein Volk. Wir betrachten uns als Kanyase, Lepo oder Singbung. Wenn wir nicht damit aufhören, werden wir immer weiter zerfallen.«

»Aber das war doch schon immer so: Die Menschen sind weitergezogen, um dafür zu sorgen, dass genug Land für alle da ist.«

Wurche wusste, dass ihre Großmutter kein Einsehen haben würde, deshalb verstummte sie. Mma zwickte Wurche beruhigend in die Taille – eine Geste, die sie erst recht ärgerte.

»Du machst dir bestimmt Sorgen wegen der Hochzeit«, flüsterte Mma, damit Dramani nichts hörte. »Welche *Sunguru* täte das nicht? Wenn wir nach Dagomba kommen, werden dich die dortigen Frauen in einen Raum führen und dir Dinge über deinen Mann erzählen. Bitte hör auf sie. Ich bin froh, dass ich Etuto überzeugen konnte, dir von Anfang an Dagbani beizubringen. Jetzt können sie keine Geheimnisse mehr vor dir haben.«

Wurche reagierte mit einer Grimasse, als Mma auf ihre Jungfräulichkeit anspielte. *Sunguru.* Eine junge, unverheiratete Frau. Als Wurche ungefähr zwölf gewesen war, hatte Mma eine Frau aus Salaga mitgebracht, damit sie die Hausarbeit erledigte. Die Frau hatte eine Tochter namens Fatima, die genauso alt war wie Wurche. Wurche und Fatima wurden unzertrennlich. Eines Nachmittags, als sie in dem kleinen Wald bei Kpembe saßen und sie eine ihrer ernsten Reden geprobt hatte, damit Etuto sie in seinen inneren Kreis aufnahm, ließ sie sich freudig neben Fatima fallen. Diesen Rausch aus Erfolg, Liebe und Verheißung hatte sie nie mehr vergessen. Fatimas Applaus sprach Bände. Es war eine ausgezeichnete Rede gewesen, darüber, warum Frauen gute Anführerinnen waren. Jaji hatte ihr gerade erst von Aminah aus Zazzau erzählt. Sie umarmte Fatima, und die beiden verharrten eine Weile so, bis ihre Umarmung mutiger wurde. Wurche hatte das starke Bedürfnis nach mehr, danach, den Hunger zu stillen, den sie auf einmal entwickelt hatte. Und so kam es, dass sich ihre Körper begegneten, suchten und aneinander rieben, als wollten sie eine verborgene, urwüchsige

Kraft freisetzen. Und als Wurche die Lustperle da unten entdeckte, konnte sie gar nicht mehr aufhören. Bei jeder Gelegenheit erkundeten Fatima und sie den Körper der anderen. Bis Mma sie dabei erwischte. Fatima und ihre Mutter wurden fortgeschickt, seitdem hatte Mma kein Wort mehr über diesen Vorfall verloren. Wurche war sich sicher, dass Mmas dringender Wunsch, sie zu verheiraten, in diesem Vorfall begründet lag.

»Wie bereits gesagt, die haben andere Sitten als wir«, fuhr Mma fort. »Würdest du einen Gonja heiraten, würde man dich sieben Tage lang einsperren. Wie es bei den Dagomba Brauch ist, weiß ich nicht. In der Hochzeitsnacht weine bitte! Weine, wenn man dich vorzeigt. Weine, wenn man dir deinen Mann vorstellt. Du bist zu stolz zum Weinen. Aber ich weiß auch, dass du dieser Hochzeit mit Widerwillen entgegensiehst. Du musst nur deine Gefühle zeigen.«

Sulemana kam zurückgaloppiert.

»Wir teilen uns auf«, sagte er. »Etuto und die Soldaten werden einen anderen Weg nehmen, damit sie schneller in Dagomba sind. Wir nehmen die übliche Strecke.«

Die übliche Strecke, das bedeutete eine zwölfstündige Reise, und als sie in Dagomba ankamen, wurden sie von zahlreichen Trommlern, Frauen, die »*Wuliwuliwuliwuli!*« riefen, und Kindern, die sich zwischen ihren Pferden und Eseln hindurchschlängelten, empfangen. Die Paläste waren weiß getüncht wie in Kpembe, nur größer. Mma sagte, sie sei zwar schon mehrmals in Dagomba gewesen, könne aber immer noch nicht fassen, wie viel größer als

Kpembe es sei. Wurche war auch schon ein paar Mal dort gewesen. Es war groß, aber sie wäre lieber in Salaga geblieben, wo Menschen aus aller Welt zusammenlebten. Dagomba war einfach nur größer als Kpembe: voller wichtigtuerischer Angehöriger des Königshauses.

»Unsere Braut ist hier! Unsere Braut ist hier«, sang die alte Frau am Eingangstor.

Mehrere Mädchen näherten sich Baki und halfen Mma und Wurche hinunter. Als wäre sie eine zarte Blume, führten sie Wurche in einen großen Raum, in dem drei ältere Frauen auf weichen Kissen vor einem Tablett mit Kolanüssen auf einer Matte saßen. Mma nahm neben Wurche Platz und hakte sich bei ihr ein. Die älteren Frauen musterten Wurche mit ernster Miene, bis weitere Frauen hereinkamen und hinter ihr Platz nahmen, Mma und sie förmlich einkesselten. Wäre Wurche doch nur geflohen! Es war dumm gewesen, mit Etuto verhandeln zu wollen, und jetzt war es zu spät.

»Wir müssen sie mästen«, sagte eine der alten Frauen.

»Ja, sonst wird er sie zerquetschen«, sagte eine zweite.

Sie hörten nicht auf, sie anzustarren, und Wurche, die es leid war, wie eine Puppe behandelt zu werden, sagte: »Wann ist die Hochzeit?«

Mma tat so, als würde sie etwas von Wurches Kaftan pflücken, und zwickte sie.

»Aha«, sagte die erste alte Frau, »da ist jemand ungeduldig.«

»Sie kann es kaum erwarten, mit Eurem Sohn verheiratet zu werden«, sagte Mma.

»Nun, wir werden das Datum festlegen«, sagte die zweite alte Frau und kaute geräuschvoll auf einem Stück Kolanuss. Sie ließ die Schale herumgehen. »Waschen wir dich zum Abendessen. Danach beginnt dein Eheunterricht.«

Die Mallam von Dagomba legten das Hochzeitsdatum auf einen Vollmondtag, zwei Wochen, nachdem Wurches Familie eingetroffen war. Dagombas Elite versammelte sich, um die Vermählung ihres Sohnes mit der Gonja-Tochter zu feiern. Kühe, Schafe und Ziegen wurden geschlachtet, neue Kleider gewebt und Trommeln geschlagen, von der Dämmerung bis zum Morgengrauen. Etuto sah aus wie der glücklichste Mann auf Erden statt wie ein Mann, der davorstand, um sein Leben zu kämpfen. Er trank, aß ein Stück Fleisch nach dem anderen und hatte ein Mädchen gekauft, kaum älter als Wurche, das ihn mit Getränken versorgte. Wurches Blick huschte von ihrem Vater zu ihrem zukünftigen Mann. Adnan war jemand, der nicht gegen Regeln verstieß, wie ihr die alten Frauen aus Dagomba erklärt hatten. Er würde ein guter Familienvater sein. Loyal. Ein Mann mit Traditionsbewusstsein. Sie sah, wie er Kalebassen mit Alkohol ablehnte, die ihn Beglückwünschenden aber herzlich empfing. Wenn er denjenigen zulachte, die ihn begrüßten, wölbten sich seine dicken Backen. Er war durchaus sympathisch, und manche würden ihn sogar als gut aussehend bezeichnen. Doch sie konnte sich einfach nicht vorstellen, das Bett mit ihm zu teilen.

Wurche brachte keinen Bissen herunter. Alle waren viel zu betrunken vom Hirsebier oder anderweitig weggetreten, um etwas zu bemerken. Die Trommler schlugen immer energischer auf ihre Instrumente ein. Einer spielte dermaßen virtuos, dass er gar keine Hände mehr zu besitzen schien. Sie schlugen das Fell seiner Trommel so schnell, wie ein Nektarvogel mit den Flügeln schlägt, und er bemerkte ihren Blick. Er näherte sich und schlug mit aller Kraft auf seine Trommel ein. Wie in Trance sah sie ihm dabei zu, vergaß beinahe, wo sie war, bis sie jemand von hinten packte und aus dem Kreis der Feiernden zerrte. Sie war so überrumpelt, dass sie laut schrie und dann, als ihr dämmerte, was nun kam, in Tränen ausbrach. Mma würde zufrieden sein. Sie schlug um sich, holte gegen denjenigen aus, der sie trug. Sie zerkratzte den Arm, der sie umklammerte, der ihre Hand fortschlug und sie umdrehte. Der Boden wurde zur Decke, und sie sah die geschundenen, nackten Füße der Menge durcheinanderwirbeln. Einige dieser Füße hoben und senkten sich zum Rhythmus der Trommeln, andere wurden unrhythmisch von links nach rechts geschoben, aber als die Füße ein gemeinsames Ziel verfolgten, sich alle gleich ausrichteten, wusste sie, dass es vorbei war. Sie wurde in einen von Weihrauch erfüllten Raum getragen und aufs Bett gelegt. Adnan saß ihr in einer dünnen Baumwollhose gegenüber. Die alten Frauen verließen den Raum und zogen den Vorhang vor.

Wurche versuchte, sich zu beruhigen, schließlich konnte es auch schön werden. Vielleicht besaß der

Schmerz, von dem ihr die alten Frauen erzählt hatten, für sie keine Gültigkeit? Mit Fatima hatte sie die Stellen erkundet, die man zum Pochen bringen muss, um Herzklopfen zu bekommen. Die alten Frauen hatten ihr versichert, dass junge Männer wüssten, wohin sie ihren Rüssel stecken müssten – und zwar überall auf der Welt. Lenke ihn, achte darauf, dass du ausreichend vorbereitet bist, um ihn zu empfangen. Ein Mann wie Adnan wird dir nicht helfen, er wird sich nicht viel Zeit lassen und dich nicht an einen schönen Ort entführen, bevor er seine Lust gestillt hat. Also stell dich darauf ein. Das Ganze geschieht im Kopf: Fantasie ist ein mächtiges Werkzeug.

Und so kam es, dass sie in dieser Nacht zwei Geister anrief: den von Moro und den von Fatima. Seinen schlanken, dunklen Körper, ihre sanften, aber begierigen Finger. Das musste als Vorbereitung genügen. Sie spreizte die Beine auf dem weißen Laken, während sich ihre Zehen einrollten und krümmten. Er verlor tatsächlich keine Zeit. Er warf sich auf sie und entjungferte sie mit einer solchen Brutalität, dass sie sich auf die Zunge beißen musste, um den Schrei zu unterdrücken, der ihr sonst bestimmt entwischt wäre. Es war einfach nur qualvoll. Moro und Fatima hatten sich längst in Luft aufgelöst. Sie war zu einem Nagelbrett geworden. Doch dann legte er das Gesicht in Sorgenfalten, schien zu fragen, ob er aufhören solle. Wurche ermutigte ihn weiterzumachen. Die alten Frauen hatten ihr geraten, den Mann bis zum Ort seiner Lust zu begleiten.

Als er stöhnend über ihr erstarrte, wollte sie sich nur noch im Wald verstecken. Er verließ das Zimmer ohne jede Zärtlichkeit. Keine Minute verging, als die alten Frauen auch schon hereinstürmten, das weiße Laken unter Wurche fortrissen. Darauf prangte stolz der Ehrenbeweis ihrer Unschuld: ein roter Fleck.

»*Wuliwuliwuliwuli*«, jubelten die alten Frauen.

Aminah

Sie liefen und liefen. Die Reiter überfielen Dörfer und führten ihre Gefangenen einem unbekannten Ziel entgegen. Als sie immer mehr wurden, fesselten sie sie ringförmig um Bäume wie einen obszönen Schmuck. Die Reiter stahlen Vieh, Schafe und Ziegen, durchmischten ihre Gefangenen, damit diese keine Fluchtpläne schmiedeten. Aminah hatte es geschafft, Hassana und Issa, der nur noch Haut und Knochen war, bei sich zu behalten, doch Husseina hatten sie verloren. Die Reiter hatten sie Hassanas Klammergriff entrissen und sie mit anderen zusammengebunden. Sobald sie die Möglichkeit dazu hatte, verrenkte sich Hassana den Hals, bis sie ihre Zwillingsschwester sehen konnte, erst dann konnte sie sich entspannen. Kinder und Frauen wurden Hals an Hals gefesselt, damit sie die Hände freihatten. Die Handgelenke der Männer – viele gab es davon nicht – waren mit Seilen gefesselt, und die stärksten wurden mit hölzernen Halsfesseln gebändigt. Als einer der Reiter das Seil um Hassanas Hals erneuerte, würgte er sie. Erst als sie schon blau angelaufen war, lockerte der Reiter das Seil. Husseina hatte den Kopf gereckt und ließ ihre Schwester nicht aus den Augen, bis diejenige, die hinter ihr ging, stolperte.

Ein Mann versuchte zu fliehen. Aminah sah nicht, wie ihn die Reiter hängten, aber im grellen Morgenlicht baumelte seine Leiche an einem Baum, die Füße schwangen über dem schlammigen Boden hin und her. Sein Glatzkopf, der geformt war wie ein Sheabutterkern, ruhte auf seiner rechten Schulter, und sein nackter Körper war von Blutspuren übersät. Die Reiter plauderten am Feuer. Der Duft nach gegrilltem Fleisch wehte zu den Gefangenen hinüber, grub sich in ihre leeren Mägen, penetrierte ihre Übelkeit.

»Hoffentlich haben sie Albträume!«, rief Hassana. Mit tief liegenden Augen warf sie den Reitern provozierende Blicke zu.

»Hör auf«, sagte Aminah bei dem Versuch, sie zum Schweigen zu bringen. »Es werden auch wieder bessere Zeiten kommen.«

Hassana verstummte, doch ihr Blick blieb auf den Toten gerichtet. Aminah glaubte selbst nicht daran, dass die Zeiten besser würden. Was wusste sie schon? Außerdem quälten sie Schuldgefühle, da sie vermutlich den Tod ihrer Mutter auf dem Gewissen hatte. Sie hätte in Nas Hütte gehen und sie wecken müssen.

Eine Frau – ebenfalls eine Gurma wie Aminah, wenn auch nicht aus Botu – hatte behauptet, man schicke sie an einen See ohne Anfang und Ende. An einen unendlich großen See. »Großes Wasser« hatten sie ihn genannt. Ihr Mann, ein Weber, war nach Süden gegangen, um seine

Stoffe auf Märkten zu verkaufen, und hatte diese bemitleidenswerten, an Hausfassaden angeketteten Geschöpfe gesehen. Man hatte ihm erzählt, sie würden auf von Weißen befehligte Boote verladen und dann über den unendlichen See geschickt. Ihr Mann war davon schwer erschüttert und hörte auf, Fragen zu stellen. Die Frau hatte gerade ihre Mutter besucht, als die Reiter ihr Heimatdorf überfielen. Als sie begonnen, sie zu fesseln, wusste sie, was sie erwartete.

Sie war zumindest vorbereitet. Für die anderen Gefangenen war es so, als liefen sie in einer mondlosen Nacht durch den Wald. Sie tasteten sich vorwärts, rannten in alles Mögliche hinein. Überall lauerten wilde Tiere, und manchmal bissen sie auch zu.

Ein Windstoß ließ den leblosen Körper hin und her schwingen, trug Fleischduft in Aminahs Richtung. Etwas lastete schwer auf ihrer Brust, etwas, das von innen kam. Ihr Magen zog sich krampfartig zusammen. Eine bittere Flüssigkeit stieg in ihr hoch. Sie schluckte sie hinunter, unterdrückte den Reflex. Es war schrecklich. Noch nie zuvor hatte sie Erbrochenes schlucken müssen.

Nachdem die Reiter ihr Festmahl beendet hatten, schütteten sie Wasser aufs Feuer, um es zu löschen. Ihre Träger bekamen die Reste, die einigen Gefangenen Knochen und Knorpel gaben. Issa verschmähte den winzigen Fleischbissen, den Aminah ihm reichte.

Dann teilten sich die Reiter in zwei Gruppen auf. Ein Träger rannte zählend an der langen Reihe vorbei und kappte an einem bestimmten Punkt das Seil. Die Gruppe vor Aminah, Issa und Hassana ging nach links. Das war die Gruppe, zu der auch Husseina gehörte. Sie gingen so lange, bis sie das hohe Gras verschluckte. Wohin gingen sie? Würden sich die beiden Gruppen je wiedersehen? Aminah wollte ihnen nachlaufen und Husseina zurückholen. Genau in dem Moment, als sie das dachte, durchschnitt ein Schrei den Lärm, der alle verstummen ließ. Er kam von Hassana. Ihr Schrei ließ einem das Blut in den Adern gefrieren. Sie krümmte sich, schlang die Arme um ihren Bauch und wollte gar nicht mehr damit aufhören. Ein Reiter eilte herbei und brüllte sie an. Inzwischen war sie auf dem Boden in sich zusammengesackt und grub die Nägel in die rote Erde. Der Reiter saß ab und schlug sie mit seiner Reitpeitsche. Sie hörte nicht auf zu schreien. Er trat ihr gegen die Rippen, doch sie schrie weiter. Erst als sich ein roter Fleck auf ihrem Gewand ausbreitete, wurde Aminah aus ihrer Trance gerissen. Sie warf sich zu Boden, um ihre kleine Schwester mit ihrem Körper zu schützen, und versuchte, den schrillen Schrei zu dämpfen, indem sie ihr den Mund zuhielt. Die Reitpeitsche hieb auf Aminahs Körper ein, bis Hassana sich beruhigte.

Hassana wimmerte den ganzen Nachmittag. Aminah hatte gelogen: Die Zeiten wurden nicht besser.

Die Gefangenen versuchten, zu einer Einheit zu verschmelzen. Sie urinierten und entleerten ihre Därme gleichzeitig unter aufmerksamen Blicken. Wenn sie etwas zu essen bekamen, achteten sie darauf, dass jeder wenigstens einen kleinen Bissen erhielt. Aber es war unmöglich, unter solchen Bedingungen dauerhaft Einigkeit zu zeigen. Einige hatten größere Schmerzen als andere. Issa hatte Schwierigkeiten beim Gehen, hielt alle auf, die hinter ihm liefen. Aminah flehte einen der Träger an, ihr zu erlauben, dass sie ihn trug, obwohl sie selbst kaum noch Kraft besaß. Inzwischen wog er so gut wie gar nichts mehr.

Nachdem sie bestimmt eine Woche gelaufen waren, als würden sie nie mehr damit aufhören, erreichten sie einen Ort, der ganz anders war als alle bisherigen. Felsen ragten vor ihnen auf, und überall gediehen Bäume. Okra-grünes Gras bedeckte das Land wie ein Teppich, und trotz ihrer Verzweiflung fand Aminah das Grün erfrischend und schön, die Felsen magisch. Nicht weit davon kreisten Geier. Die Reiter saßen ab, banden die von ihnen geraubten Schafe und Ziegen fest und führten die Gefangenen zu großen Felsenhaufen und verkrüppelten Bäumen. Auf einem riesigen Felsblock hatten sich Menschen versammelt, die etwas aßen. Aminahs Herz zog sich wehmütig zusammen – vor Aufregung? Zum ersten Mal seit Langem keimte so etwas wie Hoffnung in ihr auf. Vielleicht war das ja die Gruppe, die vor ihnen ebenfalls links abgebogen war? Vielleicht wurden sie ja doch wieder mit Husseina vereint. Aminah beobachtete Hassana, sagte aber nichts. Deren gerötete Augen starrten geradeaus, den Blick ins Leere gerichtet, so als würde sie schlafwandeln. Wenn sie starben, würden sie dann als Geister wiederkehren? Sie musste aufhören, so etwas auch nur zu denken. Sie drückte Hassanas Hand – um ihr zu zeigen, dass sie vielleicht etwas Positives erwartete, aber auch, um es sich selbst einzureden.

Oben auf dem Felsblock suchte Aminah nach bekannten Gesichtern aus Botu. Die Gruppe war ihr fremd. Plötzlich wurden die Menschen von ihren Entführern gepeitscht und zum Weitergehen getrieben. Aminah verstand die Sprache nicht, aber mehrmals fiel der Name »Babatu«. Den Namen hatte sie schon in Botu gehört, er gehörte einem Mann, der bei Karawanenteilnehmern gefürchtet war. Wenn diese rücksichtslosen Reiter ebenfalls Angst vor ihm hatten, musste er wirklich furchterregend sein. Mit der Gruppe schwand auch das letzte bisschen Hoffnung, das Aminah noch gehabt hatte.

Ihre Reiter führten sie zu einem nackten Felsen. Einer von ihnen ging auf drei Frauen zu, die hinter großen Töpfen saßen. Aminah konnte nicht sehen, was darin war, aber sie hatte hinter genug Töpfen gesessen, um das dickflüssige Brodeln kochenden Breis zu erkennen. Der Reiter kehrte zurück und teilte die Gefangenen mit seinen Komplizen in kleinere Grüppchen, setzte sie vor ovale Tröge, in denen noch die schlammigen Breireste der vorherigen Gruppe klebten. Die Frauen klatschten den dicken Brei in die Tröge, aus denen Dampf aufstieg. Aminah wölbte die Hand, um die kochend heiße Grütze damit zu schöpfen, blies darauf und hielt sie an Issas Lippen. Der schüttelte nur den Kopf und kniff den Mund zusammen. Sosehr sie ihn auch anflehte, er wollte einfach nichts essen. Der Anblick seiner zuckenden Lippen erregte langsam ihren Unmut. Sie verspürte den heftigen

Drang, ihn zu ohrfeigen. Hassana würgte eine Handvoll Brei hinunter, verzog das Gesicht, aß aber weiter. Endlich nahm Aminah zu sich, was Issa verweigert hatte. Der Hirsebrei war herb, kein bisschen süß. Nach dem Essen wurden sie zu größeren Löchern geführt, in denen sich Wasser gesammelt hatte. Damit löschten sie ihren Durst. Zum ersten Mal war Aminahs Körper und Geist eine Verschnaufpause vergönnt. Dass sie einen vollen Magen hatte, beruhigte sie. Sie dachte an Baba und Na, fragte sich, was wohl aus ihnen geworden war. Zwischen ihrer Mutter und ihr war vieles ungesagt geblieben. Außerdem hatte sie sie nicht aus ihrem Zimmer gerufen. Wie sollte sie das je wiedergutmachen?

Als die Reiter zum Aufbruch riefen, stand Aminah auf und fühlte sich satt. Nicht gesättigt wie nach einer guten Mahlzeit, aber ihr Körper hatte wieder mehr Energie, um durchzuhalten. Als Nächstes ging es den Hügel hinab. Unter ihnen breiteten sich Baumhaine mit üppigem Gras aus. So grün wurde es in Botu, wohin Aminah gern zurückgekehrt wäre, nie. Seltsamerweise führte das bei ihr zu einem Verlustgefühl, zu Heimweh, weckte den Wunsch in ihr, dass sie das große Wasser bald erreichen würden.

Issa stürzte. Er stolperte nicht und strauchelte auch nicht. Sein Körper ging einfach zu Boden, als hätte die Erde ihn zu sich gerufen. Seine ausgemergelte Gestalt faltete sich vor dem metallgrau schimmernden Felsen wie von selbst zusammen. Aminah starrte auf die verschränkten knochigen Beine, als hätte sie jemand sorgfältig aufgetürmt. Es war Hassana, die in die Hocke ging und versuchte, ihn wiederzubeleben. Als die Reiter merkten, dass Aminah und Hassana stehen geblieben waren, eilten sie mit einem Träger brüllend zu ihnen. Im Näherkommen sahen sie, was passiert war.

Murmelnd saß der Reiter ab. Er trennte Hassana von Issa und hob ihn auf, als wäre er ein Vögelchen. Die Männer trugen ihn beiseite und warfen ihn hinter den Felsblock. Darüber kreisten die Geier. Geier wurden vom Tod angezogen. Aminah stellte sich vor, dass unter ihnen ein ganzer Friedhof mit Menschen wie Issa lag, die keine Kraft mehr zum Weiterlaufen gehabt hatten. Sie stellte sich vor, wie sich Skelett auf Skelett oder – wie in Issas Fall – Fleisch auf Skelett stapelte. Auf einmal fröstelte sie vor Angst. Sie nahm Hassanas kleine, trockene Hand und suchte nach Worten, mit denen sie ihre Schwester, aber vor allem sich selbst trösten konnte. Sie spürte, wie schwer ihre Zunge war. Sie schluckte mehrmals, bevor sie einen Ton hervorbrachte.

»Vielleicht ist es besser so für ihn«, sagte sie. »Er war so schwach.«

»Ich hoffe nur, dass er als Geist zurückkehrt, um diese Leute heimzusuchen«, sagte Hassana und entriss ihr die Hand, um sich damit über das tränennasse Gesicht zu wischen.

Als sie den felsigen Ort verließen, war der Gedanke an den Tod fast verführerisch. Fliehen war zu kraftraubend, Aminah war so desorientiert, dass sie gar nicht mehr wusste, wo ihre Heimat lag, außerdem konnte alles noch viel schlimmer werden. Der Name Babatu war beängstigend – wenn sogar diese Reiter Angst vor ihm hatten? Außerdem: Wie sollte sie es überhaupt anstellen zu sterben? Giftige Rinde essen? Aber ein Blick auf Hassana genügte, um sie davon abzubringen. Sie brauchten einander.

Sie erreichten ein Gewässer, ein weites, endloses Gewässer. Eine Möwe stieß herab, ließ sich auf seiner spiegelglatten Oberfläche nieder und schwebte innerhalb von wenigen Minuten wieder davon. War das das große Wasser? Ein Träger watete mit einem langen Stock voraus, gefolgt von einem Reiter. Das Wasser reichte bis zu den Waden des Trägers, und je weiter er ging und mit dem Stock im Wasser herumtastete, desto höher stieg es. Als sich das Wasser bei ihm auf Brusthöhe befand, winkte er dem Reiter und änderte seine Richtung. Dort ging ihm das Wasser bis zum Hals, sodass er seinen ursprünglichen Weg wiederaufnahm. Staunend, aber auch ängstlich sah sie dabei zu – vermutlich mussten sie es dem Träger gleichtun.

Die Reiter trieben alle zusammen. Manche stürzten sich sofort ins Wasser, während andere noch zögerten, was ein Riesendurcheinander auslöste. Hassana und Aminah wurden hineingezerrt. Ein Mädchen geriet in Panik. Hätte es sich hingestellt, hätte ihm das Wasser nur bis zu den Waden gereicht. Doch es stolperte, trat um sich und schluckte Wasser. Ein Reiter galoppierte zu ihnen und peitschte sie alle aus – so lange, bis sogar das um sein

Leben kämpfende Mädchen aufstand. Ein dümmliches Grinsen breitete sich auf dem Gesicht der Kleinen aus, als sie merkte, wie flach das Wasser eigentlich war. Der Mann neben ihr hielt ihre Rechte, Hassana nahm ihre Linke, und so wateten sie weiter ins Tiefe. Als sie in die Mitte kamen, wo das Wasser ihnen bis zum Hals reichte, wurde das Mädchen erneut nervös. Es ging unter, riss Hassana mit und kam prustend wieder hoch, während es Hassana unter Wasser drückte. Wieder wurde das Mädchen hinuntergezogen, ohne dass Hassana wiederaufgetaucht wäre. Der Mann und Aminah zerrten sie hoch und trennten das Mädchen von der zappelnden Hassana, die verzweifelt nach Luft rang. Als sie sich wieder erholt hatte, schlug sie dem Mädchen ins Gesicht. Der Mann zog das Mädchen fort, und Aminah packte Hassana. Während der restlichen Querung trug der Mann das Mädchen.

Irgendwann hörte das Wasser auf. Doch nach dem, was sie gehört hatten, besaß das große Wasser weder Anfang noch Ende. Die Querung hatte Aminah erschöpft. Sie wollte die Reiter anschreien, sie nach dem Grund für das alles fragen. Sie lief weiter, fühlte sich aber, als hätte sie ihren Körper bereits verlassen. Sie wollte, dass die Erde sie holte wie Issa, denn sie war erschöpft, konnte schlicht nicht mehr.

Sie erreichten einen Wald voller Wurzeln, Ranken und Lianen, überspannt von einem Dach aus dichten Blättern. Sie hörten ein Rascheln, Pfeifen, Zirpen, Quaken, Trillern, Gackern und Bellen. Der Lärm nahm zu, als wären sie von den Tieren des Waldes umzingelt. Aminah war erleichtert, als sich vor ihnen eine Lichtung mit mehreren eckigen Hütten öffnete. Frauen, die Wäsche in einem kleinen Bach wuschen, vermieden es, den Blick zu heben. Ein paar Kinder kamen angerannt und begleiteten die aneinandergeketteten Menschen, bis sie müde wurden. Weil sie bei grellem Tageslicht angekommen waren, wusste Aminah, dass man diese Leute verschonen würde. Diejenigen, denen sie bei Tag begegneten, pflegten den Reitern zu helfen.

Auf einem schmalen Pfad wurden sie zwischen zwei Häusern hindurchgetrieben, wo sich der Weg zu einem Platz öffnete. Dort standen fünf ausladende, aber niedrige Bäume in einer fast geraden Linie. Man löste ihre Fesseln und führte sie zu den Bäumen. Zwei weitere Reiter befehligten andere Gefangene, aber Husseina war nicht dabei. Bis auf zwei Reiter entfernten sich alle. Die Frau, die das große Wasser erwähnt hatte, wurde an denselben Baum gebunden wie Hassana und Aminah. Sie befanden sich im Schatten, bis die Sonne hoch am Himmel stand und sie versengte wie Otienus Zorn, wenn eine Frau ihm ein Opfer darbrachte. Genauso plötzlich ballten sich Regenwolken und entluden sich über ihnen, bevor sie genauso schnell verschwanden, wie sie gekommen waren. Was war das nur für ein Ort? Was hatten sie nur alle verbrochen, um derart gestraft zu werden? Einen anderen Grund für ihr Leid konnte sich Aminah nicht vorstellen – nur dass jeder von ihnen jemandem Unrecht getan hatte. Doch was war mit dem armen Issa, der noch nie auch nur einer Fliege etwas zuleide getan hatte? Warum war er gestorben? War sein Tod eine Art Gnade? War es besser zu sterben, als so zu leben wie sie? Das war kein Leben, kein erstrebenswertes Schicksal.

Es wurde kühler, die Sonne ging langsam unter, und der Platz füllte sich. Männer kamen und gingen bei den Hütten, die den Platz säumten, und musterten die an die Bäume gefesselten Neuankömmlinge. Sie flüsterten den Reitern etwas zu.

An diesem Nachmittag wurden einige Gefangene von ihren Fesseln befreit und von den Männern mitgenommen, die vorher aus den Hütten gekommen waren. Sie kehrten nicht mehr zurück. Aminah befahl Hassana, ihre Hand festzuhalten und nicht loszulassen.

Es wurde Abend. Als niemand mehr kam, lockerten Hassana und Aminah ihren Griff. Moskitos taten sich an ihnen gütlich. Zwei Frauen brachten ihnen Blätter mit einer Art Tuo (nur süßer und gelb) sowie Eintopf – eine Mahlzeit, die besser schmeckte als alles, was Aminah je gegessen hatte.

»Ah!«, schrie die Frau, die vom großen Wasser geredet hatte. Aminah zuckte zusammen, es war, als hätte sich ein Tier auf ihre Nachbarin gestürzt.

»Ich blute. Ich weiß normalerweise, wann es so weit ist, aber diese Leute haben meinen Rhythmus, einfach alles, völlig durcheinandergebracht.«

Sie wölbte die Hand und grub anschließend die Nägel neben den sichtbaren Baumwurzeln in den Boden. Als das Loch so groß war wie ihre Hand und tief genug, dass diese ganz hineinpasste, hockte sie sich darüber und hob ihren Kaftan. Aminah hoffte, dass ihr Blut in ihr blieb, solange es nötig war. Sie wollte nicht mit Beinen, an denen Blut hinabrann, herumlaufen.

In dieser Nacht schlief sie besser als seit Langem.

»Ich habe kein Auge zugetan«, sagte Hassana am nächsten Tag. »Ich habe das Heulen heranschleichender Tiere gehört.« Sie hatte sich eingebildet, dass die Tiere sie im Schlaf angreifen würden.

Ein kleiner Mann mit einem weiß-schwarzen Stück Stoff über der linken Schulter kam mit einem der Reiter zu ihnen. Der Reiter peitschte Aminah, befahl ihr, sich aufzurichten. Sie nahm Hassanas Hand, und beide rappelten sich auf. Der Mann musterte sie und sagte etwas zu dem Reiter. Dann gingen sie zu den anderen Bäumen. Der kleine Mann kam zurück. Dreimal kam und ging er, und Aminah sah, wie der Reiter ungeduldig von einem Bein aufs andere trat. Hassana klammerte sich an Aminah, die nicht aufhörte, zu Otienu zu beten.

»Die zwei«, sagte der kleine Mann auf Hausa und zeigte auf Hassana und Aminah.

Der Reiter klopfte dem Mann auf den Rücken, dann verschwanden sie in einer der Hütten auf dem Platz. Irgendwann wurden Hassana und Aminah vom Baum losgebunden und von dem kleinen Mann fortgeführt. In diesem Moment wünschte sich Aminah, Husseina zu sein, ihre Träume mit Hassana teilen zu können, um einen Fluchtplan zu schmieden.

Ein Esel war samt Karren an einen Baum gebunden.

»Aufsteigen!«, befahl der Mann. »Es ist nicht weit.«

Aminah saß auf und half Hassana. Sie nahmen auf einem Jutesack Platz, direkt neben einem weißen Mutterschaf, und während sie fuhren, schloss sich der Wald erneut um sie.

Wurche

Eine Woche nach der Hochzeit galoppierten ihr Vater und seine Soldaten, gedeckt durch die Armee Dagombas, nach Salaga-Kpembe, um den Krieg zu erklären. Wurche durfte das Gehöft nicht verlassen – nicht jetzt, wo die Feinde ihres Vaters ausgeschwärmt waren. Die alten Frauen von Dagomba, die versuchten, sie zu mästen, damit sie leichter schwanger wurde, beharrten darauf, dass sie abgeschieden lebte. Sie schluckte die großen Stücke Rindfleisch hinunter, ohne ihnen zu sagen, dass sie nie zunahm. Eine Woche nach Beginn des Krieges kam ein Bote, der Mma, Wurche und den Rest der Familie zurück nach Kpembe beorderte. Wurche war froh, wieder draußen zu sein, wieder zu Pferd zu sitzen. Doch was sie in Salaga zu Gesicht bekam, stimmte sie traurig. Häuser waren zu Asche zerfallen, Mauern wiesen pockennarbige Einschusslöcher auf. Die köstliche Suppe, die Salaga gewesen war, war auf Knochen und Ruß reduziert worden. Etuto hatte den Krieg zwar gewonnen, aber das, worum sie gekämpft hatten, hatte jeden Glanz verloren.

»*Wo yo*«, sagte Mma hinter Wurche.

Wurche presste ihre Waden in Bakis Flanken, und das Pferd sauste los. Kreischend umklammerte Mma Wurches Taille. Sie flogen am Großen Markt von Salaga vorbei, an der Lampour-Moschee, dem kleineren Markt, dem Viertel, in dem ihre Lehrerin Jaji wohnte, und galoppierten die Straße nach Kpembe hinunter. All die Monate des Nichtstuns, des Drangsaliert- und Zwangsernährtwerdens brachen sich in einer plötzlichen Angstattacke Bahn.

Mma verschränkte die Arme und drückte sie in Wurches Bauch, schrie, diese habe wohl den Verstand verloren.

Als sie eine Viertelstunde später den Gipfel des Hügels erreichten, hatten sich Wurches Ängste immer noch nicht gelegt. Der Palast war zu ihrem Erstaunen nach wie vor unversehrt, nicht aber seine Bewohner. Einige Männer lungerten im Hof herum, manche humpelten, andere putzten ihre Waffen. Zwei Männer begutachteten einen Pfeil, der aus der Schulter eines anderen ragte. Erst als Wurche ihren Bruder sah, beruhigte sie sich wieder. Sie zog an Bakis Zügeln, und Mma saß ab. Die alte Frau beugte sich keuchend vor und fasste sich an die Brust, als würde sie sogleich umkippen und sterben. Dramani eilte auf sie zu, und sie nahm sein Gesicht in beide Hände, um sich zu vergewissern, dass er es auch wirklich war. Dann drückte sie ihn an ihre Brust. Wurche ging zu Sulemana, der nicht aufgestanden war, um sie zu begrüßen. Sein Gesicht war schmerzverzerrt. Sein auf einem Pouf ruhendes Bein wies eine klaffende Wunde auf. Sie berührte die Haut um die Verletzung herum.

»Waffe, Messer oder Pfeil?«, fragte sie. Sulemana zuckte zusammen und stieß ihre Hand weg.

»Pfeil.«

»Wo ist Etuto?«, fragte sie und befürchtete schon das Schlimmste.

»Er feiert«, sagte Dramani.

»*Wo yo*«, sagte Mma beim Anblick Sulemanas. Die alte Frau brach in Tränen aus und umschlang Sulemanas Kopf mit ihrer wogenden Fülle.

Wurche fragte, warum sich noch niemand um Sulemanas Wunde gekümmert habe. Der meinte, Etuto habe Rum darüber geschüttet, es gebe Krieger mit schlimmeren Verletzungen, um die man sich zuerst kümmern müsse. Sie eilte aus dem Palast, suchte im trockenen Gras nach Anzeichen von Leben. Mma hatte ihr nützliche Pflanzen zur Wundversorgung gezeigt, aber die Trockenheit hatte bereits alles Leben im Busch ersterben lassen, und der Krieg hatte alles nur noch schlimmer gemacht. Sie konnte nichts finden. Als sie zurückkehrte, weinte Mma immer noch, Sulemana im Arm, und sah sich nach den Soldaten um. Erst als Wurche sagte, er könne sein Bein verlieren, ließ die alte Frau von ihm ab. Sie ging in ihr Zimmer, gefolgt von Wurche.

»Ein Raum muss atmen können, sonst stirbt er«, sagte Mma, als Wurche wegen des Staubs nieste. »Ich kann einfach nicht verstehen, dass wir einen weiteren sinnlosen Krieg angezettelt haben.«

Sie griff zu einem Topf mit kleinen Heilkräutersträußen, und ein riesiger Gecko huschte davon. Sie wühlte in dem Topf und grunzte zufrieden, als sie ein indigoblau eingewickeltes Päckchen fand.

Sie reichte Wurche einen Streifen Baumwolle, und gemeinsam gingen sie wieder nach draußen. Sie mahlte die Kräuter mit einem Spritzer Wasser aus dem Hofbrunnen, hob Sulemanas Bein und verzog das Gesicht zur Grimasse, als sie es auf ihren Oberschenkel bettete. Als sie begann, die Breipackung in die klaffende Wunde zu drücken, stieß Sulemana einen solchen Urschrei aus, dass alle auf dem Gehöft verstummten. Etuto eilte aus seinem Gemach, gefolgt von Adnan, den Wurche fast schon vergessen hatte.

»Meine Familie!«, lallte Etuto und kam auf sie zu.

Wurche, deren Aufgabe es war, den Stoffstreifen um die Wunde zu wickeln, versuchte, seiner rumseligen Umarmung auszuweichen, doch er überwältigte sie geradezu. Sie ließ sich umarmen.

»Du, meine Tochter, bist der Grund, warum ich noch am Leben bin.« Er tätschelte ihr den Rücken. Seine Augen lagen tief in den Höhlen, sein Blick war glanzlos, obwohl er lächelte. »Das werde ich dir nie vergessen.«

Er kehrte in sein Gemach zurück. Sie drehte sich zu ihrem Mann um. Der war aus *ihrem* Zimmer gekommen. Sie fragte sich, ob ihre Brüder es ihm zugewiesen hatten, oder ob er selbst danach gesucht hatte. Sie kannte ihn kein bisschen. Sie konnte nicht vorhersehen, welche Entscheidungen er treffen würde. Sie hatte sich auch keine Mühe gemacht herauszufinden, wer hinter dieser Maske steckte, aber etwas sagte ihr, dass er ein Mann war, der nicht vorhatte, seine Maske jemals abzunehmen. Zum Zeichen ihres Respekts ging sie ein winziges bisschen in die Knie und fuhr dann damit fort Sulemanas Wunde zu verbinden.

An diesem Abend bildete die ganze Familie drei Ringe um Schüsseln mit Tuo und Erdnusssuppe. Wurche fragte hartnäckig nach, wie der Krieg genau verlaufen war. Adnan saß neben ihr. Sie fragte sich, ob sie sich je daran gewöhnen würde, einen Mann zu haben, mit dem sie einfach alles tun musste.

»Wir haben eine Nacht kurz vor Salaga kampiert, um den Gangang-Tanz aufzuführen«, berichtete Dramani. »Wir haben ausgesehen wie Irre, aber wenn uns Nafu und seine Männer begegnet wären, wären wir noch wach gewesen. Am Morgen des ersten Kriegstages haben wir Lederbeutel mit heiligen Texten bei uns getragen, die uns Etutos Mallam mitgegeben hat, sowie in Hirsebier und Gin getauchte Talismane. Wir haben unsere Augen mit Khol umrahmt und unsere Stiefel poliert.«

»Wieso mit Khol? Damit ihr keinen Staub in die Augen bekommt?«

»Das ist ein Ritual, das wir vollführen, um uns Mut zu machen. Niemand vernachlässigt seine Rituale, denn das kann zur Niederlage führen«, erklärte Dramani. »Unsere Stiefel waren beeindruckend. Dann haben wir Aufstellung genommen. Etuto hat seine Muskete vorbereitet. Plötzlich ist er aufgesprungen, hat sein Gewehr in die Luft gereckt und gerufen: ›Wenn wir den Tod Mutter nennen, werden wir sterben! Wenn wir den Tod Vater nennen, werden wir sterben! Lasst uns den Tod bei seinem richtigen Namen nennen und ihn so richtig wüten lassen.‹ Dann hat er einen großen Schluck aus seiner Kürbisflasche genommen und sie herumgehen lassen. Ich habe auch einen großen Schluck genommen. Es war schrecklich.«

»Warum? Was war drin?«, fragte Wurche. Sie musste zugeben, dass Dramani ein guter Geschichtenerzähler war. Vermutlich wäre er ein viel besserer Schüler bei Jaji. Geschichten zu erzählen war laut Jaji die beste Methode, Wissen zu vermitteln.

»Es war eine Suppe aus gemahlenem Waran mit bitteren Kräutern, die der Mallam Etuto gegeben hat. Ich hab sie runtergeschluckt, mir den Mund abgewischt, mir meinen Köcher umgehängt, bin auf mein Pferd gestiegen und Etuto gefolgt. Er war bereits vorgeprescht. Wir fanden uns inmitten einer Kavalkade aus Männern unserer Kanyase-Dynastie wieder, die sich mit den anderen beiden Dynastien verbündet hatten. Unsere eigenen Onkel, das muss man sich einmal vorstellen! Zunächst wirkten sie Furcht einflößend, so hoch zu Pferd, aber als ich mich umsah und merkte, dass uns Adnan und die Dagomba-Armee verstärkten, habe ich neuen Mut geschöpft. Ich sah dem Feind ins Gesicht und entdeckte vertraute Züge: Nafu, Shaibu ... Sulemanas Freunde. *Unsere* Freunde, um genau zu sein. Da waren wir also. Etuto hat sich ganz langsam Nafus Armee genähert. Das war ihre letzte Chance zu reden, aber ein Pfeil flog durch die Luft und ist genau vor seinem Pferd gelandet, sodass es gescheut hat.

Etuto hat sein Gewehr gehoben und damit auf die Feinde gezielt. Er hat in die Luft geschossen, und eine Rauchwolke stand am Himmel. Ich bin nach vorne geprescht. Etuto und Sulemana sowie eine Linie Gonja-Soldaten waren noch vor mir und fuchtelten mit ihren Gewehren, bevor sie mehrere Schüsse abgaben. Danach zogen sie sich zurück und wurden von einer Linie aus Dagomba ersetzt. Etuto und seine Männer haben ihre Gewehre nachgeladen. Ich zog einen Pfeil aus meinem Köcher. Nachdem die Dagomba ihre Schüsse abgefeuert hatten, sind wir nach vorn geritten und haben sie ersetzt.«

»Ist jemand gestorben?«

»Viele. Ein Mann ist direkt neben mir zu Boden gegangen. Eine Kugel hat seinen Hals durchschlagen und ein klaffendes Loch hinterlassen, aus dem Blut spritzte, als er von seinem Pferd fiel. Bei Sonnenaufgang waren wir auf dem Markt von Salaga. Nafus Anhänger müssen gemerkt haben, dass sie verlieren, deshalb haben sie so viele Gebäude angezündet wie möglich. Soweit ich weiß, zünden ihre Anhänger immer noch Häuser in Salaga an.«

»In Salaga gibt es nichts mehr anzuzünden. Die Stadt ist niedergebrannt. Was ist dann passiert?«

»Wir waren schnell wie der Blitz. Weitere Krieger wurden von ihren Pferden gerissen. Ein Pfeil hat meine Schulter gestreift, die Haut aber nicht verletzt. Sulemana hat sein Gewehr in die Luft gereckt, wobei ein Pfeil sein Bein durchbohrt hat. Er hat aufgehört, seine Waffe zu zeigen, angelegt, auf seinen Angreifer geschossen und ihn getötet, bevor er sich zurückzog. Immer wenn ich nach vorn bin, ist mein Pferd über die Leichen auf Salagas roter Erde gestolpert. Als wir das andere Ende des Marktes erreicht haben, hatten sich Nafus Soldaten zurückgezogen. Etuto, Sulemana, Adnan und die Dagomba-Soldaten haben in die Luft geschossen. Wir haben gewonnen.«

»*Wo yo*«, sagte Wurche und sah zu, wie Mma von Ring zu Ring ging und Fleisch in die Erdnusssuppe gab.

»Warum ist Etuto der Einzige, der feiert?«, fragte Wurche. »Das versteh ich nicht. Wieso feiern nicht alle? Ihr ahnt ja nicht, wie oft ich drauf und dran war, Baki zu besteigen und mitzukämpfen.«

»Meine Tanten hätten das niemals erlaubt«, sagte Adnan und tätschelte Wurches Schenkel. »Aber wenn wir wieder in Dagomba sind, Liebes, werden Meistertrommler längst ein Loblied auf uns gesungen haben. Du hast ja gesehen, wie es bei uns Brauch ist.«

»Das waren Menschen, die wir gekannt haben«, erwiderte Dramani, was Wurche beruhigte, die schon ausfällig werden wollte. Sie musste sich dankbar zeigen, schließlich war Etutos Sieg überwiegend auf Adnan und seine Armee zurückzuführen. »Menschen, mit denen wir die Moschee besucht haben ... Es war ein verlustreicher Krieg. Ich habe viel über das nachgedacht, was du gesagt hast, Wurche. Wir sind zersplitterter denn je.«

Dadurch ermutigt, sagte Wurche: »Ja, die Dagomba und die Gonja sind sehr unterschiedlich. Wir sprechen nicht einmal dieselbe Sprache. Und in dem Versuch, unsere Territorien zu vergrößern, sind wir gemeinsam in den Krieg gezogen. Wie ihr seht, hat unser Bündnis Etuto zum Sieg geführt. Würden wir uns alle verbünden, könnten wir auch den Norden einen.«

»Ihr Gonja-Männer seid so sentimental«, sagte Adnan. *Männer.* Er hatte sie nicht ernst genommen.

»Nein, Dramani hat recht«, sagte Sulemana. »Das waren unsere eigenen Brüder, gegen die wir da gekämpft haben, kein Feind von außen. Daran ist gar nichts sentimental.«

Adnan schien beleidigt zu sein, sodass Sulemana versuchte, ihn zu besänftigen. »Doch ohne Adnan und die Dagomba hätten wir nicht die geringste Chance gehabt. Wir wissen nicht, ob Nafu noch lebt. Manche behaupten, er wäre tot. Wieder andere, dass er sich in ein Krokodil verwandelt hat und jetzt in irgendeinem Fluss lebt.«

»Ich bin zu der Überzeugung gelangt, dass Krieg sinnlos ist«, erklärte Dramani. »Ich werde Etuto um Erlaubnis bitten, auf das Gehöft zu ziehen, wenn das hier vorbei ist.«

Wurche runzelte die Stirn. Was wollte Dramani dort anfangen, außer Ackerbau zu betreiben? Ackerbau, das war was für Leute aus Sklavendörfern wie Sisipe. Wie Etuto das wohl aufnehmen würde?

»Und Shaibu?«, fragte Wurche.

»Der ist in Kete-Kratschi«, sagte Sulemana. »Der hat schneller den Rückzug angetreten als eine Antilope auf der Flucht vor einem Löwen. Ich hab ihn gar nicht kämpfen sehen. Die meisten sind in Kete-Kratschi. Etuto will sie verfolgen, aber erst müssen wir uns erholen.«

»Wieso in Kete-Kratschi?«, fragte Wurche.

»Um dort ein Bündnis mit den Deutschen einzugehen, weil Etuto sich mit den Dagomba zusammengeschlossen und sich mit den Briten verbündet zu haben scheint«, sagte Dramani. »Die einzigen großen Bündnispartner, die es noch gibt, dürften die Aschanti oder die Deutschen sein. Wenn sie sich mit den Aschanti verbünden, bedeutet das bloß erneute Knechtschaft. Deshalb haben sie sich für die Deutschen entschieden.«

»Aber Etuto verhandelt doch noch mit den Briten«, sagte Wurche. »Er hat sich doch offiziell noch gar nicht mit ihnen verbündet.«

»Es wird gerade Stellung bezogen«, sagte Dramani. »Und ich habe das Gefühl, dass alles nur noch schlimmer wird.«

Drei Tage nach Wurches Ankunft versammelten sich alle, die nicht nach Kete-Kratschi geflohen waren, in Etutos Palast, gemeinsam mit Abgesandten des obersten Chiefs von Gonja, dem Yagbumwura, dem Königsmacher. Etuto saß auf einem großen neuen Pferd, das frisch aus Mossi kam, mit kräftigen Schultern, ebensolchen Vorderbeinen und glänzend braunem Fell. Wurche konnte es kaum erwarten, darauf zu reiten.

Etuto saß ab. Der Sprecher des Yagbumwura hüllte ihn in einen neuen gestreiften Kaftan und breitete feierlich ein altes Löwenfell und ein ebenso abgenutztes Leopardenfell auf dem Boden aus: die Felle des Gründervaters Namba. Er bedeutete Etuto vorzutreten, und als dieser sich auf den Fellen niederließ, schlug einer der Trommler drei Mal die Trommel. Niemand lächelte. Als Außenstehender hätte man meinen können, es handelte sich um eine Beerdigung. Das Ganze hätte festlich sein sollen, doch die Hälfte derjenigen, die eigentlich zugegen sein mussten, war geflohen oder tot. Wurche war froh, dass sie Etuto mit ihrer Hochzeit einen Grund zum Feiern gegeben hatte. Nachdem der Mallam gegangen war, kamen Einwohner von Salaga-Kpembe, um Etuto zu begrüßen, Geschenke wie Schafe, Kleidung, Gold, Myrrhe oder Sklaven zu bringen. Speisen und Hirsebier führten dazu, dass sich die Stimmung etwas verbesserte. Trotzdem war die ganze Ernennungszeremonie, das sogenannte *Enskinment* mit Übergabe der Felle, so ernüchternd gewesen, dass Wurche den Rest des Nachmittags in Mmas Raum verbrachte, um Adnan aus dem Weg zu gehen.

Wurche war davon überzeugt, dass etwas in ihr heranwuchs, aber sie war noch nicht bereit dafür. Sie hatte sich noch nicht mal an den Gedanken gewöhnt, mit jemandem zusammenzuleben: Sich auch noch um ein Baby kümmern zu müssen, überstieg ihre Vorstellungskraft. Täglich warf sie einen verstohlenen Blick auf Mmas Medizintopf, doch die alte Frau blieb im Raum, als ahnte sie etwas von Wurches Plänen. Je länger Wurche es hinausschob, desto schwieriger würde es werden, Adnans Kind loszuwerden.

Eines frühen Morgens ritt sie auf Baki nach Salaga. Es stank dort noch nach Rauch, und die schmalen Straßen waren voller Trümmer und Müll. »Was haben wir hier bloß angerichtet?«, flüsterte sie. Durch ihre Heirat mit Adnan war sie für diese Zerstörungen mitverantwortlich.

Hätte Etuto die Unterstützung der Dagomba-Armee nicht gehabt, hätte er niemals den Krieg erklärt. Aber dann wäre er jetzt vielleicht tot.

Aus den Brunnen stank es nach faulen Eiern, weil das Wasser darin abgestanden war. Wurche kam die Galle hoch. Sie blieb stehen, bis die Übelkeit nachließ. Eine einsame Trommel wurde geschlagen, ohne große Überzeugung. Nur wenige Menschen, die langsam alles wieder aufbauten, ihren Alltag wieder aufnahmen, dort weitermachten, wo sie aufgehört hatten, waren auf dem Markt. Ihre Unbeirrbarkeit hatte etwas Tröstliches.

Bevor sie den kleinen Markt erreichte, auf dem Medizin, Heilkräuter und Abführmittel verkauft wurden, sah Wurche Moro. Er bewachte mehrere Gefangene und ließ seine Sklaven zurück, um eine eckige Hütte zu betreten. Wurche saß ab, band Baki an einen Baum und dachte nach. Sie konnte in die Hütte gehen und so tun, als hätte sie sich geirrt. Oder aber einfach auf ihn warten und ihn grüßen. Doch was, wenn er ein Feind ihres Vaters war? Durfte sie ihn dann überhaupt öffentlich grüßen?

Er kam wieder nach draußen, und sie verfiel in Panik. Sie stand direkt vor ihm, doch er musterte etwas in seiner Hand und rempelte sie versehentlich an.

»Die Schöne mit der gerunzelten Stirn«, sagte er strahlend.

»Man darf uns nicht zusammen sehen.«

»Warum?« Seine Züge waren weicher als bei ihrer letzten Begegnung, als er Shaibu beim Pferderennen besiegt und diese Sklavin geschlagen hatte.

»Du stehst auf Shaibus Seite.«

»Ich stehe auf niemandes Seite.«

»Können wir uns irgendwo ungestört unterhalten?«

Als Gonja-Königstochter konnte sie tun und lassen, was sie wollte – nicht aber als Ehefrau eines Dagomba. Besser, man erzürnte die Dagomba nicht, auf deren Unterstützung Etuto nach wie vor angewiesen war.

Moro schlug die Hütte vor, die er gerade verlassen hatte. Darin saßen sich zwei Männer auf einer Matte gegenüber. Sie knickste kurz und folgte ihm in einen zweiten Raum. Er war dunkel und stank nach fermentierter Hirse. Vermutlich wimmelte es darin nur so von Ratten.

»Wieso bist du noch in Salaga und nicht in Kete-Kratschi?«

»Ich arbeite.«

»Woher soll ich wissen, dass du nicht gegen meinen Vater gekämpft hast? Shaibu ist dein Freund.«

»Ich kenne Shaibu schon ewig und arbeite für ihn, aber ich habe nicht an diesem Krieg teilgenommen.«

Was sie da hörte, gefiel ihr. Ihr Magen zog sich sehnsüchtig zusammen, und die Welt zwischen ihren Beinen loderte lichterloh. Als er sich vorbeugte und sanft ihre Wange berührte, schmiegte sie sich an seine Hand. Endlich! Wie lange hatte sie sich danach gesehnt, sich alle möglichen Szenarios ausgemalt. Doch jetzt, wo sie tatsächlich mit ihm zusammen war, fühlte es sich noch tausendmal besser an. Sein leicht nussiger Duft war noch nicht bis in ihre Fantasien vorgedrungen. Genauso wenig wie das Gefühl, seine Haut auf ihrer zu spüren – rau und zugleich sanft. Sie kniete sich vor ihn, und er schien zu zögern, sagte aber nichts, als sie erst ihren und dann seinen Kaftan auszog. Kein einziges Mal wandte er den Blick ab – nicht einmal als sie sich leise und ein wenig eilig rittlings auf ihn setzte, ihn in sich aufnahm.

»Katcheji«, sagte Moro anschließend. Ja, sie hatte ihren Mann betrogen und verhielt sich unmoralisch, aber das war nicht ihr erster Gedanke. Stattdessen dachte sie darüber nach, wie anders es war, als mit Adnan intim zu sein, der sie oft mit dem Gefühl zurückließ, lediglich ein Gefäß zu sein. Diesmal war sie satt, zufrieden und hungrig zugleich, so als explodierte ihr Körper vor lauter Lust, und die einzige Lösung bestünde darin, das hier so oft wie möglich zu wiederholen.

»Was tue ich da nur mit einer verheirateten Frau?«, fuhr Moro fort. »Noch dazu mit einer Königstochter zweier mächtiger Reiche. Damit kann ich mir schwerwiegende Probleme einhandeln. Du vielleicht weniger. Ich ertappe mich oft dabei, etwas zu tun, um mich hinterher zu fragen, wie es bloß dazu kommen konnte. Dann sage ich mir, dass mein Schicksalsglaube dafür verantwortlich ist. Ich lasse die Dinge einfach laufen. Aber es ist gefährlich, so zu leben.«

Wurche wollte nicht reden. Als sie nichts darauf erwiderte, ließ er seinen Kopf an ihrer Brust ruhen. Eine Lektion ihrer Lehrerin hatte sie gelehrt, dass Ehebrecher einen Gestank entwickeln, der schlimmer ist als der von Aas. Für den Bruchteil einer Sekunde machte ihr der Gedanke Angst. Was hatte sie nur getan? Sie war eine

Ehebrecherin. Doch jetzt, wo sie die Bezeichnung bewusst für sich in Anspruch nahm, ließ ihre Angst seltsamerweise nach.

»Das ist nicht gefährlich. Niemand wird je davon erfahren.« Sie fühlte sich unbesiegbar. »Geh nicht fort. Lass uns ein paar Tage in Salaga verbringen.«

»Noch muss ich kommen und gehen. Ich arbeite auch in Kete-Kratschi. Und du hast einen Ehemann.«

»Wann kehrst du zurück?«

»Wenn das unser Schicksal ist, bald. Wir können uns hier treffen. Maigida, der Besitzer, ist sehr diskret.«

Auf dem Heimritt nach Kpembe ließ Wurche das, was gerade geschehen war, noch einmal vor ihrem inneren Auge vorüberziehen. Zweimal hielt sie Baki an und fragte sich, ob sie das alles bloß geträumt hatte. Dann merkte sie, dass sie sich nicht um das gekümmert hatte, was vermutlich in ihr heranwuchs. Sie hatte ihre Lage nur noch verschlimmert.

Als ihr Monatsblut an diesem Abend an ihren Beinen hinunterlief, jauchzte sie vor Freude.

Aminah

Dinge, die laut sind: Hunde, Esel, Hyänen, Hühner und Perlhühner, Vögel im Allgemeinen, Fliegen und Moskitos, sich paarende Geckos, Wofa Sarpong (der kleine Mann) bei Tag, Wofa Sarpong, der mit seinen Frauen spricht; Wofa Sarpong, der mit seinen Frauen streitet; Wofa Sarpongs Frauen, die miteinander streiten; Wofa Sarpongs Frauen, die trockene Fufu-Blätter stampfen; Hassana, die sich von Aminah das Haar flechten lässt; prasselnder Regen auf dem Grasdach, die klirrenden, hin und her rutschenden Armreifen von Wofa Sarpongs erster Frau, das Singen der zweiten Frau, das Gequengel der Kinder der dritten Frau; Trommler, die zum Betteln gekommen sind; Wofa Sarpong, der seinen Esel vor einen Karren spannt; große Schweine, kleine Schweine, der Dorfausrufer, der Neuigkeiten aus der Stadt mitbringt; Aminahs Magen, zumindest an den meisten Tagen.

Dinge, die leise sind: die Sonne, Schlangen, Sterne, Aminahs Herz jeden Morgen beim Aufwachen, der dichte Wald um Wofa Sarpongs Gehöft, Samen, Hirsesprossen, die aus Samen schießen; der pelzige Schimmel, der überall gedeiht; Hassana, seit sie auf dem Gehöft eingetroffen sind; Wofa Sarpong, wenn er sich nachts in Aminahs und Hassanas Zimmer schleicht; sein erregtes Keuchen, Hassana, die neben Aminah atmet; Wofa Sarpong, der sich davonstiehlt; die Nacht: Schwere, die sich herabsenkt und völlig von Aminah Besitz ergreift, bis es Morgen wird; Wofa Sarpongs Frauen, wenn sie über das reden, was in Aminahs Raum geschieht, Mondlicht.

Er hat Aminahs Jungfräulichkeit intakt gelassen. Sie hat sich schon gefragt, warum, aber spräche sie das an, würde sie ihn vielleicht dazu einladen, mehr zu tun, als sich in ihren Mund zu zwängen. Sie hätte Hassana gern vor den schändlichen Dingen bewahrt, die er mit ihr tat, die sie miteinander taten. Sie betrachtete sich als mitverantwortlich, weil sie wusste, dass sie nur zubeißen müsste, um ihr Leben und das von Hassana zu ändern. Das musste auch Wofa Sarpong bewusst sein, der während des Akts immer eher ängstlich wirkte. Trotzdem konnte sie sich einfach nicht dazu überwinden, mehr zu tun, als wie erstarrt dazuliegen, wenn er ihr Gesicht und ihren Hals umklammerte, bis er erregt war. Wenn er aufstand und ging, wurden ihr die Beine schwer und das Herz wund. Sie schämte sich jedes Mal viel zu sehr, um sich noch rühren zu können. Sie lag da und war manchmal sogar fast dankbar: Denn weil er den Akt nur in ihrem Mund vollzog, würde sie – sollte sie jemals nach Botu zurückkehren – keine gefallene Frau sein.

Botu. Gab es das überhaupt noch? Sie wusste nicht einmal, wie weit weg sie sich davon befanden. Nur dass dieser

Ort völlig anders war. Sogar der Geruch des Regens war anders, feuchter, schwüler. Immer wenn Wofa Sarpong Aminah verließ, dachte sie an ihre Eltern, an ihr Zuhause. Ob Baba Na auch zu dem zwang, was Wofa Sarpong ihr da aufdrängte? Führte Liebe dazu, dass es sich weniger erniedrigend anfühlte? Wieder begann sie, sich einzureden, dass sich ihre Eltern sehr geliebt hatten, auch wenn sie die letzten Tage in Botu eines Besseren belehrt hatten. Weil sie ihre Zimmer verlassen hatten, als die Sklavenräuber kamen, hatten ihre Geschwister und sie Baba im Stich gelassen. Auch Issa-Nas Hervorkommen war ein Verrat an ihm gewesen. Nicht so Na. Sie war in ihrer Hütte geblieben, im festen Vertrauen auf Baba. Vermutlich war das ihre Art gewesen, auf ihn zu warten. Trauer erfasste Aminah, wenn sie über diese Dinge nachdachte.

Stillschweigen hatte sich in Hassana eingenistet, von ihr Besitz ergriffen, seit sie vor ungefähr zehn Monaten auf das Gehöft gekommen waren. Es breitete sich genauso in ihr aus wie der Schimmel, der auf ihrer Kleidung, ihren Laken, einfach überall wucherte. Ob es daran lag, dass sie sich keine Hoffnung mehr auf eine Rückkehr in ihr altes Leben, zu ihrer Zwillingsschwester machte, oder daran, dass Wofa Sarpong begonnen hatte, sich in ihr Zimmer zu schleichen, verriet sie nicht.

»Deine Schwester ist seltsam«, bemerkte Sahada oft. Sie war eine junge Frau, deren Vater sich bei Wofa Sarpong verschuldet und sie ihm verpfändet hatte, bis er zahlen konnte. Aminah hätte Sahada gern gebeten, Hassana in

Ruhe zu lassen, gab jedoch nur ein Grunzen von sich. Bestimmt fand Sahada Aminah auch seltsam, wenn auch ein wenig nahbarer als Hassana. Wenn Hassanas früheres Selbst kurz wiederaufblitzte, dann nur in den Momenten, wenn sie auf Aminahs Schoß saß, um sich die Haare flechten zu lassen. Oft flocht Aminah einen Zopf absichtlich zu stramm, damit Hassana sich vergaß, einen Schrei ausstieß und nach der Hand ihrer Schwester schlug. Genauso schnell verstummte sie auch wieder, hüllte sich erneut in Schweigen und senkte den Kopf in stummer Resignation.

Hassana wusch die Kleider und Töpfe von Wofa Sarpong und seiner Familie. Schon bald sah die Haut an ihren armen kleinen Händen aus wie Land während der Regenzeit: völlig zerfurcht und erodiert. Aminah arbeitete auf dem Gehöft. Sie säte, jätete Unkraut, goss Keimlinge, verscheuchte Vögel, erntete Hirse und Sorghum. Sie fütterte die Schweine, die Wofa Sarpong in einem Pferch hielt. Sie arbeitete mit vier jungen Frauen zusammen – drei von ihnen waren ebenfalls mitten in der Nacht aus ihren Dörfern entführt worden. Manchmal gingen sie in den Wald, um nach Kolanüssen zu suchen. Es war nicht die Zeit dafür, und laut der ersten Frau durften Frauen keine Kolanüsse ernten, aber Wofa Sarpong war ganz gierig darauf und schimpfte jedes Mal mit ihnen, wenn sie mit leeren Händen zurückkehrten. Auf dem Gehöft wurden die jungen Frauen von Wofa Sarpongs erster Frau und deren Söhnen überwacht. Sie achteten darauf, dass keine Fluchtpläne geschmiedet oder Diebstähle begangen wurden. Sie war die Einzige, die ausreichend Hausa beherrschte, um sich Hassana und Aminah gegenüber verständlich zu machen. In gewisser Hinsicht war das hiesige Leben gar nicht mal so anders als Aminahs Alltag in Botu. Manche Menschen erinnerten sie sogar mit der Zeit an jemanden aus der Heimat. Doch sie lachte deutlich seltener und träumte nicht mehr. Außerdem war da der Mann, der sie zwang, schlimme Dinge zu tun.

Wofa Sarpong war häufig mit seinem Eselskarren unterwegs. Wenn er fort war, hatte das Vor- und Nachteile. Seine Frauen befahlen den Mädchen, ihre Zimmer zu putzen, Wofa Sarpongs und die ihrer Kinder, ohne ihnen ausreichend zu essen zu geben. Dafür konnten sich Hassana und Aminah nachts entspannen, ohne Angst haben zu müssen, er könnte hereinkommen. Manchmal wurden sie auch von den anderen jungen Frauen in deren Zimmer eingeladen, das von dem Aminahs durch eine Wand aus miteinander verflochtenen Palmzweigen getrennt war.

»In Botu hatten wir ein Wasserloch, und manchmal taten die Jungen so, als wären sie Krokodile und Nilpferde, um uns zu erschrecken«, erzählte Aminah einmal.

»In Larai«, sagte eine der anderen, »war Regen etwas ganz Besonderes. Wir sind dann alle nach draußen gerannt, um im Nieselregen zu tanzen. Es gab weder Blitz noch Donner.«

Während sie sich diese Anekdoten aus der Heimat zuflüsterten, bekam Hassana kaum den Mund auf, lächelte aber, wenn jemand einen Scherz machte.

Wofa Sarpongs Frauen waren klein und trugen das Haar kurz rasiert. Das Gesicht der ersten Frau wies auf beiden Wangen zwei tiefe Narben auf. Die zweite Frau sang ihre Worte, was Aminah irrtümlich glauben ließ, sie wäre nett, doch sie war falsch und bösartig. Die dritte Frau hatte eine Stimme wie ein Mann. Aminah beobachtete, wie Wofa Sarpong mit seinen Frauen stritt, wenn sie ihm sagten, die Lebensmittel seien aufgebraucht. Dann schrie er, er bereue den Tag, an dem er sie geheiratet hatte. Manchmal ließ er sie ohne Vorräte wieder von dannen ziehen – bis sie auf die Knie fielen und ihn anbettelten. Aminah musste wieder an die Beziehung ihrer Eltern denken. Wenn diese gestritten hatten, meist weil ihr Vater etwas vergessen hatte. Ständig bist du mit deinen Gedanken woanders, warf Na ihm oft vor.

Tage, Wochen und Monate vergingen. Hassana blieb stumm. Aminah arbeitete auf dem Gehöft und erlaubte Wofa Sarpong, sich an ihrem Körper zu erregen. Bei festlichen Anlässen überließ man ihnen Kleider der ersten Frau.

Wofa Sarpong holte weitere junge Frauen zur Arbeit auf das Gehöft, zwei davon zogen zu Hassana und Aminah ins Zimmer. Was ihn jedoch nicht von seinen nächtlichen Besuchen abhielt.

Es gab Tage, an denen Aminah unter der Eintönigkeit litt. Dann weinte sie und fragte sich, wozu sie überhaupt weiterleben sollte. Doch wenn sie Hassana neben sich sah, deren Schultern sich bei jedem Atemzug hoben und senkten, schalt sie sich dafür, nur an ihr eigenes Glück zu denken.

Eines Morgens wachte Hassana schweißgebadet auf. Sie klopfte Aminah auf die Schulter, und es brach nur so aus ihr heraus.

»Dort, wo ich war, war es hell«, sagte sie. »Wir saßen in einem Boot auf einem großen See, umgeben von winzigen Hügeln, und das Wasser hatte zwei verschiedene Blautöne. Vorn war es hellblau wie der Himmel und weiter hinten tiefblau – ein Blau, das ich so noch nie gesehen habe. Beide Blaus wurden von einer Linie getrennt. Als wir ausstiegen und den feuchten Boden betraten, sahen wir, dass direkt neben dem Wasser dichter Wald lag. Der sah so aus wie der hier, bloß heller wegen des Sees. Sonnenlicht fiel bis auf den Boden. Es gab palmähnliche Bäume, aber richtig große. Viele von uns verließen das Boot. Ich konnte keine Gesichter erkennen, aber es herrschte ziemliches Durcheinander. Dann war der Traum vorbei. So einen Ort habe ich noch nie gesehen. Auch kein solches Boot: Es war riesig, darüber hingen weiße Stoffstücke, die im Wind flatterten. Das kann nur eines bedeuten, nämlich dass das ihre Träume sind: Husseina lebt!«

Der Dorfausrufer kam aus der Stadt, schrie etwas und huschte so schnell wieder davon wie eine Maus. Sahadas Familie hatte sich in der Nähe niedergelassen, und die verstand Twi, die Sprache der Aschanti, sodass Aminah sie bat, für sie zu übersetzen. Doch es ging nie um etwas, das sie interessierte – nur um neue Lebensmittel von der Küste oder um eine neue Kirche, die ihre Pforten geöffnet hatte. Deshalb hörte sie auf, sie um Hilfe zu bitten. Außerdem verstand sie inzwischen selbst ein paar Brocken Twi. An diesem Nachmittag ruhten sich die Mädchen gerade von einem heißen, anstrengenden Tag aus. Nachdem der Dorfausrufer gegangen war, rief Wofa Sarpong sie zu sich und befahl ihnen, sich der Größe nach aufzustellen. Seine Frauen kamen aus ihren Zimmern und schauten dabei zu. Er zeigte auf Hassana.

»Du Adwoa«, sagte er in schlechtem Hausa. Hassana machte ein verwirrtes Gesicht. »Verstehst du? Du Adwoa.«

Er zeigte auf das nächste Mädchen und sagte, sie sei Abena. Er gab ihnen andere Namen. Das dritte Mädchen war Akua, Aminahs Name war Yaa, und so ging es weiter. Er vergab Namen, die den Wochentagen entsprachen: Yaa, die am Donnerstag Geborene. Dann sagte er, ihr Nachname sei Sarpong, genau wie seiner. Yaa Sarpong. Aminah sagte ihn sich im Stillen mehrmals vor.

Wofa Sarpong redete viel auf Twi und wandte sich anschließend an diejenigen, die ihn nicht verstanden hatten. »Inspektor kommen. Ihr euch benehmen gut, verstanden? Ihr nicht reden. Ihr den Namen verwenden, den ich euch gegeben.«

Aminah staunte, wie schnell sie Twi lernte. Manchmal waren die Worte ganz ähnlich wie in ihrer Sprache, zum Beispiel »di«, das Wort für essen. Sie konnte bereits einfache Gespräche zwischen Wofa Sarpong und seinen Frauen belauschen. So erfuhr sie, dass sie unweit einer Stadt namens Kintampo lebten. Und dass dieses Kintampo zu etwas namens Goldküste gehörte, das von Weißen beherrscht wurde. Komplexere Sätze waren nicht so leicht zu verstehen, und als sie unter den Katappenbaum zurückkehrten, in dessen Schatten sie Abkühlung gesucht hatten, bat sie Sahada, ihr alles zu erklären.

»Die Menschen hier dürfen keine Sklaven kaufen, verkaufen oder besitzen«, sagte Sahada, hob eine Katappenbaumfrucht auf und biss gierig in ihr rotes Fleisch, sodass ihr der Saft den Unterarm entlangrann. »Wenn der Aufsichtsbeamte mitbekommt, dass Wofa Sarpong Sklaven hält, wird er ihm eine hohe Geldstrafe aufbrummen. Natürlich halten noch viele Leute Sklaven, geben sie aber als ihre Kinder aus.«

»Aber Hassana und ich sehen ihm doch kein bisschen ähnlich«, sagte Aminah. Sie zeigte auf die neuen Mädchen. »Und sie sind deutlich größer als er.«

»Er muss einfach nur nett sein und dem Aufsichtsbeamten ein paar Geschenke machen, dann geht das schon in Ordnung. Mein Vater macht das zumindest so«, sagte Sahada und sog am restlichen Fruchtfleisch. Die holzigen Reste spuckte sie aus und suchte dann unter dem Baum nach einem großen Stein. Anschließend legte sie den übrig gebliebenen Kern seitlich auf die oberirdische Wurzel des Katappenbaums, schlug mit dem Stein darauf ein und zerschmetterte ihn mit einem Ächzen, um an die Nuss in seinem Inneren zu gelangen.

Sahada meinte, was für eine armselige Gestalt Wofa Sarpong doch sei, der in Kintampo billig Sklaven kaufe, um sie dann neben Kolanüssen für viel Geld in Salaga weiterzuverkaufen. Aminah wollte wissen, wo Salaga lag, doch das konnte ihr Sahada nicht sagen.

Der Aufsichtsbeamte kam nicht zum erwarteten Zeitpunkt. Als er sich eines Nachmittags endlich zeigte, lasen die Mädchen gerade Hirse aus. Aminah hörte, wie schrill Wofa Sarpongs Stimme wurde, als er einem Mann mit einem runden festen Hut nachrannte, der ein hellbraunes Hemd, eine kurze Hose und staubige Füße hatte. Der Mann schien schon öfter hier gewesen zu sein und sich auszukennen. Er trug dasselbe Selbstbewusstsein zur Schau wie manche Hausa-Händler, die mit den Karawanen mitreisten. Er hatte den Gang eines Menschen, der einen kleinen Löffel Macht bekommen hat und so tut, als besäße er ein ganzes Fass voll. Wofa Sarpongs Frauen und Kinder kamen angelaufen. Sahada übersetzte für Aminah.

»Er sagt, er weiß, dass Wofa Sarpong Sklaven hält. Doch der hat gerade gesagt: ›Was denn für Sklaven? Das sind alles Verwandte.‹« Wofa Sarpong warf ihnen einen kurzen, eindringlichen Blick zu. »Und dass der Aufsichtsbeamte uns doch selbst fragen soll.«

Wofa Sarpong ging zu seiner ersten Frau und bat sie darum, ihren Namen und den ihrer Kinder zu nennen. Dann kamen die zweite Frau und deren Nachwuchs an die Reihe. Anschließend die dritte und ihre Kinder. Daraufhin musterte der Aufsichtsbeamte, den das Getue mit den Namen wenig interessiert zu haben schien, die jungen Frauen.

»Meine Nichten, meine Kinder«, sagte Wofa Sarpong. Diesmal hatten sie sich nicht der Größe nach aufgereiht. Aminah machte den Anfang, sagte, sie heiße Yaa Sarpong.

Auch die anderen jungen Frauen nannten ihre neuen Namen.

»Hassana«, sagte Hassana laut und deutlich, danach war die Luft zum Schneiden dick.

»Ihr verstorbener Vater war mein Bruder«, versuchte es Wofa Sarpong. »Er hat eine Frau aus dem Norden geheiratet. Eine sehr schöne Frau. Sie wissen ja, wie hoch gewachsen sie dort sind. Sie heißt Hassana Sarpong.«

Der Aufsichtsbeamte betrachtete sie und rief sie zu sich.

»Woher kommst du?«, fragte er.

»Aus Botu. Ich bin die zweite Tochter von Baba Yero und Aminah-Na.«

Wofa Sarpong ratterte etwas herunter und sagte dann, auf seinen Kopf zeigend: »Sie ist nicht ganz bei Trost.«

Der Aufsichtsbeamte zog zwei Verwarnungszettel aus seiner Tasche und gab sie Wofa Sarpong. »Du hast fünf Zettel verdient. Nimm das als Warnung. Ich komme wieder.«

»*Yessir*«, katzbuckelte Wofa Sarpong.

Als der Aufsichtsbeamte das Gehöft verließ, folgte ihm Wofa Sarpong und betete, er solle mit vielen Kindern gesegnet werden. Hassanas Finger befanden sich wieder in der Schale mit der Hirse, tasteten nach Steinchen, die ausgelesen werden mussten. Aminah hätte sie am liebsten versteckt.

Denn wenn Wofa Sarpong seine Kinder schlug, schlug er sie richtig. Man konnte es laut klatschen hören, wenn er weit ausholte und seine spezielle Peitsche auf die nackte Haut seiner Kinder niedersausen ließ. Er hörte nicht auf, bis er seine Wut abreagiert hatte. Hassana und Aminah waren davon bisher verschont geblieben. Sie hatten höchstens mal eine Kopfnuss bekommen oder waren angeherrscht worden, sie sollten sich mehr anstrengen, doch Wofas Peitschenhiebe hatten sie noch nie zu spüren bekommen.

Laute Schritte näherten sich. Wofa Sarpong kam zurück. Hassana ließ sich nichts anmerken, konzentrierte sich nach wie vor auf ihre Hirse. Sarpongs Kinder quollen aus ihren Zimmern, das Gesicht vor lauter Vorfreude hämisch verzerrt.

Hassana würdigte ihn keines Blickes, was ihn erst recht wütend machte. Er packte sie am Ohr und zerrte sie hoch. Ihre Hirseschale fiel mit einem lauten Knall zu Boden, und die winzig-grauen Samen verteilten sich überall auf der roten Erde, ergaben das Bild eines Fächers, auf den sich Aminah konzentrierte, während Sarpong Hassana immer wieder mit einem Rohrstock schlug. Die verstreute Hirse verschwamm vor ihren Augen. Hassana schrie.

Du solltest aufstehen und dich schützend über sie werfen!, dachte Aminah ununterbrochen, war aber wie gelähmt. Was ist nur mit dir los? Tu doch was! Sie zwang sich aufzustehen und rannte los, zwängte sich zwischen Hassana und Wofa Sarpong. Die darauffolgende Stille lastete schwer auf ihr. Er zögerte, bevor er den nächsten Hieb austeilte. Doch noch bevor er Aminah erwischte, stieß Hassana ihre Schwester fort, sodass er erneut sie traf.

Aminah sah reglos dabei zu, wie Wofa Sarpong weiter auf Hassana einschlug. Als er endlich fertig war, war er schweißgebadet, sein Tuch lag zusammengeknüllt zu seinen Füßen. Brüsk hob er es auf und kehrte mit seinem Stock in sein Zimmer zurück. Aminah eilte zu Hassana, die zusammengekrümmt auf dem Boden lag, ihr Wickeltuch war blutdurchtränkt. Sahada kam dazu, und die beiden jungen Frauen trugen Hassana in ihr Zimmer.

»Hol Blätter vom Katappenbaum«, ordnete Sahada an. Aminah eilte dorthin, um einen dünnen Zweig mit flachen, breiten Blättern abzubrechen. Sie rannte gerade zurück zur Hütte, als Wofa Sarpong aus seinem Raum stürmte, gefolgt von seiner zweiten Frau.

»Ja, sie muss weg«, sang die Frau.

»Bring sie her«, befahl er. Aminah ließ den Zweig fallen. Gemeinsam mit Sahada trug sie Hassana ins Freie.

»Leg sie da drauf.« Er zeigte auf den Eselskarren.

»Bitte«, hob Aminah an, die das, was nun kam, hinauszögern wollte.

»Los, Marsch!«, bellte er.

»Bitte, bitte, schick uns zusammen fort!«

Wofa Sarpong stierte sie mit hervorquellenden, rotgeäderten Augen an. Mit herabhängenden Armen stand sie da, als Sahada und Wofa Sarpong Hassana auf die Ladefläche hoben. Wofa Sarpong kletterte auf den Karren und versetzte dem Esel wortlos einen Peitschenhieb, damit er sich in Bewegung setzte. Sahada nahm den Zweig, den Aminah fallen gelassen hatte, und warf ihn Hassana zu, riet ihr, die Blätter zu kauen und sich dann mit dem Brei die Haut einzureiben. Aminah rannte neben dem Karren her, bis ihr das Herz schier aus der Brust springen wollte, aber Wofa Sarpong hielt nicht an.

Als sie in ihr Zimmer zurückkehrte, dämmerte ihr erst, was passiert war: Hassana hatte die Schläge bewusst provoziert. Jetzt, wo sie Kontakt zu Husseina aufgenommen hatte, wollte sie keinen Tag länger auf dem Gehöft bleiben und tat alles, damit Wofa Sarpong sie loswerden wollte.

Als Wofa Sarpongs Esel wenige Stunden später hufeklappernd zurückkehrte, rannte Aminah ins Freie und betete insgeheim darum, dass er es sich doch noch anders überlegt hatte. Aber Hassana war gegen einen Ballen Stoff, einen Sack Salz, Werkzeuge und zwei Hühner eingetauscht worden.

Was stimmt bloß nicht mit mir?, fragte sich Aminah. Sie war nicht in Ketten gelegt, zumindest nicht körperlich: Es gab Tage, an denen sie nach der Arbeit stundenlang unbewacht war. Das Land um das Gehöft war dicht bewaldet, vermutlich wimmelte es dort nur so von wilden Tieren. Andererseits konnte sie davon ausgehen, dass ihr niemand folgen würde. Und trotzdem blieb sie.

»Sie guten Käufer in Kintampo bekommen«, sagte Wofa Sarpong noch am selben Abend, während er sich erhob und seine Blöße bedeckte. »Er sie mitnehmen zum großen Wasser.«

Wurche

Mehrere alte und junge Frauen saß auf Matten vor Jajis Hütte, im Schatten der riesigen Lampour-Moschee mit ihren schrägen Wänden und großen Stützpfeilern. Ihre Blicke ruhten geduldig auf Wurche, während sie darauf warteten, dass diese ihnen Nana Asma'us Lehrgedicht »Eine Warnung II« beibrachte. Wurche schlug das Herz bis zum Hals, und ihre Nervosität verwirrte sie: So oft wie sie das Halten einer Rede mit Fatima im Wald von Kpembe geübt hatte, war sie davon ausgegangen, Jajis Schüler mühelos unterrichten zu können. Doch jetzt wusste sie nicht mal mehr, wohin mit den Händen. Sie verschränkte sie hinter dem Rücken und bohrte sich die Finger in den Rücken. Sie sah, wie sich einige der Frauen mit ihren bunten Schals über das Gesicht wischten. In der Ferne hörte sie Trommeln und Glocken, roch und schmeckte ein Holzfeuer. Der Schwefelgestank von Salagas hundert Brunnen wurde bis zu ihr geweht. Fliegen umschwirrten sie brummend. Ihre Sinne waren geschärft wie nie, die Luft war feucht und drückend. Sie wischte sich übers Gesicht und rezitierte:

Frauen, eine Warnung.
Geht nicht ohne guten Grund aus dem Haus.
Ihr dürft es verlassen, um Essen zu kaufen oder
euch zu bilden.
Im Islam gibt es die religiöse Pflicht, nach
Erkenntnis zu streben.
Frauen ist es gestattet, dafür aus dem Haus zu
gehen.
Bereut eure Sünden und verhaltet euch wie
anständige verheiratete Frauen.
Fügt euch den rechtmäßigen Wünschen eurer
Männer.
Kleidet euch züchtig und fürchtet Gott.
Bringt euch nicht in Gefahr, riskiert nicht das
Höllenfeuer.
Jede Frau, die sich weigert, erhält keinen Beistand,
stattdessen lässt ihr der gnädige Herr die
Belohnung der Verdammten angedeihen.

»Gut«, sagte Jaji, die ihr mit ihrer typischen Kopfbedeckung aus Flechtstroh gegenüberstand. Sie legte die Hände unter dem Kinn zusammen und zog die Schultern hoch – wie immer wenn sie eine sanfte Ermahnung aussprechen wollte. »Jetzt wird Wurche das Gedicht wiederholen, ganz langsam, damit ihr die Verse auswendig lernen könnt.«

An diesem Morgen hatte sich Wurche nicht die Zeit genommen, über das Lehrgedicht nachzudenken. Aber als sie die Verse erneut aufsagte, merkte sie, wie sehr diese

Warnung auf sie gemünzt war: Sie hatte ihr Haus verlassen, um nach Erkenntnis zu streben, verhielt sich aber mitnichten wie eine anständige Muslimin. Sie verdrängte den Gedanken, in loderndem Höllenfeuer zu enden, und beobachtete stattdessen mit zunehmender Belustigung, wie die Frauen sich damit abmühten, das Gedicht zu wiederholen. Als sie es ein fünftes Mal durchgegangen waren, spürte Wurche, wie ihre Nervosität nachließ.

Gegen Mittag war der Unterricht vorbei. Jaji nannte Wurche eine geborene Anführerin und meinte, mit Wurches Hilfe könne sie deutlich mehr Frauen erreichen. Und das werde dem Imam gefallen: Der sei nämlich fest davon überzeugt, dass Frauen ihre Männer auf dem Pfad der Tugend halten könnten. Seit dem Krieg sei er so unglücklich in Salaga, dass er überlege fortzugehen. Doch eine Stadt ohne spirituellen Führer sei dem Untergang geweiht. Während Jaji weiter davon erzählte, wie schwer das Leben seit dem Krieg geworden sei, geriet Wurche zunehmend in Panik. Schließlich war das der einzige Grund, warum Adnan sie noch aus dem Haus ließ – damit sie diese Frauen unterrichtete. Zu ihrer Panik gesellten sich ein Gefühl des Verlusts, eines Vakuums, das sie nicht einmal benennen konnte – sowie das Gefühl, unter einem schweren Stück Stoff begraben zu sein. Ein Gefühl, das sich noch verschlimmerte, als Jaji fragte, wie es ihrem Mann gehe, und das sie auch nicht loswurde, als sie zu der eckigen Hütte kam, in der Moro und sie *Katcheji* begangen hatten, und diese verschlossen vorfand. Besonders schwer lastete es auf ihr, als sie nach Hause ritt und beim Abendessen stumm neben ihrem Mann saß.

Die auf ihr lastende Schwere ließ nur nach, wenn sie Baki ritt und Zeit mit Moro verbrachte. Als sie einmal zu Jaji unterwegs war, sah sie wie er gerade eine sich langsam bewegende Schlange aus aneinandergeketteten Männern und Frauen anführte, gefolgt von zwei weiteren Reitern. Moro bewegte sich mit geradezu feierlichem Ernst, und als er sie winken sah, lächelte er, gab den anderen Reitern ein Zeichen und kam zu ihr.

In Moros Gegenwart war sie wie eine Kranke, die sich nur in der Nähe des Heilers wohlfühlt. Ihre Krankheit galt zwar als gutartig und heilbar, doch sobald der Heiler ging, kehrten die Symptome zurück. Sie staunte, welche Macht ihre Gefühle über sie besaßen.

Wurche wusste es sehr zu schätzen, dass Moro mit ihr sprach, denn seit ihrer Hochzeit hatte sie so gut wie keinen Zugang mehr zu Etuto und ihren Brüdern – von den Mahlzeiten einmal abgesehen. Noch an diesem Morgen, bevor sie nach Salaga aufgebrochen war, hatte sie Etutos Raum betreten, wo er sich mit seinem Mallam über eine Handschrift gebeugt hatte. Sie fragte, was das sei.

»Ein Freundschaftsvertrag, den wir vor fünf Jahren mit den Deutschen geschlossen haben«, sagte er und erhob sich, um sie hinauszubegleiten. »Wie läuft es mit Adnan?«

»Der, der Salaga zur neutralen Zone erklärt hat?«, fragte Wurche und überhörte die Frage nach Adnan.

»Mallam Abu ist hier. Reden wir ein andermal weiter?«

In letzter Zeit waren alle ihre Begegnungen mit Etuto von dieser Hast geprägt.

Sie ritt nach Salaga und traf sich nach dem Unterricht bei Jaji mit Moro in Maigidas Hinterzimmer.

»Verbringst du Zeit mit den Deutschen?«, fragte sie. »Sie haben einen Vertrag geschlossen, der besagt, dass Salaga und der Norden neutral bleiben sollen. Und trotzdem haben sie Partei ergriffen: Sie schützen diejenigen, die nach dem Krieg aus Salaga geflohen sind.«

Er beugte sich vor. In der Ecke regte sich eine junge Frau. Immer wenn seine Sklaven zugegen waren, beschränkten sich Wurche und Moro aufs Reden.

»Sie haben einen Freundschaftsvertrag mit den Chiefs im Norden geschlossen, ihnen aber keinen Schutz versprochen«, sagte Moro. »Kete-Kratschi liegt nicht in der neutralen Zone, und jeder, der in die Stadt kommt, steht unter dem Schutz der Deutschen.«

»Wenn die Deutschen behaupten, unsere Freunde zu sein, sollten sie nicht diejenigen aufnehmen, die vor uns geflohen sind.«

»Du verwechselst Freundschaft mit Schutz. Dass Salaga keinen Schutz genießt, liegt an seiner Lage: Im Süden stehen die Briten, im Südosten die Deutschen und im Norden die Franzosen. Niemand möchte einen Krieg anzetteln. Und vergiss die mächtigen Aschanti nicht. Alle wollen Salaga, doch bisher geben sich alle damit zufrieden, neutral zu bleiben.«

Die junge Sklavin nieste, was ihre Unterhaltung unterbrach. Vor ihrer Zeit in Maigidas Hinterzimmer hatte sich Wurche noch nie Gedanken darüber gemacht, was Mädchen wie dieses oder ihre Kindheitsfreundin Fatima wohl hinter sich hatten, um als Sklavinnen zu enden. Mit dieser dunklen Seite der Sklavenraubzüge hatte sie sich noch nie beschäftigt. In dem dampfig-feuchten Raum sahen die Sklaven so anders aus als diejenigen, die auf Etutos Gehöft arbeiteten und anschließend in ihre eigenen Hütten zurückkehrten. Hier in dem dampfig-feuchten Raum waren sie eingesperrt.

»Tut sie dir nicht leid – tun sie dir nicht leid?«, fragte Wurche.

Während Moro das Mädchen durchdringend ansah, sagte er: »Doch.« Gleich darauf gefolgt von: »Aber das Schicksal hat mir diese Aufgabe zugeteilt. Auch ein Dieb muss seine Arbeit gut machen, heißt es bei uns.«

Seine Eltern hatten ihn als Kind an Shaibus Vater verpfändet. Als er sich als talentierter Reiter und Bogenschütze erwiesen hatte, hatte ihn der alte Chief in seine Sklavenräuber-Armee aufgenommen. Er war sich sicher, dass sein Schicksal noch viel mit ihm vorhatte. Was, wusste er indessen noch nicht.

»Meine Großmutter sagt, dass ich mich mehr dafür interessiere, Kpembe zu regieren, als für den Handel in Salaga«, sagte Wurche. »Vielleicht hat sie sogar recht. Ich verstehe nicht viel davon. Ginge es Salaga denn schlechter, wenn wir den Sklavenhandel einstellen würden?«

»Ja. Denn dann müssten wir statt mit Sklaven mit etwas anderem handeln.«

»Mein Vater setzt auf die Kolanuss ... Aber erzähl mir mehr: Du unternimmst Sklavenraubzüge, bringst diese Menschen nach Salaga, zu Landlords wie Maigida. Und was passiert dann?«

»Maigida verhandelt mit denjenigen, die herkommen, um Sklaven zu kaufen.«

»Und die Käufer bringen sie wohin?«

»Manche nach Aschanti, aber wir haben nicht mehr viele Käufer aus Aschanti. Jetzt bringen sie sie zur Goldküste oder den Adirri hinunter. Manche bleiben auch in Salaga und arbeiten für Familien wie deine.«

Wenn man an die Alternativen dachte, hatte es ein Sklave in ihrer Familie bestimmt noch am besten.

»Und dann?«

»Ich habe von einem großen Meer gehört. Kennst du den Brasilianer Dom Francisco de Sousa?«

Wurche nickte.

»Der meinte, eine Reise nach Bahia sei schlimmer als eine Fahrt in die Unterwelt. Und dass das Schiff, in das er mit Hunderten eingepfercht wurde, eine Art sehr langes Kanu, seinen Magen völlig durchgeschüttelt hat, und zwar an jedem einzelnen Tag der Überfahrt. Nichts ist mehr dringeblieben. Über die Hälfte der Sklaven ist auf dem Schiff gestorben und ins Wasser geworfen worden, sagt er. Und als er wieder an Land ging, wurde er gebrandmarkt, verkauft wie ein Stück Vieh.«

»Wie kannst du noch mit diesen Raubzügen weitermachen, wenn du all das weißt?«

Moro schwieg und sagte dann: »Dieser Raum ist gar

nichts im Vergleich zu dem, was wir tun, um sie aus ihren Häusern zu holen. Ich versuche, niemanden zurückzulassen. Die meisten Sklavenräuber nehmen keine Alten und keine Babys mit.« Seine Stimme war kaum mehr als ein Flüstern. »Sie lassen sie zurück und setzen alles in Brand. Manche finden meine Methode schlimmer und sind der Meinung, dass ich die Menschen auf dem langen Marsch nach Salaga leiden lasse. Aber das finde ich immer noch besser, als ihnen das Leben zu nehmen. Ja, ich versuche wie ein anständiger Mann zu klingen, weiß jedoch ganz genau, dass ich keiner bin. Ich glaube, ich bin Teil von etwas, das größer ist als ich selbst.«

Ungefähr fünf Monate waren nach ihrem ersten heimlichen Treffen vergangen, als Wurche wieder in dem dunklen, feuchten Raum saß, eingehüllt in den Gestank fermentierender Hirse und ungewaschener Leiber. Nicht einmal Baki hatte je so schlecht gerochen. Sie hielt sich den Kragen ihres Gewands vor den Mund, um ihre Übelkeit zu unterdrücken. Die vier Personen schwiegen, bis auf eine junge Frau, deren Husten den ganzen Raum erzittern ließ. Im Vorderzimmer wurden Stimmen laut: Sie gehörten Maigida, Moro und einem Dritten. Moro hatte einen Topf Wasser für seine Sklaven dabei, ein kleiner Akt der Güte, den sie noch bei keinem anderen Sklavenräuber beobachtet hatte. Die meisten, die Maigidas Hütte betraten, trieben ihre Sklaven ins Hinterzimmer, ohne sie anschließend auch nur noch eines Blickes zu würdigen. Trotzdem brachte sie das, was Moro laut Eigenaussage für sie empfand, nicht damit zusammen, dass er immer wieder Menschen überhaupt erst in diese Situation brachte. Andererseits: Was gab ihr das Recht, Moro moralisch zu kritisieren, wenn ihre eigene Familie auf dem Sklavenhandel bestand?

Das Mädchen hustete, in ihren Eingeweiden rumorte es, und sie konnte gar nicht mehr aufhören zu röcheln. Wurche presste sich ihren Kragen noch fester vors Gesicht. Maigida kam herein und zerrte zwei der Mädchen heraus, ohne Wurche auch nur zu begrüßen. Falls er wusste, wer sie war, ließ er sich zumindest nichts anmerken.

Es dauerte gefühlt Stunden, bis auch der letzte Sklave verkauft worden war. Moro entschuldigte sich und bot ihr an, sie zum Suya-Verkäufer der Hausa mitzunehmen, um gegrillten Hammel am Spieß zu essen. Wurche lehnte ab und berührte Moros Schenkel. Er reagierte nicht darauf. Stattdessen fragte er, wie es mit dem Unterrichten laufe.

»Ich ziehe es vor, auf meinem Pferd zu galoppieren.«

Mit Nachdruck beschrieb sie Kreise auf seinem Oberschenkel, doch wieder blieb er ungerührt. Er setzte sich ihr gegenüber und nahm ihre Hand.

»Was ist denn?«, fragte sie.

»Ich hatte so eine harte Zeit. Es kommen immer weniger Leute nach Salaga. Es wird einfach zu schwierig, hier Geld zu verdienen. Den letzten Käufer konnte ich nur überzeugen, die beiden Frauen zu nehmen, indem ich ihm eine geschenkt habe. Ich komme noch her, weil ich die Landlords und Käufer gut kenne, aber in Kete-Kratschi gehen die Geschäfte besser.«

Eine gewisse Erschöpfung in Moros Stimme sagte ihr, dass es besser war, auf seine Annäherung zu warten, doch sein nächster Satz ließ sie beinahe in Tränen ausbrechen.

»Ich werde vermutlich bald nicht mehr nach Salaga kommen und nur noch in Kete-Kratschi verkaufen, bis ich aus dem Sklavenhandel aussteigen kann. Ich dachte, ich sage es dir besser, damit du dich nicht betrogen oder enttäuscht fühlst. In den nächsten Wochen werde ich noch mal in Salaga sein, während ich den Wechsel vorbereite, aber sei bitte nicht enttäuscht, wenn ich irgendwann fortbleibe.«

Augenblicklich ging es los: Ernüchterung und eine riesengroße Verzweiflung ergriffen von ihr Besitz.

»Ich werde nicht enttäuscht sein«, log sie.

»Ich möchte dir gegenüber nicht unfair sein.«

»Moro«, sagte Wurche, um Tapferkeit bemüht, wobei sie ihre Finger wieder in seinen Schenkel presste, »irgendwann hat alles mal ein Ende. Wenn du nach Kete-Kratschi musst: einverstanden. Du bist schließlich derjenige, der immer vom Schicksal spricht. Doch dann lass auch zu, dass es sich erfüllt.«

Er entspannte sich und gab ihren Zärtlichkeiten nach.

Ihre Beziehung war mittlerweile eine Mischung aus lodernder Lust und Frustausbrüchen – zumindest für Wurche. Im Hinterzimmer wurde ihre Liebesaffäre stumm, heimlich, war von winzigen Bewegungen erfüllt, von denen Wurche noch tagelang träumte. Träume, die ihr immer länger genügen mussten, weil Maigidas Tür häufig verschlossen oder Moro nicht da war.

Dramanis Wunsch, auf Etutos Gehöft zurückzukehren, wurde ihm erfüllt. Er kam in Wurches Zimmer, um sich von ihr zu verabschieden, wobei er einen in Baumwollstoff gewickelten Gegenstand an sich presste.

»Ich habe sie nicht benutzt«, sagte er. »Und hoffe, dass du sie auch nicht benutzen wirst.«

Er hielt ihr den Gegenstand hin, und sie legte die Hand um das schmale, zylindrische Ding. Speichel sammelte sich in ihrem Mund, und zwar so viel, dass sie nicht sprechen konnte. Sie eilte ins Freie, um auszuspucken, und kehrte dann wieder zurück. Seit einer Woche musste sie ständig spucken.

»Warum?«

»Ich glaube nicht, dass Gewalt der richtige Weg ist, um unser Volk anzuführen. Ich habe gesehen, was sie anrichten kann. Außerdem kann ich nicht gut mit diesem Ding umgehen, das lediglich dazu dient, Leben zu nehmen. Ich hoffe, du benutzt es, um uns etwas zum Abendessen zu schießen.«

Wurche bedankte sich, wusste nicht recht, ob ihr Bruder ein Feigling war, wie manche sagten, oder ein Weiser, der seiner Zeit weit voraus war. Dann wurde sie traurig: Sie würde ihn vermissen. Dramani und Moro waren die einzigen Männer, die offen und aufrichtig mit ihr redeten, und jetzt verlor sie beide.

»Wurche«, sagte er, bevor er ging, »solltest du jemals versucht sein, sie gegen ihn zu richten, denk an Etuto! Du willst keinen Krieg mit den Dagomba anzetteln.«

Ein Weiser ist gezwungen, mit Narren zusammenzuleben.
Ein Stein geht nicht,
er rollt.

– Sprichwort der Gonja –

Wurche

Sie hob ihren Kaftan und musterte den kalebassenförmigen, perfekt gerundeten Bauch. Ein neues Leben wuchs in ihr heran. Sie war schwanger geworden, als Dramani abgereist war, vor etwa vier Monaten – deshalb hatte sie auch so oft spucken müssen. Als Kind hatte sie Mma gefragt, warum Männer nicht schwanger werden. »Weil Allah die Frauen innen stärker gemacht hat und die Männer außen«, hatte die alte Frau erwidert. Eine Antwort, die sie nie so recht zufriedengestellt hatte – zumal sie diejenige gewesen war, die schwer gehoben hatte, und nicht Dramani. Wessen Kind trug sie unter dem Herzen? Das von Adnan mit seinem weichen, ausladenden Körper oder das des gepardenartigen, blauschwarzen Moro?

Im Hinterzimmer fehlte von Moro jede Spur. Wieder einmal zwang sie sich, nicht enttäuscht zu sein. Es war ein unausgesprochener Pakt, den sie mit sich selbst geschlossen hatte, als sie entschied, die Affäre trotz Moros Warnungen (Schicksal, Kete-Kratschi, Katcheji) fortzusetzen: nämlich der, Enttäuschung gar nicht erst aufkommen zu lassen. Doch als sie sich bei Maigida bedankte und wieder in das grelle Nachmittagslicht hinaustrat, versetzte es ihr einen traurigen Stich: Seit ihr Bauch angeschwollen war, hatte sie Moro nicht mehr gesehen. Was er wohl dazu sagen würde, dass das Kind von ihm sein konnte?

Als sie in Kpembe einritt, schaute Mma, die gerade Tomaten bei einem neben einem Korb kauernden Mädchen kaufte, zu ihr herüber. Wurche saß ab.

»Du darfst nicht mehr reiten, wenn du das Kind behalten willst«, sagte Mma. Wurche nickte, während die alte Frau mit ihren Ermahnungen fortfuhr: Wurche dürfe nicht mehr nur an sich denken. Sie sei jetzt verletzlich. Was, wenn sie vom Pferd fiele und das Kind verlöre, anschließend womöglich keines mehr bekommen könne? Die Tomatenverkäuferin ergänzte mit heiserer Stimme, dass ihre große Schwester im Kindbett gestorben sei – was allerdings an einem Familienfluch liege, der alle erstgeborenen Töchter väterlicherseits töte. Den Rest der Geschichte wartete Wurche gar nicht erst ab.

Sie legte sich rücklings aufs Bett und entblößte ihren Bauch. Adnan kam herein, dessen Bauch ebenfalls gegen seinen Kaftan drängte, und ließ sich neben sie auf die Matte fallen. Schweißperlen bedeckten sein Gesicht.

»Meine *pagapulana*«, sagte er und legte ihr die Hand auf den Bauch. »Meine schwangere Frau. Die Schwangerschaft steht dir wunderbar.«

»Es ist zu heiß.« Sie schob seine Hand weg.

»Mma hat recht: Etuto und ich haben sie von seinem Gemach aus belauscht, und wir sind uns einig: Mit dem

Reiten ist jetzt Schluss. Genauso wie mit deinen Besuchen in Salaga.«

Wurche drehte sich der Magen um. Ihr Körper gehörte nicht mehr nur ihr, sie würde zu seiner Gefangenen werden. »Die Frauen sind auf meinen Unterricht angewiesen«, sagte sie.

»Wärst du in Dagomba, würden dich meine Tanten längst nach Strich und Faden verwöhnen. Sie würden nicht einmal erlauben, dass du allein ein Bad nimmst. Man würde dich rund um die Uhr bedienen.«

Adnans Prahlereien erregten ihr Missfallen, und sie hätte ihr Pferd darauf verwettet, dass das meiste, was er von Dagomba erzählte, stark geschönt war. Sein pompöses Getue reizte sie so sehr, dass sie sich nicht verkneifen konnte zu sagen: »Wenn Dagomba so perfekt ist, dann geh doch zurück und lass mich in Ruhe.«

Adnan zuckte zusammen und starrte Wurche an, als überlegte er noch, wie er damit umgehen solle. Seit ihrer Hochzeit begegnete sie ihm mit einer Gleichgültigkeit, die jemand, der so unsensibel war wie Adnan, auch als Schüchternheit auslegen konnte. Das war das erste Mal, dass sie offen aggressiv zu ihm war. Als er ging, bewunderte sie die Anmut seiner Bewegungen – trotz seiner Leibesfülle.

Sie wären längst in Dagomba, hätte Etuto nicht darum gebeten, dass Adnan und einige seiner Soldaten noch blieben, um ihn zu beschützen. Dann war Wurche schwanger geworden und bestand darauf, bei ihrer Familie zu bleiben, bis das Baby laufen konnte. Das war einer ihrer kleinen Siege. Etuto willigte ein, genau wie Adnan.

»Das liegt daran, dass sie einen Sohn erwartet«, sagte Mma zu Adnan, deren Stimme von draußen zu ihr hereindrang.

Wurche starrte auf die Tür, die Nase schwoll ihr zu, und Tränen stiegen in ihr auf. Seit jeher hatte sie sich wie eine Gefangene gefühlt, aber immer war die Einschränkung von außen gekommen, von ihrem Vater oder Mma, die Verbote aussprachen. Jetzt kam sie auch noch von innen. Sie wollte dem Kind nicht vorwerfen, dass es sie zu einer Gefangenen ihres eigenen Körpers machte – wenn sie schon solche Gedanken hegte, hatte sie bereits verloren. Sie musste kämpfen, sonst würde sie noch verrückt.

Am nächsten Tag blieb sie im Bett – auch nachdem der dritte Hahn gekräht hatte, ja sogar noch, als man sämtliche Gehöftbewohner hin und her eilen, mit Gegenständen klappern und etwas hacken hörte. Adnan, ein Langschläfer, stand auf und verließ den Raum. Er war kein Mann, der merkte, wenn etwas nicht stimmte. Stattdessen war es Mma, die spürte, dass etwas schieflief. Sie betrat den Raum und legte Wurche die Hand auf die Stirn.

»Du bist nicht heiß, aber ich hab recht gehabt, stimmt's? Deine Ausflüge nach Salaga haben dich krank gemacht.«

»Ich werde diesen Raum nicht mehr verlassen, bis das Baby da ist. Denn genau das willst du doch, oder?«

»Ay, Allah!«, rief Mma, zog beleidigt ab, um dann mit Etuto, Sulemana und Adnan zurückzukehren, die sie von Wurches Streik in Kenntnis gesetzt hatte. Wurche musterte ihre Gesichter: Sulemana und Etuto wirkten belustigt, während Mma und Adnan eine Mischung aus Sorge und Verärgerung ins Gesicht geschrieben stand.

»Wurche«, ergriff Etuto das Wort, »wir haben uns darauf geeinigt, dass du weiterhin zu Jaji darfst. Aber sobald du im sechsten Monat bist, muss das ein Ende haben. Von nun an wird dich mein Bote begleiten. Und jetzt verlass bitte dieses Zimmer!«

Das war zwar nicht unbedingt ideal, doch Wurche konnte sich ein Lächeln nicht verkneifen.

»Scheitan«, zischte ihr Mma zu, als sie den Raum verließ.

Maigida, der Landlord, saß im Vorderzimmer einem uralten Weißen gegenüber. Der trug einen indigoblauen Schal um den Hals und zermalmte beherzt ein Stück Kolanuss. Der Weiße begrüßte sie auf Hausa, sah sie an, als fragte er sich, wo er sie schon mal gesehen hatte, und sprach dann weiter.

»Der neue Kpembewura hat Shaibu und die anderen Königssöhne mehrfach gebeten zurückzukommen«, sagte der Weiße. »Er macht glühende Versprechungen, dass er ihnen kein Haar krümmen wird, doch sie weigern sich.« Er lehnte sich zurück und verschränkte selbstgefällig die Arme vor der Brust wie jemand, der eine großartige Anekdote erzählt.

Der Grundbesitzer wandte sich an Wurche und sagte: »Entschuldige, aber er ist diese Woche nicht gekommen. Das letzte Mal ist schon eine Weile her. Alles in Ordnung?«

»Ja«, sagte Wurche. »Ich warte hier, vielleicht kommt er ja doch noch.«

»Die Tochter des Kpembewura«, sagte der Grundbesitzer leise, kaum dass Wurche außer Sichtweite war. »Sie und der Kerl treffen sich schon seit einer ganzen Weile hier. Du hast ihn vielleicht in Kete-Kratschi gesehen. Er ist mit Shaibu befreundet. Die Mitglieder der Königsfamilie kennen keinen Anstand, sowohl die Männer als auch die Frauen. Eine Königstochter kann sich sogar für einen verheirateten Mann entscheiden, wenn sie das will. Das untergräbt die Moral.«

Der Weiße räusperte sich.

Maigida hatte recht, was ihre Tugend betraf. Sie war mit Etutos Boten nach Salaga geritten und hatte ihn gebeten, bei Jaji zu warten, während sie zu Fuß auf den Markt ging. Jetzt saß sie mit zwei verloren wirkenden, an den Handgelenken aneinandergeketteten Mädchen in Maigidas Hinterzimmer und wartete darauf, dass sich ihr Liebhaber zeigte. Es hätte sie stutzig machen müssen, dass Maigida wusste, wer sie war – was, wenn er sie erpresste? Doch stattdessen sorgte sie sich mehr um Moros Verbleib.

Wurche positionierte sich am Eingang, um das Gespräch der Männer besser belauschen zu können. Wenn dieser Weiße etwas wusste, was sie Etuto erzählen konnte, würde man sie zur Abwechslung vielleicht einmal besser behandeln als wie eine beliebige Ehefrau.

»Maigida, die Deutschen bauen in Kete-Kratschi«, sagte der Weiße. »Dort gibt es bereits mehr Karawanen als in

Salaga. Alle drohen, jetzt dorthin zu ziehen. Deine Stadt wird nur wieder zu altem Glanz zurückfinden, wenn die Deutschen Zugang bekommen.«

»Das sagst du nur, weil du selbst Deutscher bist«, meinte der Landlord.

»Mein Freund, du kennst mich seit über zehn Jahren, und ich habe dir nie verschwiegen, was ich von meinem Volk halte. Nichts als Heuchler! Doch ich weiß auch, dass meine Leute viel Gutes bewirken können. Dieser Neutralitätsvertrag zwischen dem Kpembewura, Großbritannien und Deutschland schadet Salaga. Niemand investiert in diese Stadt, weil sie neutral ist. Gleichzeitig verfolgen die Briten noch ganz andere Ziele.«

»Ei, Mallam Musa! Du unterstellst den Briten stets Hintergedanken. Den Deutschen etwa nicht?«

»Denk an meine Worte!«

Das war also der Mallam Musa: ein Weißer, der so viel Zeit in und um Salaga verbracht hatte, dass man ihm einen hiesigen Namen gegeben hatte. Sie wollte wissen, welche Hintergedanken er bei den Briten vermutete.

Jemand kam zu Maigida, und Wurche verscheuchte diese Gedanken wie einen lästigen Moskito in Erwartung, Moros Stimme zu hören.

Doch sie erklang nicht.

Er tauchte einfach nicht auf.

Gefühlt dauerte es Monate, bis Moro sie im Hinterzimmer traf. Sein Zeigefinger liebkoste ihren Nacken, dann glitten seine Hände an ihrem Oberkörper hinunter. Als sie die feste Rundung ertasteten, riss er die Augen auf. Er hob ihren Kaftan, starrte darauf und bedeckte sie wieder.

»Was ist denn das?«, fragte er und zuckte zurück. Wurche konnte kein Leuchten mehr in seinen Augen erkennen. Er war nur noch ein Fleck in der Dunkelheit. Ein dumpfes Geräusch ertönte, als er sich auf einen Sack Hirse fallen ließ.

»Denk einfach nicht dran«, sagte sie.

Er schwieg und fragte dann: »Werde ich Vater?«

Die Antwort auf diese Frage lautete: Vielleicht ja. Sicher sagen ließ sich das nicht, denn es konnte entweder sein oder Adnans Kind sein. Er schien es auch so zu begreifen, hakte jedenfalls nicht nach, als sie nicht darauf reagierte.

»Jetzt, da du Mutter wirst, ist es zu riskant. Selbst wenn ich der Vater dieses Kindes sein sollte, müssen wir zum Schutz deiner Ehre und deines Kindes sagen, dass es von deinem Mann ist. Du musst dich jetzt ganz auf deinen Mann und das Kind konzentrieren. Das hier darf nicht weitergehen, Wurche.« Sie konnte sein Gesicht nicht richtig sehen. Er klang eher bedauernd als böse.

Wurche schnürte es die Kehle zusammen, als sie ihre Tränen hinunterschluckte. Sie kniete sich vor ihn und staunte selbst über ihre Worte: »Ich kann auch ohne ihn weiterleben. Aber nicht ohne dich. Ich brauche dich.« Sie wischte sich die Tränen aus dem Gesicht. »Bitte.«

Er stand auf und zerrte brüsk an der Kordel seiner Reithose, als wäre das seine Art, sich zu trennen, ihre Beziehung zu beenden. »Wir haben beide gewusst, dass das nirgendwohin führt, dass das irgendwann aufhören muss. Du bist eine verheiratete Frau, und ich bin ein Niemand. Du lebst in Salaga-Kpembe. Und ich in Kete-Kratschi.«

»Du bist kein Niemand.« Sie streckte den Arm aus, um ihn zu sich hinunterzuziehen. Sie fühlte sich, als würde jemand auf ihr Herz einstechen.

»Du bist eine schöne, mächtige Frau«, sagte er. »Ich hätte es nie so weit kommen lassen dürfen. Es tut mir leid.«

Wurche klammerte sich an Moros Hemd und verbarg das Gesicht an seiner Brust. »Bitte, lass uns das nicht beenden, Moro. Ohne dich fehlt mir die Luft zum Atmen.«

»Wenn das Kind erst einmal auf der Welt ist, wirst du vergessen, dass es mich überhaupt gibt!«, erwiderte er und strich ihr über den Rücken.

Wurche schluchzte und hasste sich dafür. Wäre sie vorbereitet gewesen, hätte sie sich ungerührt gezeigt. Sie wünschte, sie könnte ihr Flehen ungeschehen machen und gelassen in das Ende der Affäre einwilligen, doch ihr Herz zog sich schmerzhaft zusammen und war stärker als der Wunsch, einen gefassten Eindruck zu machen. Sie fühlte sich nackt, allen Blicken preisgegeben – wie eine Sklavin auf dem Markt von Salaga. Weil ihr das Herz derart wehtat, wollte sie am liebsten um sich schlagen, Moro mithilfe ihrer Arme und Hände Schmerz zufügen. Doch er umklammerte sie noch, als sie sich bereits aus seinen Armen wand. Würde der Schmerz aufhören, wenn sie ihn bewusstlos schlüge? Wenn er aufhörte zu leben – würde sie dann gar nichts mehr empfinden? Seine bloße

Existenz schien den Schmerz auszulösen, also warum ihn nicht auslöschen?

Adnan schnarchte neben ihr, als sie die ersten Stöße spürte. Zuerst fühlte es sich an, als würde sie gekniffen. Dann wie Tritte. Sie hörten wieder auf, nur um stärker zurückzukehren. Sie hatte das Gefühl, dass ihre Eingeweide verdreht wurden, glaubte, ihre Hüftknochen würden sich durch die Haut bohren. Der Schrei, der sich ihr entrang, war so laut und animalisch, ließ einem so fürchterlich das Blut in den Adern gefrieren, dass sie kaum glauben konnte, dass er von ihr stammte. Adnan schrak hoch und rannte hinaus, nachdem er gesehen hatte, wie Wurche sich den Bauch hielt. Der Schmerz ließ nach, und Wurche stand auf. Sie ging zur Tür, sah, dass Bäume und Hütten immer noch in nächtliches Dunkel gehüllt waren. Sie war außer sich vor Trauer und Schmerz. Mma und drei ältere Frauen kamen an die Tür, gefolgt von Adnan.

Wurche wurde wieder zum Bett geführt, das jemand mit weißem Leinen bedeckt hatte. Mma hob ihren Kaftan, um die harte Wölbung ihres Bauches mit Sheabutter einzureiben. Eine der alten Frauen legte eine Kompresse auf Wurches Kopf, eine andere vermahlte getrocknete Baumrinde mit einer Mischung aus Wurzeln und Blättern, die so länglich und sichelförmig aussahen wie Sorghum. Und die Dritte setzte heißes Wasser auf.

Wieder erfasste sie eine Schmerzwelle – diesmal vom Bauch bis in die Extremitäten. Wurche wollte schier aus der Haut fahren. Mma führte eine Kalebasse mit der warmen, zerdrückten Blatt-Rinde-Wurzelmischung an ihre Lippen und sagte, das werde ihr Kraft geben.

Der Schmerz pulsierte, und nach gefühlten Tagen presste Wurche ein riesiges Baby aus sich heraus. Eine der alten Frauen verließ den Raum, um die gute Nachricht zu verkünden. Die Frauen zuckten zusammen, als sie Schüsse hörten – so nah, dass sie direkt im Raum zu fallen schienen. Sie schlangen die Arme umeinander und warteten, in der Hoffnung, dass dieser Freudentag nicht durch den Beginn eines neuen Krieges getrübt würde.

Jubellaute linderten die Angst, die sich in den Raum geschlichen hatte. Sämtliche Frauen von Kpembe schienen sie auszustoßen. Wurche schenkte ihren Bewunderinnen ein schwaches Lächeln, wünschte sich aber im Stillen, sie würden wieder gehen, damit sie schlafen konnte.

»Was waren das für Schüsse?«, fragte Mma Sulemana, der vor der Hütte stand. Männer durften sie in den ersten acht Tagen nicht betreten.

»Ein Brauch aus Dagomba: drei Schüsse zur Geburt eines Sohnes.«

Als die Gratulanten gegangen waren, hielt Wurche das Baby im Arm. Dieses seltsame, entzückende Geschöpf war von ihrem Körper geschaffen und hervorgebracht worden.

Nach acht Tagen nannte es Adnan Wumpini: Gottesgeschenk.

Aminah

Wenn sich der trockene, staubige Wind im Norden von Botu erhob, nahm er der Erde jede Feuchtigkeit, ließ Lippen aufplatzen, Schweiß aus allen Poren treten, um eine Kälte zu bringen, die durch Mark und Bein ging. Dieser trockene Wind hatte auch Wofa Sarpongs Land erfasst, traf dort aber auf die feuchte Masse des Waldes und schlug eine seltsame Schlacht, die niemand gewann. Darunter zu leiden hatten die jungen Frauen, vor allem Aminah. Das war die zweite Trockenzeit, seit Wofa Sarpong sie auf das Gehöft geholt hatte, was bedeutete, dass sie schon fast zwei Jahre dort lebte. Diesmal war es ein Wind, vor dem Eeyah zu warnen pflegte: ein Wind, der Krankheiten oder Missbildungen verursachen konnte und Stimmen mit sich trug. Aminah hörte die von Na und Issa, die vom Pfeiferauchen heisere von Eeyah und Babygeschrei.

An einem dieser windigen Nachmittage saß sie unter dem Katappenbaum vor ihrem Raum, und die Stimmen wollten gar nicht mehr aufhören. Sie hielt sich die Ohren zu, um sie nicht mehr hören zu müssen, doch sie ließen sich nicht ausblenden. Sie lief und lief, bis sie im Wald war, wo die Bäume den Wind abfingen. Bald steckte sie tief darin und egal, wohin sie sich wandte, sah sie sich einem Baumriesen gegenüber, der genauso aussah wie alle anderen. Sie fand nicht mehr zu Wofa Sarpongs Haus zurück. Da hörte sie Stimmen – wirkliche, direkt vor ihr – und versuchte, sich zurückzuziehen. Doch ihr Fuß brachte einen Haufen trockener Blätter zum Rascheln. Die Stimmen wurden leiser. Aminah duckte sich. Lauter werdende Schritte, Füße, die direkt vor ihr stehen blieben, große Füße, an denen jede Zehe von einem Hühnerauge gekrönt wurde. Als sie aufschaute, fiel ihr Blick auf Kwesi, Wofa Sarpongs ältesten Sohn. Er trug einen Korb mit roten Kolanüssen und einen Säbel. Er befahl seinem Freund weiterzugehen und sah sie an wie die duftende Mahlzeit eines Nachbarn. Er grinste und sagte etwas, wobei er seine Kolanüsse absetzte. Sie hatte ihn nicht verstanden.

Sekunden später lag Kwesi mit seinem ganzen Gewicht auf ihr. Der Gestank von seinem stechenden Schweiß drang ihr in die Nase. Er teilte sein Wickeltuch und packte sie. Sie hatte eine unangenehme Abmachung mit Wofa Sarpong getroffen, und er war nie davon abgewichen. Doch jetzt ahnte sie, dass Kwesi vollenden würde, was sein Vater nicht konnte oder wollte. Mit aller Kraft ging sie auf seine Nase los, den Teil, der ihr am nächsten war, und grub ihre Zähne tief in Haut, Fleisch und Knorpel, aber ohne dass Blut kam. Etwas an der Vorstellung, fremdes Blut zu vergießen, hielt sie davon ab. Trotzdem tat sie ihm weh und überrumpelte ihn, sodass er davonlief.

Sie rannte in die Richtung, in der sein Freund verschwunden war. Sie rannte und rannte, bis sie Wofa Sarpongs Land erreichte. Sie ging in ihren Raum und kauerte sich in eine Ecke. Die Stimmen, die der Wind mit sich trug, drangen durch sämtliche Ritzen und verfolgten sie erneut.

Am Abend legte sich der Wind, und die Stimmen verstummten, doch dafür wurden neue laut, ganz in der Nähe. Die anderen Mädchen gingen nachsehen, warum Wofa Sarpongs Frauen noch mehr Lärm machten als sonst, aber Aminah blieb auf ihrer Matte, weil sie bereits wusste, worum es ging. Sie rollte sich ganz klein zusammen, um jedes Geräusch auszublenden, von Kopf bis Fuß mit Gänsehaut überzogen. Sie kamen wieder herein, und Sahada sagte unaufgefordert: »Kwesi sagt, er hätte dich beim Weglaufen erwischt und du hättest ihn gebissen. Kwesis Mutter sagt, dass du wegmusst. Wofa Sarpong wird dich morgen früh fortbringen.«

Aminah rechnete mit Schlägen, die jedoch nicht kamen. Stattdessen fiel sie in dieser Nacht in tiefen Schlaf, voller Träume von verzerrten Erinnerungen an den Gewaltmarsch, der sie hierhergeführt hatte. Sie sah Bilder von Baba in einem fensterlosen Raum. Szenen von Feuer, Gehenkten und toten kleinen Jungen. Sie drangen in ihr Bewusstsein und verließen es wieder, und sie schaffte es weder aufzuwachen noch ihren Ablauf zu verändern, sosehr sie sich auch anstrengte.

Sie wachte schon früh auf. Die anderen Mädchen lagen neben ihr wie gefällte Bäume, die man auf dem Waldboden vergessen hat. Sahadas Atmung rasselte, führte dazu, dass sich ihre Brust dramatisch hob und senkte. Ihr Arm lag auf dem Rücken eines anderen Mädchens. Aminah fand es seltsam, sie zurückzulassen, inzwischen hatte sie sich an sie gewöhnt. Sie hatten das ein oder andere Mal gemeinsam gelacht, wenn sie sich über Wofa Sarpong und seine Familie lustig gemacht hatten, doch gleichzeitig war jede von ihnen reserviert geblieben – ganz so als wüssten sie, dass sie nur vorübergehend hier waren. Keine hatte die harte Schale abgelegt, um den wahren Kern zu zeigen. Aminah verließ den Raum und wäre dabei fast mit Wofa Sarpong zusammengestoßen. Seine Haare waren zu lang und ungekämmt, seine Augen blutunterlaufen.

»Gut«, sagte er, »gehen wir.«

An seinem Gesicht konnte sie ablesen, dass ihr keine Zeit mehr blieb, ihre armselige Habe zusammenzusuchen. Säcke lagen vor seinem scheuen Esel auf dem Boden – vermutlich voll mit Kolanüssen, die Kwesi gesammelt hatte. Sie half Wofa Sarpong beim Beladen. Er befahl ihr, sie mit einem großen roten Tuch zu bedecken, dann verließen sie zügig sein Heim, als würden sie verfolgt.

Nach etwa zwei Stunden wurde ihr die Landschaft vertraut. Der Wald lag jetzt hinter ihnen, das Gras stand hoch, und üppige Baobab- und Dawadawa-Bäume schossen empor. Dawadawa: Zu Hause war das ein Gewürz, das polarisierte: Na, Eeyah und sie liebten es. Sie vermisste es, die trockenen Schoten zu zermahlen, wodurch sie den für sie typischen Fermentgeruch abgaben, den Baba und die Zwillinge nicht leiden konnten. Sie stellte fest, dass ihre Erinnerungen hier nicht so von Trauer durchzogen waren. Und beim Anblick der verkrüppelten Baobab-Äste, die jetzt weder Blätter noch Früchte trugen, lächelte sie sogar. Auch Wofa Sarpong schien seine Sorgen vergessen zu haben, weil er sang, pfiff und sein Tempo verlangsamte.

»Ich dich heiraten«, sagte er unvermittelt und drehte sich zu Aminah um. »Meine Frauen nichts davon halten, aber bald sie es einsehen. Aber dann du versucht fortzurennen und Kwesi gebissen. Du arbeiten hart, du respektvoll. Ich verstehe nicht, warum du das getan.«

Aminah beachtete ihn nicht weiter. Er fuhr damit fort zu pfeifen. Seine gute Laune ging ihr unter die Haut und steckte sie an. Obwohl sie nicht wusste, was die Zukunft bereithielt, war sie seit Monaten nicht mehr so entspannt gewesen. Als sie an einem Kuhhirten vorbeikamen, der aussah wie ihr verschmitzter Nachbar Motaaba, winkte sie ihm zu.

Wofa Sarpong versuchte erneut sein Glück. »Aminah, du wie meine Mutter. Sie Dorfschönheit. Sie von weither. Und dann sie fortgelaufen und zurück. Sie mich zurückgelassen.«

Aminah schwieg hartnäckig, was ihn jedoch nicht abschreckte.

»Du dir stellen vor, du lassen deinen fünfjährigen Sohn zurück. Tun man so was?« Dann fuhr er fort: »Weil du schön und mich an meine Mutter erinnern, ich dich behandeln gut. Eines du nicht über Wofa Sarpong sagen: Er dich schlagen. Ich dich behandeln sehr gut.«

Ein Stück vor ihnen wateten in Pink, Gelb und Grün gewandete Frauen in einem breiten, schlammigen Fluss. Er erinnerte Aminah an das Gewässer, das sie überquert hatten, um nach Kintampo zu gelangen – damals als Hassana beinahe von dem in Panik geratenen Mädchen ertränkt worden war. Nur dass dieser Fluss nicht bedrohlich wirkte. Sie kamen näher. Einige Frauen waren über Becken gebeugt, in denen es vor Fischen nur so wimmelte. Andere räucherten ihren Fang – ein Duft, der Aminah sofort in die Nase stieg und Magenknurren bescherte. Seit der Sache mit Kwesi hatte sie nichts mehr gegessen. Wofa Sarpong kaufte zwei Stück Fisch und gab ihr eines. Zehn Herzschläge lang folgten sie dem Fluss und erreichten eine Furt, die von einem Mann auf einem Hocker bewacht wurde. Wofa Sarpong zahlte den Zoll und ließ Aminah absteigen. Er führte den Esel samt Karren durch das Wasser. Während sie es durchquerten, überlegte Aminah, sich hineinzustürzen und sich von ihm forttragen zu lassen. Der Gedanke gefiel ihr, und sie warf sich nach vorn, während das Wasser sich wild um ihre Schienbeine kräuselte. Doch als sie sich davon überzeugt hatte, dass sie es schaffen konnte, hatten sie das andere Ufer bereits erreicht.

Es tat gut, wieder in einer weiten Landschaft zu stehen. Es war, als wäre sie aus einem langen Albtraum erwacht. Sie hatte wieder ein Leben, *Miyema*, wie es in Botu hieß. Ihre Seele hatte eine Heimat. Und obwohl sie nicht wusste, wie weit sie von zu Hause entfernt war, ja, ob es ein Zuhause überhaupt noch gab, hatte dieser Ort etwas an sich, das ihr guttat. Inzwischen wirbelte Staub um sie herum, und Wofa Sarpong hatte seinen Mund mit einem Lumpen bedeckt. Aminah war froh, dass der Wind diesmal keine Stimmen mit sich führte. Er war leicht und trocken, so wie es sich für den Harmattan gehörte. Sie war sich sicher, Botu näher zu sein denn je.

Die Reise dauerte Stunden. Langsam ging die Sonne unter, malte breite grellrosa, orangene und lila Streifen an den Himmel. Wofa Sarpong löste seinen Überwurf und legte ihn sich über die Schulter. Er konnte nicht aufhören zu zappeln.

»Das dauern zu lange«, sagte er, als sich der Himmel verdunkelte.

Sie machten kurze Pausen, um den Esel zu tränken und sich auszuruhen. Hätten diese länger gedauert, hätte Wofa Sarpong seine Zudringlichkeiten bestimmt wiederaufnehmen wollen – nur dass seine Frauen jetzt nicht mehr in der Nähe waren, ihn also nicht davon abhalten würden, den Akt zu vollenden. Sie schlief auf den Kolanüssen, als Wofa Sarpong sie bei Tagesanbruch anschrie und weckte. »Dinge sich ändern. Nicht gut aussehen.«

Sie waren schon seit zwei Tagen unterwegs und noch immer nicht am Ziel. Der Eselskarren fuhr einen Abhang hinunter, und Umrisse von Häusern wurden sichtbar.

»Ah, endlich«, sagte Wofa Sarpong. »Trotzdem: Dinge sich stark ändern. Das eine Geisterstadt. Viel zerstört.«

Während sie sich dem Dorf näherten, kletterte die Sonne immer weiter den Himmel hinauf. Es war das größte Dorf, das Aminah je gesehen hatte – und das trotz

Wofa Sarpongs Warnungen. Es gab Hunderte, vielleicht sogar Tausende von Gebäuden, viele eingefallen und rußbedeckt, umgeben von riesigen Bäumen. Die Minarette einer Moschee ragten baumhoch empor. Ein Schwarm Perlhühner flog vorbei, und sie verspürte heftiges Heimweh nach Botu.

»Ah, aber diese Leute Salaga zerstören«, sagte Wofa Sarpong, als sie hinunter ins Tal fuhren, und machte eine weit ausholende Bewegung, als wäre die Stadt von ihm errichtet worden.

Das war Salaga? Nach Babas Erzählungen hatte sich Aminah Türme, farbenfrohe Gebäude und ein ständiges Kommen und Gehen von Tausenden von Menschen vorgestellt.

Sie zwängten sich durch eine enge Gasse in der Farbe einer roten Kolanuss, während eine Hündin mit geschwollenen Zitzen, die Schnauze am Boden, vorüberlief. Der Ruf des Muezzins ertönte und wurde bald von Geplauder, Metallklirren und krähenden Hähnen abgelöst. Sie wanden sich durch noch engere Gassen, bei denen Aminah bezweifelte, ob ein Eselskarren dort überhaupt durchpasste, doch es klappte. Sie passierten eine trockene rote Ebene, wo Männer und Frauen braune viereckige Tücher auf der verkrusteten Erde ausbreiteten, und hielten vor einem eckigen Gebäude. Es besaß zwei Eingänge und zwei Fenster nach vorne hinaus, zum Haupteingang führte eine Treppe. Wofa Sarpong saß ab und half Aminah vom Wagen. Er sah sie sehnsüchtig, aber auch traurig an.

»Warum du Kwesi gebissen?«

Aminah war sich sicher, dass ihre Antwort keine Rolle spielte.

Ein hochgewachsener Mann mit der dunkelsten Hautfarbe, die sie je gesehen hatte, ging vorbei, gefolgt von mehreren aneinandergefesselten Männern und Frauen. Aminah schauderte, als sie an die Reiter zurückdachte, die sie entführt hatten. Der Mann blieb vor dem Gebäude stehen, vor dem sie sich aufhielten. Er lächelte Wofa Sarpong und Aminah zu, um dann mit seiner Schar den Haupteingang zu nehmen.

»Ach, dieser Mann!«, sagte Wofa Sarpong empört. »Er nicht sehen, ich zuerst da?«

Trotzdem rührte sich Wofa Sarpong nicht von der Stelle. Er blieb bei dem Eselskarren, bis der hochgewachsene Mann ohne seine Schar wieder herauskam. Als sie hineingingen, blieb der Hochgewachsene stehen, um Wofa Sarpong etwas zuzuflüstern, wobei sein Blick den Aminahs kreuzte. Sie schaute weg, merkte, dass er sie bemitleidete. Wofa Sarpong nickte, zuerst langsam, dann schneller. Ein Lächeln breitete sich auf seinem Gesicht aus, und er machte dem Hochgewachsenen Platz, damit er das Gebäude erneut betreten konnte. Der Mann kam zurück und gab Wofa Sarpong die Hand, warf Aminah einen freundlichen Blick zu und ging dann weiter.

In dem Gebäude war es dunkel und kühl. Kuhfelle waren auf dem Boden verteilt. Auf einem braunen saß ein Mann und legte Kaurimuscheln in eine Waagschale.

»Ah, Wofa Sarpong«, sagte er. Am anderen Ende des

Raumes hing ein Tuch vor einer Türöffnung. Vier Fenster rahmten den vorderen Teil und die Seiten des ansonsten leeren Raumes. Der Mann sprach Hausa. »Ich freue mich, dass du gekommen bist. Warum hat es so lang gedauert?«

»Ach, die vielen Kriege, die ihr führen! Es sein zu unsicher. Und wenn rauskommen, ich Aschanti, das mich den Kopf kosten.«

»Aber hier zahlen wir dir mehr für deine Kolanüsse«, sagte der Mann und schob die Ärmel seines weißen Gewands hoch. »Das ist also die Schönheit, die unser Freund bekommt.«

»*Dein* Freund«, erwiderte Wofa Sarpong. »Ich ihn getroffen. Draußen vor Tür. Jetzt, jetzt, jetzt.«

»Warum verkaufst du so ein kostbares Schmuckstück?«

»Lange Geschichte. Ich brauchen das Geld.«

»Du verlierst wirklich keine Zeit. Gut, er hat gesagt, dass er mir das Geld gibt, also kaufe ich sie von dir, und er bezahlt mich später.«

»Er guten Preis genannt«, sagte Wofa Sarpong. »Du ihm trauen? Er wirken anständig. Ein anderer, nur mit mir handeln, dich Zwischenhändler außen vor lassen.«

»Ja, ich kenne ihn schon lange. Er zahlt stets, was mir zusteht. Am besten, ich bringe sie nach hinten«, fuhr der Mann fort und erhob sich. Er war genauso klein wie Wofa Sarpong. Aminah fragte sich, wie viel sie wohl wert war, aber der Mann, der ihre Neugier zu spüren schien, schob sie durch das Tuch in einen Raum, der nach fermentierter Hirse roch. Auf Säcken und auf dem Boden saßen diejenigen, die der hochgewachsene gerade Mann hereingetrieben hatte. Vor ihnen stand ein kleiner Tontopf mit Wasser. Sie sahen genauso aus wie sie bei ihrer Ankunft in Kintampo: ausgedörrt und staubig. Sie nickte ihnen zu und fand einen freien Fleck, wo sie sich niederlassen konnte. Sie lauschte der weiteren Unterhaltung angestrengt, aber die Stimmen von Wofa Sarpong und seinem Freund waren zu leise.

Der hochgewachsene Mann würde sie also kaufen. Und was war mit den anderen? Aminah zählte acht Personen: eine alte Frau, vier Mädchen, zwei Männer und einen Jungen. Wo würden sie landen? Wofa Sarpong steckte den Kopf durch die Türöffnung und winkte sie zu sich.

»Warum du weglaufen?«, fragte er erneut.

»Ich bin nicht weggelaufen. Dein Sohn wollte vollenden, was du angefangen hast.«

Er legte den Kopf schräg und zog sich dann zurück. Bei seinem Verschwinden befiel sie leichte Panik. So unglücklich sie auch gewesen war – er hatte ihr ein stabiles Zuhause geboten, das eindeutig besser gewesen war als der Gewaltmarsch mit den Reitern. Sie führte die Finger zum Mund und begann Nägel zu kauen, bis ihre Fingerkuppen wund waren.

Den ganzen Tag war Maigida – denn so wurde er genannt, wie Aminah gehört hatte – hereingekommen und hatte Menschen herausgeholt. Einige kehrten zurück, andere nicht. Am späten Nachmittag führte er die noch Übrigen hinter sein Haus, damit sie sich erleichtern konnten. Dort standen mehrere Bäume und ein Wildstrauch eng zusammen, der trotz der Dürre Blüten trieb.

Bald waren sie nur noch zu dritt: Aminah, die alte Frau und noch ein Mädchen.

Die alte, in einer Ecke zusammengekauerte Frau verlor kein Wort. Aminah staunte, dass die Reiter sie nicht zurückgelassen hatten. Sobald das Mädchen gemerkt hatte, dass es im Vorderzimmer still geworden war, kam es zu Aminah.

»Du bist schön«, sagte das Mädchen. Ihre Sprache erinnerte an die Aminahs, doch wo Aminah ein »L« benutzte, verwendete das Mädchen ein »R«. Als sich Aminah bei ihr bedankte, staunte das Mädchen und sagte, wie sehr es sich freue, sich mit ihr verständigen zu können. Anfangs musste sich Aminah noch anstrengen, um aus ihren Sätzen schlau zu werden, doch bald hatte sie sich darauf eingestellt. Das Mädchen hieß Khadija.

»Bei deiner Schönheit bist du bestimmt sehr teuer«, sagte die junge Frau. »Nicht so wie ich. Ich werd hier eine Woche hocken bleiben, bevor ich verkauft werde. Mein Vater hat immer gesagt, ich wär so hässlich, dass mich sogar Scheitan abweisen wird, wenn ich in die Hölle komme.« Sie lächelte und bekam kleine Fältchen. Aminah fand sie sympathisch. Sie hatte große weit auseinanderstehende Augen. Je drei parallel angeordnete, diagonal verlaufende Narben zierten ihre Wangen. Nase und Mund waren klein. Vielleicht war das ihr Problem: Dass ihre Züge einfach zu unscheinbar waren, sie hätten markanter sein müssen. Aber hässlich fand Aminah sie nicht.

»Nach einem Tag bist du hier draußen. Bestimmt hebt er dich für jemanden mit viel Geld auf.«

»Ich bin schon verkauft worden«, gestand Aminah.

»Sag ich doch!« Khadija strahlte.

Aminah dachte an den Mann, der sie gekauft hatte. Keine Ahnung, was sie für ihn tun sollte, doch der Blick, den er ihr zugeworfen hatte, flößte ihr Vertrauen ein. Sie fragte Khadija, wie lange sie schon eine Gefangene war. Sie brachte es einfach nicht über sich, das Wort »Sklavin« zu verwenden, weil es dann auch für sie gegolten hätte. Doch sie sah sich nicht als Sklavin.

»Vor drei Jahren hat mich mein Vater weggegeben, um eine Schuld zu begleichen. Das war in Ordnung, weil es ein Freund von ihm war und ich seine Kinder kannte. Ich gehörte sozusagen zur Familie, sollte sogar einen seiner Söhne heiraten.« Khadija gähnte, und Aminah tat es ihr gleich. Khadija lachte laut. »Stell dir das nur mal vor, ich hässliches Mädchen sollte heiraten! Ich war überglücklich. Doch dann kam dieser Sklavenräuber und hat das Gehöft angezündet. Ach, ich bin so müde!«

»Der Hochgewachsene?«, fragte Aminah. Er hatte so sympathisch gewirkt.

Sie nickte und reckte sich. »Es tut gut, nachts wieder ein Dach über dem Kopf zu haben. Aber du bist so schön! Das ist einfach nicht gerecht.«

Aminah bewunderte Khadija für ihre positive Einstellung. Sie hatte genauso viel verloren wie Aminah, ja vielleicht sogar noch mehr gelitten, ließ sich ihren Schmerz aber nicht anmerken. Sie vergrub sich nicht darin. Aminah konnte längst nicht so fröhlich sein und fühlte sich auch nicht schön – schon lange nicht mehr. Außerdem hatte sie noch nie gewusst, wie sie darauf reagieren sollte, wenn andere sie als schön bezeichneten. Otienu hatte ihren Körper geschaffen. Er hätte auch einen Baum als Sitz für ihre Seele auswählen können. Sie hatte sich ihren Körper nicht ausgesucht und konnte nichts für ihre Schönheit, so gesehen fühlte es sich verlogen an, sich bei anderen für etwas zu bedanken, das sie nicht zu verantworten hatte. Sie sagte etwas Entsprechendes zu Khadija.

»Dann lass uns doch tauschen«, schlug Khadija vor und schlug sich lachend auf die Oberschenkel.

Das Tuch vor dem Eingang wurde beiseitegeschoben, und Maigida stellte eine große Kalebasse vor sie hin. Khadija und Aminah riefen die alte Frau. Doch als diese nicht reagierte, stürzten sich die beiden Mädchen wie Hyänen darauf und nahmen sich haufenweise Tuo, bedeckt mit dickflüssiger Ayoyo-Suppe. Aminah hatte den Hirse-Tuo vermisst, den sie lieber aß als Wofa Sarpongs grünen Kochbananen-Tuo. Wofa Sarpongs Familie aß auch Cocoyamblätter, die sie fad fand und längst nicht so sämig und herzhaft wie Ayoyo. Als Khadija fertig war, leckte sie sich die Finger ab. Ein Drittel des Tuo ließen sie für die alte Frau übrig und schoben ihn ihr hin. Sie hörten, wie sich Maigida im Vorderzimmer mit mehreren Leuten unterhielt. Eine der Stimmen war ziemlich hoch.

»Bin ich froh, dass du jetzt Kolanüsse hast!«, sagte die Stimme.

»Wir haben gerade Nachschub aus Kintampo bekommen«, erwiderte Maigida.

»Allah sei gedankt. Ich hätte sonst bis nach Kete-Kratschi reiten müssen.«

Khadija machte ein zufriedenes Gesicht.

Als Aminah sich bei Khadija nach deren Verlobtem erkundigte, strahlte sie dermaßen, dass Aminah das Gefühl hatte, die Welt sei wieder in Ordnung. Ihr Zukünftiger, wie Khadija ihn nannte, habe hochgewachsene Eltern gehabt, sei aber selbst recht gedrungen ausgefallen. Ihrer Meinung nach liebten sie sich deshalb so sehr: weil ihre Verwandten ihnen das Gefühl vermittelten, Außenseiter zu sein. Khadija hatte die Aufgabe gehabt, dafür zu sorgen, dass die kleinen Kinder des Hauses gut schliefen, doch wenn sie sie sahen, wollten sie immer nur spielen. Eines Tages war es im Haus zu heiß gewesen, sodass sie sie nach draußen zu dem großen Baum mitgenommen hatte. Die Kleinen waren überreizt und wollten nicht schlafen, und sie war irgendwann derart übermüdet, dass sie überlegte, sie einfach allein zu lassen und zum Dorf ihrer Eltern zurückzulaufen. Doch dann hörte sie jemanden singen, auch die Kinder. Sie beruhigten sich und schliefen nacheinander ein. Als auch das Letzte eingeschlafen war, zeigte sich der Sänger. Khadija umarmte ihn, und seitdem waren sie die besten Freunde. Kurz bevor die Sklavenräuber gekommen waren, hatte er sie gebeten, seine Frau zu werden.

Aminah wollte Khadija fragen, ob er den Raubzug überlebt hatte, fand das aber wenig feinfühlig. Deshalb sagte sie: »Ist er mit dir gekommen?«

»Ich bin Allah so dankbar, dass er ins Dorf meiner Eltern gegangen ist, um die Brautgabe zu zeigen«, sagte sie. »Egal, wohin es mich verschlägt: Er wird mich finden oder aber ich ihn.«

Die alte Frau schnaubte. Aminah fragte sich, ob das Zufall war oder ob sie zugehört hatte. Sie schien ihre Sprache nicht zu verstehen und verharrte weiterhin in ihrer Embryonalhaltung.

»Etwas, was von Allah gewollt ist, lässt sich nicht ändern«, sagte Khadija. Aminah staunte, dass Khadija ständig Allah statt Otienu sagte. Das hieß, dass ihr Volk zu Leuten des Buches geworden war. Nicht so in Botu: Dort hatte man sich geweigert zu konvertieren. Das war auch einer der Gründe gewesen, warum Eeyahs Eltern hatten weiterziehen müssen. »Und was ist mit dir? Wetten, die Männer haben Schlange gestanden, um um deine Hand anzuhalten?«

Aminah schüttelte den Kopf. »Nur einer. Ein faltiger, alter Mann hat sich meiner Familie vorgestellt, kurz bevor ich entführt worden bin.«

»Das glaub ich nicht!« Sie riss die Augen auf. »So ein schönes Mädchen wie du!« Sie schnalzte und zog die Mundwinkel nach unten. »Die Leute müssen mit Blindheit geschlagen sein!«

Khadija redete und redete. Aminah ertappte sich manchmal bei dem Wunsch, sie würde schweigen, damit sie eine Ahnung davon bekommen konnte, wo sie sich eigentlich befand. Aber überwiegend freute sie sich über die Gesellschaft.

Als Aminah am nächsten Tag aufwachte, war Khadija fort. War sie zu einem Leben verdammt, in dem alle einfach verschwanden? Jetzt waren nur noch sie und die alte Frau übrig. Ihre Blase drohte zu platzen, deshalb unterdrückte sie ihre Angst und trat ins Vorderzimmer. Maigida führte sie hinaus zum Gebüsch hinter seinem Haus, und er fesselte sie auch nicht wie die große Gruppe. Er hielt sich abseits und beachtete sie nicht weiter. Hinter dem Gebüsch lag eine offene, leicht ansteigende Landschaft. Das hatte viele Nachteile: Es würde viel Kraft kosten, bergauf zu rennen, und Aminah konnte leicht dabei erschossen werden.

»Du brauchst zu lange«, sagte Maigida.

Als sie wieder hineinging, hatte sich die alte Frau immer noch nicht von der Stelle gerührt. Sie zuckte nicht mal zusammen, als Aminah sie anfasste, sie wachrütteln wollte, doch ihre Haut war kühl und trocken.

»Maigida!«

»Ah-ah, was ist denn jetzt schon wieder?«

»Die alte Frau ist tot.«

Er ließ sich Zeit, kam dann hereingetrottet. Er beugte sich vor und packte ihr Handgelenk, um anschließend scharf einzuatmen. Er ging und kehrte mit zwei jungen Männern zurück. Einer schob die Hände unter die Schultern der Frau, während der andere ihre Beine nahm. Wortlos hoben sie sie hoch und trugen sie hinaus. Maigida kam wieder herein, um die Stelle zu inspizieren, wo sie gestorben war. Als er zufrieden war, ging er Richtung Vorderzimmer.

»Wann komme ich hier weg?«, fragte Aminah.

»Wenn dein Käufer zurück ist.«

Vielleicht lag es an seiner geringen Größe oder seinem kindlich-runden Gesicht, dass sie sich traute, ihm weitere Fragen zu stellen.

»Werde ich allein hier schlafen?«

»Es kommen Neue nach.«

Sie machte sich vor allem Sorgen um die Seele der alten Frau. Sie war nicht glücklich gestorben. Was, wenn sie als böser Geist zurückkehrte, um hier zu spuken?

Ein paar Menschen wurden hereingebracht, waren jedoch alle bis zum Abend verkauft.

In dieser Nacht lag Aminah auf einem Sack Hirse noch lange wach und lauschte den Hyänen und Schakalen draußen, den schabenden Geräuschen drinnen. Gegen Tagesanbruch schlief sie endlich ein.

Ein Tag folgte auf den nächsten, und Aminah blieb allein im Hinterzimmer. Am vierten oder fünften Tag sagte Maigida: »Ich weiß nicht, wo dein Besitzer ist, aber er kostet mich Geld.«

Am nächsten Tag packte Maigida ihre Handgelenke und zerrte sie aus seinem Gebäude. Der erste Hahn hatte noch nicht einmal gekräht. Sie liefen hinter Hüttenreihen entlang, vorbei an der großen Moschee mit dem großen Turm. Während er Aminah durch enge Gassen führte, stolperte sie. Wegen des Müll- und Verwesungsgestankes drehte sich ihr der Magen um. Aber auch aus Angst. Sie schienen das Dorf zu verlassen. Sie ließen die Hütten hinter sich, waren bereits von hohem Gras und

Sheabutterbäumen umgeben. Maigida ging so rasch und sprang über Gegenstände, dass sie zweimal fast in einen Brunnen gefallen wäre. Ein Schakal huschte davon, als sie ein mit Sträuchern bewachsenes Gebiet erreichten. Dann erkannte sie andere Menschen, die um einige kleine Teiche versammelt waren. Mädchen wuschen sich, während Männer mit langen Gewehren Wache hielten. Maigida befahl ihr, in einen Teich zu steigen, in dem sich nur ein anderes Mädchen befand. Aminah schälte sich aus ihrem Wickeltuch und ließ sich ins Wasser gleiten. Zitternd wusch sie sich. Das Wasser hatte ihre Haut kaum berührt, als es auch schon im trockenen Harmattan verdunstete. Als die Mädchen fertig waren, kletterten sie aus ihren Teichen und wurden von Frauen empfangen, die riesige Kalebassen mit Sheabutter im Arm hielten. Als Aminah herauskam, gab ihr eine Frau ohne jede Spur eines Lächelns einen Klecks Sheabutter, den sie auf Armen, Bauch und Beinen verteilte. Die Frau reichte ihr noch einen Klecks. Das war zu viel, doch sie reckte energisch das Kinn und befahl Aminah eine weitere Ölschicht. Als sie zufrieden war, gab sie Maigida ein Zeichen. Noch bevor Aminah zu ihrem Wickeltuch greifen konnte, packte Maigida sie am Handgelenk, und sie kehrten dorthin zurück, woher sie gekommen waren. Aminah stellte sich ihr zurückgelassenes Tuch vor, das jetzt achtlos im Gras lag, und wünschte sich, sie könnte es holen. Aber Maigida lockerte seinen Griff nicht. Anstatt auf sein Haus zuzugehen, blieben sie kurz davor auf dem offenen Marktplatz stehen. Er führte Aminah zu einem Baum, fesselte sie an den Knöcheln und zeigte auf einen großen Stein. Sie versuchte, Blickkontakt zu ihm herzustellen, doch er weigerte sich, ihr in die Augen zu schauen.

»Bitte«, flehte Aminah. *Bitte, zieh mir etwas an. Bitte, alles nur das nicht.* Er sagte nichts mehr. Andere Sklavenräuber brachten ihre Gefangenen und ließen sie neben ihr Platz nehmen. Sie senkte den Kopf und betrachtete ihre Brüste, ihr schwarzes, buschiges Dreieck. Seit sie aus Botu weggemusst hatte, hatte sie sich noch nie derart nackt gefühlt. Selbst wenn sie ein Wickeltuch trug, lockte sie Leute wie Wofa Sarpong oder die Turbanmänner der Karawanen an. Was würde dann erst ihre Nacktheit bewirken? Und was war nur mit dem hochgewachsenen Mann passiert, der sie hatte kaufen wollen? War ihr denn gar kein Glück vergönnt?

Sie ließ sich auf den Boden sinken, schlang die Hände um die Beine und verbarg den Kopf zwischen den Knien. *Wann hört das endlich auf*, hätte sie am liebsten laut geschrien. Stattdessen wiegte sie sich vor und zurück und versuchte, die Sonne zu ignorieren, die ihr erbarmungslos auf den Rücken brannte.

Wurche

Das Baby wuchs und gedieh, und sobald es sich umdrehen konnte, war Wurche bereit, ihr altes Leben wiederaufzunehmen. Sie brachte Wumpini in Etutos Gemächer, in denen er sich zum ersten Mal seit Langem allein aufhielt. Ihre Wände waren mit Gewehren, Musketen, Bogen und Pfeilen übersät wie der Himmel mit Sternen. In jeder Ecke stand ein Kanister mit Schwarzpulver. Sie hatte Angst, ihr Vater könnte bei der kleinsten falschen Bewegung in Stücke gerissen werden – so wie El Hadj 'Umar Tall, der Feldherr des Tukulor-Reichs, dessen Schwarzpulvervorrat explodiert war und ihn getötet hatte. Etuto war geschmeichelt vom Vergleich mit diesem verdienten Mann, meinte aber, er habe zu viele Feinde, um leichtsinnig zu werden. Das Baby starrte seinen Großvater mit großen Augen an. Etuto nahm es, warf es in die Luft und fing es wieder auf. Wumpini stieß entzückte Schreie aus.

Wurche erläuterte ihm ihre Pläne: »Wenn du dich das nächste Mal mit den Deutschen und Briten triffst, will ich dabei sein«, sagte sie. »Ich werde zuhören und dir sagen, was ich denke, wenn sie wieder fort sind. Ich weiß bereits, dass die Deutschen versuchen, die Händler von Salaga nach Kete-Kratschi abzuwerben.«

Etuto gab ihr Wumpini zurück und zeigte auf ihn.

»Er verbringt mehr Zeit mit Mma als mit mir«, sagte Wurche.

»Ich hatte gehofft, die Mutterschaft würde dich heilen«, sagte Etuto. »Solltest du nicht eher mit Jaji Unterricht geben?«

»Etuto, du hast selbst zugegeben, dass ich dir mit meiner Heirat mit Adnan einen Gefallen getan habe. Du kannst mich nicht immer wieder fortschicken.«

»Na gut. Aber diese Information ist nicht neu: Kete-Kratschi wird schon das neue Salaga genannt. Die Deutschen arbeiten mit den geflohenen Königssöhnen zusammen und wollen dort einen neuen König von Salaga ausrufen. Sie wollen einfach bloß Verwirrung unter den Händlern stiften.«

»Ich weiß, dass deine Strategie darin besteht, die geflohenen Königssöhne zu verfolgen«, sagte Wurche. »Aber ich finde nicht, dass du dich darauf konzentrieren solltest. Sondern auf die Verträge, die du mit den Weißen schließt. Von einem deutschen Weißen in Salaga habe ich gehört, dass ...«

»Mallam Musa?«

»Ja. Er meinte, dass die Briten Hintergedanken hegen. Vielleicht sagt er das auch, weil er Deutscher ist, aber er klang so ernst, dass ...«

»Den Königssöhnen muss Einhalt geboten werden: *Sie*

sind diejenigen, die versuchen, Händler nach Kete-Kratschi zu locken. Und die Menschen lieben die Abwechslung. Doch selbst wenn ich ihnen nur eine Lektion erteilen will – wieso nicht? Bei uns gibt es ein Sprichwort, das besagt, dass man sich rächen darf, wenn man gekränkt wurde.« Etuto zeigte auf einen Pouf. »Setz dich! Es muss anstrengend sein, ihn herumzutragen.«

Wurche nahm Platz und wiegte Wumpini auf ihrem Schoß.

»Aber in einem hast du recht«, sagte Etuto. »Die Europäer spielen ein Spiel, das ich nicht verstehe. Wir haben zusammen mit den Deutschen und Briten eine neutrale Zone gegründet, doch seit einiger Zeit könnte man meinen, dass sie vor allem miteinander rivalisieren, statt mit uns zusammenzuarbeiten. Die Briten hören nicht auf, mir großartige Geschenke zu machen. Die Deutschen dagegen wirken recht kühl auf mich, wenn sie hier sind. Sie bleiben nie und verweigern unser Bier. Keine Ahnung, was sie vorhaben. Trotzdem, Wurche, ich möchte nicht, dass du Eheprobleme bekommst. Bevor ich dich einbeziehe, bitte deinen Mann um Erlaubnis.«

Adnan würde bestimmt Nein sagen, aber das würde Wurche nicht aufhalten. Sie fragte, warum die Verträge mit den Europäern so wichtig waren.

»Sie schützen uns vor allem vor den Aschanti, aber auch vor den Franzosen, die Salaga ebenfalls gern einnehmen würden. Es geht um Kontrolle, Wurche: Derjenige, der Salaga kontrolliert, hat die größte Macht. Ich möchte erreichen, dass die Europäer hierherkommen und direkt mit uns verhandeln, ohne Aschanti-Mittelsmänner. Die Europäer wollen alle dasselbe. Wenn sie direkt zu uns kommen, werden auch die Menschen aus Mossi, Kano und Yorubaland nach Salaga zurückkehren. Und dann wird Salaga zu seiner alten Größe zurückfinden. Doch dafür müssen wir die Kontrolle behalten. Kete-Kratschi gehört den Deutschen, die Briten haben die Goldküste.«

»Ehrlich gesagt, scheinen diese Verträge wenig vorteilhaft für uns zu sein.«

»Doch, das sind sie. Denn seit die Europäer die Aschanti besiegt haben, können die meisten von uns wieder ruhig schlafen. Die Zeiten, als wir ihnen Tribut in Form von Tausenden Sklaven zahlen mussten, waren schrecklich. Der eigene Nachbar konnte einen einfach so verkaufen.«

Wurche hätte ihrem Vater gern gesagt, dass er selbst Sklavenhandel ermöglichte, ohne selbst Gefahr zu laufen, als Sklave zu enden. Und sie hätte ihm gern die Menschen in Maigidas Raum beschrieben. Doch was konnte sie vorschlagen, mit dem sich der lukrative Sklavenhandel ersetzen ließ? So weit hatte sie noch gar nicht gedacht. Ihr Vater beobachtete sie. Das Weiß in seinen Augen war trübe geworden. Seit er der Kpembewura war und in seinem Gemach blieb, hatte er keine Anfälle mehr gehabt. Wurche betete darum, dass er stark blieb, denn sobald man seine Schwäche entdeckte, würde man sie ausnutzen. Auch Etuto musste sich Gedanken über sie gemacht haben, denn auf einmal sagte er: »Angesichts all der Veränderungen muss unser Bündnis mit Dagomba so stabil wie möglich bleiben.«

»Dann erlaube mir, dass ich dir helfe«, erwiderte Wurche.

»Frag erst deinen Mann. Der braucht nur ab und an ein alkoholisches Getränk, dann wird er sich schon entspannen.« Er griff nach seiner Lieblingskürbisflasche. »Der Kerl ist einfach zu verknöchert.«

Wumpini, rundlich und weich, lag auf dem Rücken und strampelte mit den Beinen, die Zehen eingerollt. Spucke lief an seiner Wange herunter. Wurche wischte sie weg. Sie steckte einen Finger in seine Faust, nach dem er gierig griff. Sein Mund bildete ein Oval, als wollte er etwas sagen. Sie staunte über seine Hilflosigkeit, darüber, dass sie auch einmal so gewesen war. Sie erkannte sich nicht in ihm wieder, doch Mma bestand darauf, dass er diese Gesten von ihr hatte. Wurche nahm ihn hoch, hob ihren Kaftan und führte seine Lippen an ihre Brustwarze. Sein Mund verschluckte beinahe ihre gesamte Brust.

Adnan stürmte derart hektisch herein, dass der Vorhang hinter ihm flatterte. Wurche sah ihn flüchtig an und merkte, dass er sie nicht brauchte. Also fuhr sie damit fort, Wumpini zu stillen.

»Ich weiß jetzt, warum Männer mehr als nur eine Frau heiraten.« Er schwieg, und als sie nichts erwiderte, sagte er: »Weil die Frauen nach der Geburt der Kinder keine Zeit mehr für ihre Männer haben. Der Islam hat alles zerstört. Mein Urgroßvater hat sich für jedes Kind eine neue Frau gesucht.« Er lachte, war eindeutig guter Laune. Das war der passende Moment.

»Hast du deinen Jagdausflug mit Sulemana genossen?«
Man musste sich dem Thema vorsichtig nähern, als handelte es sich um ein rohes Ei.

»Dein Bruder kann sehr gut mit Pfeil und Bogen umgehen. Er hat ein paar Perlhühner erlegt. Ich hab jedes Mal danebengeschossen.«

»Er hat mir das Schießen beigebracht, aber ich kann mit Stolz behaupten, dass ich besser bin als er.«

»Das kann ich mir kaum vorstellen. Sule ist außergewöhnlich.«

Wurche zuckte beim Namen »Sule« zusammen. Niemand nannte ihn so. Warum ärgerten sie an ihm schon solche Harmlosigkeiten? Sie legte Wumpini an ihre andere Brust, blickte in die großen Augen des Babys. Dann klopfte sie neben sich. Adnan setzte sich.

»Erlaubst du mir, mit Etuto zusammenzuarbeiten?«

Adnan seufzte. »Und wer kümmert sich dann um Wumpini?« Er tätschelte Wumpinis Wange mit dem gekrümmten Zeigefinger, stand dann auf und reckte sich wie ein dicker Kater. Er zog sein Hemd aus. Sein Bauch wölbte sich über der Hose. »Ich werde in zwei Nächten nach Dagomba reisen und erst in zwei Wochen zurückkommen, Inschallah. Wenn wir dorthin zurückziehen, wirst du von deiner Ruhelosigkeit befreit und geheilt werden. Meine Tanten werden dich schon beschäftigen. Aber bis es so weit ist, kümmerst du dich um Wumpini.«

Wieder diese Panik, die Wurche die Kehle zusammenschnürte. Sie hatte sich so an seine Anwesenheit gewöhnt, dass sie eines ganz vergessen hatte: Sie lebten nur vorübergehend hier. Denn Frauen folgten ihren Männern, nicht umgekehrt. Nur wegen des Krieges in Salaga war Adnan zu ihnen gezogen.

Ein dicker Schenkel schlüpfte aus einem Hosenbein, danach der zweite. Seine fließenden, erstaunlich geschmeidigen Bewegungen vermittelten den Eindruck, dass er sich wohl in seiner Haut fühlte. Während sie ihm mit einer Mischung aus Abscheu und Faszination dabei zusah, tröstete sie sich mit dem Gedanken, dass sie aufgrund ihrer Verhandlungen erst dann nach Dagomba ziehen würden, wenn Wumpini laufen konnte. Sie betete darum, dass er wie Sundiata, der Löwe von Mali, sein und seine ersten sieben Lebensjahre nur krabbeln würde.

Wurche wurde grob geweckt. Als sie die Augen aufschlug, kauerte Adnan vor ihr. Sie konnte kaum fassen, dass die zwei Wochen so schnell rum waren. Verwirrt sah sie sich um. Wumpini schlief mit hochgerecktem Po. Es musste zwei Uhr morgens sein. Adnan löste ihr Tuch und rieb sein Stoppelkinn an ihrem Bauch. Seit Wumpini auf der Welt war, hatte Wurche ihn abwehren können. Auch jetzt versuchte sie zu protestieren, schob seine Hände von ihren Schenkeln, doch er hörte kaum hin, spreizte ihre Beine und drang in sie ein. Zunächst ertrug sie jeden Stoß, doch als er immer schneller wurde, ballte sich eine Wut in ihrem Bauch, die sich auf ihren Unterleib und ihre Beine ausdehnte. Sie trat zu, schlug ihm gleichzeitig mit der Faust gegen die Stirn. Er taumelte zurück, hielt sich den Kopf und sah sie kurz an. Bevor sie ihn aufhalten konnte, ohrfeigte er sie. In den ersten Sekunden ließ der Schlag alles um sie herum verstummen. Dann dröhnte ihr das Ohr vor Schmerz. Er ohrfeigte sie erneut.

»Es ist normal, dass ein Mann seine Frau begehrt, wenn er länger nicht mit ihr zusammen war«, sagte Adnan. »Es ist normal für Mann und Frau, dass sie zusammen sind. Aber es ist nicht normal, dass eine Frau ihren Mann schlägt. Du hast nach mir getreten, Wurche. Dir nicht einmal Gedanken darüber gemacht, was ich alles aufgegeben habe, um hier zu sein. Vielleicht habe ich das ja auch nie gewollt? Vielleicht hat man ja auch mich gezwungen, dich zu heiraten? Du hast nicht mal versucht, mich kennenzulernen.«

Er verließ den Raum. Wurche rollte sich ganz klein zusammen und betrachtete das Baby, das trotz des Aufruhrs nach wie vor schlief.

Vor Jajis Hütte lallte ein taumelnder Betrunkener schräge Melodien. Die Stadt lag in Trümmern, ließ sich jedoch nicht unterkriegen.

»*Salam aleikum*«, sagte Wurche.

»*Salam aleikum*«, sang der Mann. »*Aleikum asalam!*«

»*Aleikum asalam*«, erwiderte Jaji, teilte den Vorhang vor ihrer Tür und verscheuchte den Verrückten, der sich verbeugte und die Straße nach Kpembe nahm, auf der Wurche gerade hergekommen war. Jaji hieß Wurche willkommen. So wie auch Etutos Gemächer eindeutig ihm gehörten — man konnte das viele Metall darin förmlich schmecken –, galt das auch für Jaji. Ihr Raum roch nach Weihrauch und altem Papier. Bücher und Schriftrollen lagen verstreut auf einem Kuhfell. Sie räumte ein Manuskript beiseite, das sie dort aufgeschlagen hatte, und erzählte Wurche, die Frauen würden noch immer nach ihr fragen. Wurche lächelte traurig. Nach dem Streit mit Adnan hatte dieser Etuto ihr Benehmen geschildert. Der hatte ihr befohlen, ihren Mann zu respektieren und den richtigen Moment abzuwarten. Nach Salaga hatte sie nur gekonnt, weil die Männer auf einer Versammlung waren und Mma Salz brauchte.

Jaji, deren Kopf nur wenige Zentimeter von dem Bastdach entfernt war, sah Wurche an, als wollte sie ihr ein Geheimnis entlocken. Ein bewährtes Vorgehen von ihr, um ihr Gegenüber aus der Reserve zu holen. Doch Wurche blieb auf der Hut. Jaji zog sich in eine Ecke des Raumes zurück und ging ihre Sammlung aus Schalen und Kalebassen durch, wobei sie ein Metalltablett fallen ließ. Sie schöpfte Wasser aus einem Tontopf und reichte es Wurche zusammen mit einer Schale Kolanüsse.

»Ich freue mich, dich zu sehen«, sagte Jaji. »Denn leider neigt sich mein Aufenthalt in Salaga dem Ende zu. Ich gehe nach Kete-Kratschi. Der Imam ist schon umgezogen. Er hat mich gebeten, ihn dort zu verstärken.«

Wurche erzählte, dass Adnan, der davon ausging, dass Wumpini bald laufen lernte, mit ihr nach Dagomba ziehen wolle. »Ich mag Dagomba nicht.« Es war das erste Mal, dass sie das zugab, es sich selbst eingestand. Sie nahm einen großen Schluck Wasser, während die Lehrerin sie nicht aus den Augen ließ. »Ich bekomme keine Luft mehr, Jaji. Wenn ich in dieser Ehe ausharre, werd ich noch verrückt.«

»Warum? Was ist passiert?«

»Es ist ganz einfach: Wir lieben uns nicht. Vielleicht liegt es auch an mir. Ich mag ihn nicht und kann mir nicht vorstellen, ihn lieben zu lernen.«

Jaji schwieg. Die Stille im Raum lastete schwer auf ihr. Jaji fragte, ob Adnan sie beleidigt habe. Wurche verneinte. Ob er ihren Vater beleidigt habe. Wurche verneinte. Ob er ein Trunkenbold sei. Wurche verneinte. Ob er sie schlage. Wurche erzählte ihr, dass sie ihn getreten hatte.

»Es tut mir leid, das zu hören«, erwiderte Jaji. »Lass uns nachschauen, was im Koran steht.«

Jaji ging zu ihrem zerlesenen Koran und blätterte vorsichtig darin.

»Hier steht es.« Sie las vor. »Für die, welche schwören, sich von ihren Frauen zu trennen, seien vier Monate Wartezeit festgesetzt. Geben sie dann ihr Vorhaben auf, siehe, so ist Allah verzeihend und barmherzig. Und so sie zur Scheidung entschlossen sind, siehe, so ist Allah hörend und wissend. Das gilt für Männer.« Sie blätterte weiter. »Nun, eine anständige, gebildete Muslimin sollte auch eine gute Ehefrau sein«, sagte Jaji. »Ich finde die Stelle nicht, aber es klingt so, als wärst du unfähig, Adnan eine gute Frau zu sein. Wenn ich mich richtig erinnere, steht in der Sure, dass eine Frau sich scheiden lassen kann, wenn ihr Mann sie schlägt und zu verbotenen Dingen zwingt.«

»Mir wäre lieber, *er* würde sich scheiden lassen.«

»Warum?«

»Ich habe ihn geheiratet, um unser Bündnis mit Dagomba zu stärken. Mein Vater ist zu allem bereit, damit dieses Bündnis so eng wie möglich bleibt. Wenn ich mich scheiden lasse, werde ich Kpembe und Salaga verlassen, mich in einem Brunnen verstecken müssen.«

Jaji war auch verheiratet gewesen, doch ihr Mann war an den Pocken gestorben. Etwas sagte Wurche, dass es ihrer Lehrerin als Witwe besser ging. Wurche verabschiedete sich. Sie musste noch zum Markt und wieder in Kpembe sein, bevor Adnan und Etuto zurück waren.

»Such Rat im Gebet«, sagte Jaji, als Wurche Baki losband.

Sie winkten einander zum Abschied, und Wurche brach zum großen Nachmittagsmarkt auf. Wie schon auf dem ganzen Hinweg von Kpembe nach Salaga, ja, während ihres Gesprächs mit Jaji, fragte sie sich, ob Moro wohl im Hinterzimmer war. Sie hatte sich eingeredet, ihre Lehrerin besuchen, Salz kaufen und dann gleich nach Kpembe zurückkehren zu wollen. Doch ihr Magen hatte sich dermaßen verknotet, dass sie glaubte, sich erst wieder entspannen zu können, wenn sie das Hinterzimmer aufsuchte. Und sei es, um sich davon zu überzeugen, dass er nicht da war.

Als Fatima und sie damals ihr Spiel gespielt hatten, hatte sie nichts falsch daran finden können. Trotzdem hatte sie gewusst, dass es Unmut erregen würde, wenn man sie dabei ertappte. Und genau das war dann auch passiert, als Mma sie erwischte. Nicht lange danach hatten Jaji und sie sich mit einem Lehrgedicht über den Weg zur Wahrheit beschäftigt. Auf die Frage, wie *sie* es schaffe, auf dem schwer begehbaren Pfad der Tugend zu bleiben, hatte Jaji gesagt: »Im Text heißt es, ›Hört auf, vom Pfad abzuweichen‹. ›Abweichen‹ ist hier das Schlüsselwort: Es erkennt an, dass wir einfach nur Menschen sind und manche Dinge immer wieder tun − so lange, bis sie uns richtig gelingen. Jeder von uns bekommt mehr als nur eine Chance. Normalerweise bete ich und höre auf, meine Fehler zu wiederholen.«

Wurche trieb Baki an, versuchte sich dazu zu bringen, es sich anders zu überlegen. Ein Gebet zu sprechen oder dergleichen. *Hör auf, deine Fehler zu wiederholen.* Was wollte sie Moro denn sagen, sollte sie ihn treffen? Sollte sie das Baby erwähnen? *Hör auf, deine Fehler zu wiederholen.* Sie überquerte die Straße, die sie nach Kpembe bringen würde, und war drauf und dran heimzureiten und Mma gegenüber irgendeine Ausrede wegen des Salzes zu erfinden. Ein Gedanke, der sich jedoch gleich wieder in Luft auflöste, denn sie ritt weiter, vorbei an der zerstörten Moschee, auf den Markt, um dann vor dem Haus zu halten, das Moro und sie zu ihrem Liebesnest gemacht hatten. *Hör auf, deine Fehler zu wiederholen.* Sie band Baki am Baum daneben fest und ging auf die Eingangstür zu.

»*Salam aleikum!*«, rief sie, doch niemand antwortete.

Die Tür war verschlossen. Sie empfand eine Mischung aus Enttäuschung und Erleichterung. Sie ging zu ihrer Stute zurück, zu ihrer zuverlässigen Baki, und begann den von ihr geschlungenen Knoten zu lösen.

»Ah ha!«, schrie jemand. Es folgte ein dreimaliges, lautes Klatschen. Das war Maigida, der mit Moro befreundete Landlord. Sie hatte ihn noch nie im Freien oder im Stehen gesehen. Er war halb so groß wie sie und hatte einen aschfahlen Teint. Er musste dringend in die Sonne.

»Dein Freund hat seine Sklavin hiergelassen und nicht mehr abgeholt. Das kostet mich Geld. Allein, sie zu ernähren ...«

»Red leiser«, zischte Wurche ihm mit zusammengebissenen Zähnen zu. Sie zog den Knoten fester. »Und nenn ihn nicht meinen Freund.«

»Tut mir leid. Aber in dieser Stadt kann man niemandem mehr trauen. Er war einer der wenigen, die noch zuverlässig waren.«

»Wann hast du ihn denn das letzte Mal gesehen?«

»Vor einer Woche.«

Moro kam also immer noch nach Salaga.

»Komm rein.« Sie betraten den kühlen Raum, und er bot Wurche ein Kuhfell an. »Er hat diese junge Frau einem anderen Kunden von mir abgekauft. Er war begeistert, doch jetzt hat er sie hiergelassen, und ich habe nichts mehr von ihm gehört.«

»Wo ist er hin?«

»Nach Kete-Kratschi, hat er gesagt, und auch, dass er wiederkommt, allerspätestens in drei Tagen. Heute ist der siebte Tag. Ich könnte viel Geld mit ihrem Weiterverkauf verdienen. Ich bin ein guter Mann, aber so langsam ist meine Geduld am Ende.«

Moro verkauft Menschen, aber er kauft sie nicht!, dachte Wurche. Warum hatte er dieses Mädchen gekauft? »Zeig sie mir.«

»Mir nach bitte.«

Sie gingen zum Markt. Gelächter, lautes Palaver, Getrommel, Hundegebell, Gesänge, Metzger, die Fleisch zerteilten, Glockenläuten. Wo Wurche sich auch hinwandte – es war jede Menge los. Sie staunte, wie unverwüstlich die Menschen waren. Vieles war zerstört, aber das Leben ging weiter. Maigida hörte gar nicht mehr damit auf, Leute zu grüßen, und blieb dann vor mehreren aneinandergeketteten Menschen stehen.

»Diese hier.« Er zeigte auf ein Mädchen, das wenige Jahre jünger als Wurche war. Es sah an Maigida empor, anklagend. Die Haut der jungen Frau war rötlich wie der Laterit auf dem Markt, das Haar zu Cornrows geflochten, ihre markante Nase lief schmal zu, ihre Lippen waren voll und ihre Brüste klein und spitz. Wurches Herz zog sich schmerzhaft zusammen, dann auch ihr Magen. Sekundenlang war sie sprachlos. Die Frau war schön. Was hatte Moro mit ihr vorgehabt?

»Ich nehme sie«, sagte Wurche, und ihr wurde ganz schlecht. Durch ihre Zeit mit Moro hatte sie die Sklaverei stets fragwürdiger gefunden. Trotzdem hatte sie jetzt einfach so vorgeschlagen, jemanden zu kaufen.

Maigidas Mimik änderte sich. Er wirkte nicht sehr begeistert, schwieg aber. Da begriff Wurche. Der Kpembewura bekam unverkaufte Sklaven in der Regel geschenkt. Maigida schien zu glauben, dass sie das Mädchen umsonst haben wollte. Als der alte Kpembewura noch gelebt hatte, hatten sich Shaibu und die anderen Königssöhne ungestraft Sklaven ausgesucht – zur großen Wut der Landlords. Wurche wollte kein bisschen so sein wie Shaibu. Sie wühlte in der Tasche ihres Kaftans. Sie hatte Kaurimuscheln für Mmas Salz und noch ein paar mehr dabei, wie immer wenn sie nach Salaga kam. Die gab sie aber nur selten aus.

»Wie viel?«, erkundigte sie sich.

Wieder änderte sich Maigidas Mimik. Er klatschte in die Hände und nahm Wurche am Arm.

»Lass uns wieder hineingehen, um über den Preis zu verhandeln«, sagte er. »Das tun wir nicht in der Öffentlichkeit.«

»Für wie viel hast du sie Moro verkauft?«

»Na ja, er ist ein Freund, wie du weißt ...«

»Gut. Dann sag ihm, dass ich ihn überboten habe. Wir müssen die Sache nicht unnötig in die Länge ziehen.«

Moro hatte sie für zweihundertfünfzig Kaurimuscheln erworben. Mädchen kosteten in der Regel vierhundert. Der Landlord wollte dreihundert. Er begann zu erzählen, wie sehr manche Kunden das Handeln genossen – allein um des Handelns willen. Einige verbrachten ganze Nachmittage damit, nur um die Oberhand zu gewinnen. Als er bemerkte, dass Wurche zur Tür sah, verstummte er.

Denn es gab noch das Problem, wie die junge Frau nach Kpembe gebracht werden sollte. Sie würde mit Wurche reiten müssen. Mma würde gleich mehrere Tobsuchtsanfälle bekommen. Kein Salz. *Eine Sklavin zu Pferd.* Mma hatte einmal gesagt, dass es das Leben eines Pferdes verkürze, wenn jemand aus dem gemeinen Volk daraufsaß.

Der Landlord ging zurück und befreite das Mädchen von seinen Fesseln. Es war so groß wie Wurche. Wieder dieser Schmerz in Wurches Brust: Eifersucht pur. Doch nicht nur das. Sie spürte auch eine Art Anziehung.

»Welche Sprache spricht sie?«

»Sag es ihr«, befahl der Landlord, doch das Mädchen fuhr damit fort, ihn anklagend anzustarren.

»Hausa«, sagte er. »Und etwas Twi, wenn ich mich nicht täusche.«

»Sehr schön«, erwiderte Wurche. »Wie heißt du?«

Die junge Frau schaute Wurche an und schwieg. Ihr Blick taxierte sie von Kopf bis Fuß, während sie noch überlegte, ob sie den Mund aufmachen sollte oder nicht.

»Aminah«, sagte sie schließlich.

Aminah

Die Frau mit dem kurzen Haar und dem Männergewand führte Aminah quer über den Marktplatz und kaufte ihr einen Baumwollkaftan, den sich Aminah dankbar überstreifte. Schweigend liefen sie weiter. Die knabenhafte Frau schritt voran, und Aminah folgte ihr verwirrt. Sie wusste nur, dass der Mann, der sie eigentlich gekauft hatte, nicht mehr aufgetaucht war, und dass Maigida sie jetzt an ebendiese Frau verkauft hatte. Vor einem Pferd mit so schwarzglänzendem Fell, dass man sich darin spiegeln konnte, blieben sie stehen.

»Aufsteigen!«, befahl die Knabenhafte auf Hausa, doch Aminah rührte sich nicht von der Stelle.

Bevor Aminah überlegen konnte, wie sie da hochkommen sollte, schubste die Frau sie zum Pferd, packte sie an der Taille, als wäre sie ein kleines Kind, und stemmte sie mithilfe ihrer Schultern hoch. Die Finger der Frau bohrten sich zwischen Aminahs Rippen, sodass sie mithalf, damit das unangenehme Gefühl nachließ. Dann kletterte die Frau vor ihr aufs Pferd wie ein Affe, nahm Aminahs Hände und legte sie um ihre Taille. Sie ritten so schnell los, dass Aminah glaubte, vom Pferd zu fallen, doch die Frau hatte das Tier unter Kontrolle. Der raue Stoff des Baumwollkaftans scheuerte auf Aminahs Haut, der Lederbeutel der Frau drückte in ihren Bauch und Angst schnürte ihr die Kehle zu. Sie verließen das Tal, und der Sand wich einer Felsenlandschaft mit langen Grasbüscheln. Aminah stellte sich vor, dass sie nach Überwindung des Hanges nur nach unten zu schauen bräuchte, um Botu zu sehen. Dann würde sie vom Pferd springen, rennen, von der Heimaterde kosten und zurückkehren, um ihre Retterin zu umarmen. Doch oben am Kamm stießen sie auf große Bäume, die einen goldbraunen Weg säumten. Ein Windstoß wehte zwischen ihnen hindurch und wirbelte Laub auf. Das war nicht Botu.

»Absteigen!«, befahl die Frau.

Das Pferd war sehr hoch. Die knabenhafte Frau sprang ab und hob den Arm, winkte sie herunter. Beklommen hielt Aminah die ihr entgegengestreckte Hand der Frau fest, konnte es aber nicht über sich bringen zu springen. Ihr Körper schien förmlich an dem Pferd zu kleben.

Nach einem lauten, angestrengten Seufzen zerrte die Frau so fest an ihr, dass sie herunterrutschte. Wieder saß die Frau mühelos auf und trottete vorneweg. Aminah klopfte sich den roten Staub ab und folgte ihr, staunte, dass sie erst auf dem Pferd mitreiten durfte und jetzt nicht mehr. Lag es an ihrem Körpergeruch?

Eine Viertelstunde später erreichten sie eine neue Stadt, die kleiner und vornehmer war als Salaga. Es fehlte die Geräuschkulisse, die Salagas Herzschlag, Salagas besonderes Aroma war: der Ruf des Muezzins, Hundegebell, der Betrunkene, der auf dem Heimweg vor sich hinsang – denn Betrunkene gab es dort überall –, Glockenläuten, Trommelschläge, faule Hähne, die erst krähten, nachdem der Tag längst angebrochen war, weitere Muezzin-Rufe, das Stimmengewirr von Käufern und Verkäufern und das laute Gelächter, das bis in die Nacht andauerte.

Kleine Mädchen spielten vor einer Hütte, und Aminah musste wieder an Husseina und Hassana denken. Ob sie sich wohl gefunden hatten? Hoffentlich würde sie sie eines Tages wiedersehen. Sie hatte gedacht, ihre Gefühle – Glück, Trauer, Heimweh – betäubt zu haben, doch jetzt, beim Anblick dieser Mädchen, merkte sie, dass sie noch nicht ganz abgestumpft war. Sie vermisste ihre Familie. Sie zwang sich, den Blick von den Kindern abzuwenden, die sie jetzt ihrerseits beobachteten – so wie sie in Botu jeden Neuankömmling angestarrt hatten. Während sie weiterliefen, spürte sie den brennenden Blick der Mädchen im Rücken.

Vor einem grellweißen Gebäude, dessen Eingangstor von zwei großen Felsen flankiert wurde, blieben sie stehen. Die Frau ritt hindurch. Dann saß sie ab und landete auf einem glatten Boden aus Tausenden von Spiegelscherben, die die gesamte Umgebung zum Funkeln brachten. Sie führte das Pferd in einen Raum links vom Tor. Aminah verrenkte sich den Hals und entdeckte noch weitere Pferde. Die knabenhafte Frau musste sehr wohlhabend sein. Mehrere Hütten säumten einen Innenhof,

Aminah wurde in eine kleine mit einem blau-weiß gestreiften Vorhang vor der Tür geführt. Die Frau rief etwas in einer Sprache, die Aminah zum ersten Mal in Salaga gehört hatte. Sie gefiel ihr besser als die von Wofa Sarpong – die hier klang fast so, als würde man einen Gong schlagen. Eine alte Frau kam herausgeschlurft. Sie besaß Rundungen, die Eeyah fehlten. Ihre Augen, ihre Nase, ja sogar ihr Mund waren rund. Trotzdem erinnerte sie Aminah an ihre Großmutter. Sie gelangte zu dem Schluss, dass sich alle alten Menschen ähneln: die Wangenknochen, das Kinn, der faltige Hals ... Die beiden Frauen wechselten ein paar erregte Worte, dann wandte sich die knabenhafte Frau auf Hausa an Aminah.

»Mma, meine Großmutter«, sagte sie. Die alte Frau hieß Aminah in ihrem Zimmer willkommen, wo sie sich auf ein auf Sand-Lehm-Blöcken ruhendes Bett sinken ließ. Zwischen der alten Frau und der Wand lag ein schlafendes Baby. Das Baby hatte sich zusammengerollt wie ein Blatt und sah so friedlich aus, dass Aminah seltsamerweise so etwas wie Neid verspürte. Die Stimmen der beiden Frauen wurden wieder lauter, um dann – als wäre ihnen gleichzeitig das Baby eingefallen – wieder zu verstummen. Beide sahen Aminah an, die wie mit dem Erdboden verwachsen war. Schließlich ergriff die alte Frau das Wort.

»Du bist hier, um meiner Enkelin Wurche bei der Betreuung ihres Babys zu helfen«, sagte sie. Das Baby sei vier Monate alt, und Aminahs Aufgabe bestehe darin, es zu baden, es zu füttern und es zu Bett zu bringen. Wenn es schlafe, solle sie im Haus mithelfen, kochen und putzen. »Doch für heute ruh dich aus. In den nächsten Tagen wartet jede Menge Arbeit auf dich.«

Aminah konnte kaum fassen, dass die knabenhafte Frau ein Baby hatte. Sie war spindeldürr. Und als sie Mmas Hütte verließen, um die daneben zu betreten, fragte sie sich auch, wann wieder jemand wie Wofa Sarpong auftauchen würde. Wurche schloss auf, und in der Hütte befanden sich eine Matte, jede Menge staubbedeckte Töpfe und Pfannen sowie Sandhaufen, die sich unten an den Wänden angesammelt hatten. Sie stieß das Fenster auf. Der zinnene Metallgeruch wurde immer stärker, je länger sie sich in dem Raum aufhielten. Wurche zeigte Aminah den Kochbereich, eine offene Hütte mit Metallpfannen, Tontöpfen und Utensilien, die sich auf einem breiten niedrigen Tisch stapelten. Unter dem Tisch befanden sich Besen, Matten, Hacken und Schaufeln sowie weitere Töpfe und Pfannen. Wurche drückte Aminah einen Besen in die Hand und kehrte mit einem Arm voll Kleidung zurück, die Aminah vermutlich waschen sollte.

»Das gehört dir«, sagte Wurche. »Ich hab sie nie getragen und werde sie auch nie tragen.«

Wer waren Wurche und die Ihren? Sie behandelten Aminah viel zu gut. Wie lange würde die Gastfreundschaft andauern? Sie nahm die Matte und schüttelte sie aus, getrocknetes Gras fiel in ihre Hand. Als sie den Besen in die Küche zurückbrachte, kam ein Mann aus der gegenüberliegenden Hütte gehumpelt. Er ging ihr entgegen und sagte etwas in der Sprache, die Mma und Wurche gesprochen hatten. Aminah schüttelte den Kopf. Er versuchte es auf Hausa.

»Ich hab dich hier noch nie gesehen«, sagte er.

Aminah erwiderte, sie kümmere sich um Wurches Baby. Daraufhin meinte er, er sei Wurches älterer Bruder Sulemana: Sollte Aminah irgendetwas brauchen, dürfe sie sich gern an ihn wenden. Doch das würde sie ganz bestimmt nicht tun. Die gute Behandlung war in Ordnung, aber es war, als trüge sie geliehene Kleidung, die ihr eine Nummer zu klein war. Oder als müsste sie ständig die Luft anhalten, weil beim Ausatmen alles umgepustet würde. Sie starrte auf ihre Finger, die vom vielen Nägelkauen immer noch ganz wund waren. Als sie wieder in dem Raum war, den man ihr zugeteilt hatte, schloss sie die Augen. Ihre Gedanken eilten in alle möglichen Richtungen. Was war mit dem Mann passiert, der sie hatte kaufen wollen? Wie lange würde sie bei diesen Leuten bleiben?

Sie wusste nicht, wann sie eingeschlafen war, doch als sie mit einem Ruck aufwachte, war es tiefschwarz im Raum. Sie geriet in Panik. Sie hätte längst draußen sein und mit dem Essen helfen müssen. Einmal hatte sie auf Wofa Sarpongs Gehöft ein Nickerchen gemacht und das Abendessen verschlafen: Seine erste Frau hatte sie einen Faulpelz genannt und gezwungen, einen Monat lang, ohne Unterstützung durch die anderen Mädchen, Feuerholz zu sammeln.

Draußen spielten drei Kinder, die ungefähr in Hassanas Alter waren, mit kleinen leeren Blechdosen. Mma saß auf einem Hocker neben einer winzigen Frau, die, wie Aminah erfuhr, Wurches Tante war. Dass Aminah verschlafen hatte, wurde mit keinem Wort erwähnt. Stattdessen gab ihr Mma eine riesige Kalebasse und bat sie, Wasser zu holen. Sie zeigte auf Sulemanas Zimmer. Aminah verstand nicht, wie sich dort ein Wasserloch befinden sollte, aber als sie näher kam, erreichte sie einen von mehreren großen Steinen gefassten Brunnen, neben dem eine kleine Schale zum Schöpfen stand. Sie füllte die Kalebasse und kehrte zu Mma zurück, die deren Inhalt auf große Fleischstücke goss. Alles wies darauf hin, dass diese Leute reich waren: Wasser direkt im Hof, Pferde, wahre Fleischberge. Mma gab Aminah eine Schale mit Zwiebeln und sah sie anerkennend an, als sie die erste gewürfelt hatte. In diesem Moment war Aminah stolz, dass Na sie so gut unterwiesen hatte. Das war neu: der dringende Wunsch, einen guten Eindruck zu machen. In den letzten zwei Jahren war ihr alles egal gewesen.

Mma gab eine Handvoll Sheabutter in einen Topf, den sie auf eine Kochstelle aus drei Lehmkegeln stellte und dort richtig platzierte. Genau wie in Botu: drei kleine Hügel, die in der Erde verankert waren.

Wurche verließ ihren Raum, das Baby auf der Hüfte. Jetzt, wo der Kleine wach war, wirkte er fast halb so groß wie sie. Aminah hatte noch nie ein so riesiges Baby gesehen. Wurche reichte es Mma. Aminah hatte fast alle Bastmatten zum Abendessen ausgebreitet, als ein Mann aus der Hütte trat, die dem Eingang am nächsten lag. Er war groß, trug einen reich verzierten Kaftan und ein zusammengefaltetes Tuch über der Schulter. Das musste Wurches Vater sein, denn ihre Gesichter besaßen dieselbe runde Form. Sofort machte Aminah einen Knicks, wie sie es vor älteren Männern in Botu stets getan hatte.

Der Mann sagte etwas in der Sprache von Salaga, mit dröhnender Stimme. Dann bedeutete er Aminah aufzustehen.

»Sie ist das Mädchen, das sich um Wumpini kümmert«, sagte Mma auf Hausa. Kurz darauf flüsterte Mma mit saurem Zwiebelatem: »Das ist der König von Salaga und Kpembe. Wurche hat dir das bestimmt nicht erzählt, aber ich finde, du solltest das wissen.«

Aminah nickte überwältigt. Ihr stellten sich sämtliche Härchen auf, und ihre Haut prickelte. Kein Wunder! Wie war sie bloß am Hof des Königs von Salaga gelandet?

Ein großer Mann verließ Wurches Zimmer, gefolgt von Wurche, und Aminah begriff, dass es sich um ihren Mann handelte.

Als sich alle zum Essen setzten, gab Mma Reis auf drei große Platten, und Aminah goss Fleischsoße darüber. Ihre Hand zitterte, denn sie spürte den bohrenden Blick des Königs von Salaga. Sie war nervös, weil er der König war, aber auch, weil sie wieder an den Mann von der Karawane denken musste: der, dessen Hand bis an Orte vorgedrungen war, die eigentlich verboten waren. Und während Aminah versuchte, sich ganz auf das Essen zu konzentrieren, wandte der König seinen Blick nicht einmal ab. Dasselbe galt für Sulemana. Wurches Mann war der Einzige, der sie nicht ansah.

Nach dem Abendessen folgte Aminah Wurche in ihren Raum, um das Baby zu säubern. Der Raum atmete, war vom Boden bis zur Decke bestimmt drei Mann hoch! Truhen und Körbe, in denen sich ohne Probleme Menschen verstecken konnten, säumten die Rundwand des Raumes, und trotzdem war noch jede Menge Platz. Sie sah sich in einem Spiegel, der neben dem Fenster an der Wand lehnte, und wünschte, sie hätte nicht hineingeschaut. Ihre Knochen standen hervor. Ihre Cornrows waren verfilzt, und sie hatte dunkle Augenringe. Starrten die Männer sie so an, weil sie kränklich aussah? Die schwangere Na war für sie ein Sinnbild für Schönheit gewesen. Trotz ihrer Trauer hatte Nas Haut genauso glatt ausgesehen wie der Schlick neben dem Wasserloch, ihr Haar war voll geworden, und wenn sie es auskämmte, war man versucht, sich in die baumwollartigen Locken sinken zu lassen. Diejenige, die ihr aus dem Spiegel entgegensah, war nicht schön.

Das Baby gluckste, als sie seinen gedrungenen Körper mit einem nassen Tuch abwischte. Sein Vater kam und ging, und jedes Mal ertappte Aminah ihn dabei, wie er seine Frau ansah. Sie kannte diesen Blick. Es war derselbe, den Baba Na schenkte, wenn sie fest entschlossen war, eine Auseinandersetzung zu gewinnen. Wenn keine Liebe darin lag, dann auf jeden Fall Bewunderung. Es war noch zu früh, alles zu verstehen, doch Aminah betete zu Otienu, dass es in diesem Haushalt keinen Wofa Sarpong, oder schlimmer noch, so jemanden wie seinen Sohn gab. Sie hatte jetzt schon Angst vor dem König, hoffte aber, dass seine Stellung ein ehrenhaftes Verhalten erforderte.

»Wenn du dich an ihn gewöhnt hast«, sagte Wurche unvermittelt, »behältst du ihn, bis er einschläft.«

Als Wumpini etwa acht Monate alt und Aminah seit etwa vier Monaten bei Wurche war, kam sein Vater zu ihr. Es war an einem Nachmittag. Alle machten ein Nickerchen, und sie spielte gerade mit Wumpini, der sich weigerte zu schlafen und weitergluckste, im Freien. Adnan ging vor ihr in die Hocke und starrte sie an. Von ihm hätte sie das am allerwenigsten erwartet. Normalerweise lächelte er bloß oder rief ihren Namen, als wäre er ein Lied, doch die Einzige, für die er Augen hatte, war seine Frau. Aminah und Adnan hatten kaum miteinander zu tun. Sie wappnete sich innerlich und bereitete sich auf sein Ansinnen vor. Es gefiel ihr nicht, sich jedes Mal wie zugenäht zu fühlen, sobald sie einem Mann begegnete, denn das war anstrengend. Ob er wohl dasselbe wollte wie Wofa Sarpong? Oder sogar noch mehr? Und was war mit Wurche? Obwohl sie Adnan nicht zu lieben schien, würde sie Aminah bestimmt umbringen, wenn sie herausfand, dass ihr Mann Dinge mit ihr tat. Wurche war keine von Wofa Sarpongs gehorsamen Frauen.

Adnan griff in eine Tasche seines Gewands.

»Haben wir Kefir?«, fragte er.

»Ich hole welchen«, sagte Aminah erleichtert.

Er gab ihr die Kaurimuscheln und sagte dann: »Zermahle das hier zu einem feinen Pulver. Gib es zum Kefir und lass ihn links neben meiner Tür stehen. Verrate niemandem etwas davon.«

Er entfaltete ein Stück Baumwollstoff, in dem sich eine graue Masse befand. Aminah hatte keine Ahnung, was das war, und traute sich nicht zu fragen, wozu es diente. Froh darüber, dass seine Bitte, so seltsam sie auch war, nichts mit ihr zu tun hatte, nahm sie Wumpini hoch, lehnte seinen warmen Körper an ihren Rücken, wickelte ein Tuch um ihn und band ihn damit an sich fest. Sie ging zu der weitläufigen grünen Grasfläche, wo Ahmed, der Fulani, seine Kühe grasen ließ und Kefir verkaufte. Sie kaufte gern bei Ahmed ein, da er eine ähnliche Sprache sprach wie sie.

Sie beschaffte den Kefir, kehrte nach Hause zurück, zermahlte die undefinierbare Masse, gab das Pulver zum Kefir und stellte ihn vor Wurches und Adnans Raum wie befohlen.

Ungefähr alle zehn Tage brachte Adnan Aminah etwas zum Mahlen und bat sie, es in Kefir aufgelöst vor seinen Raum zu stellen. Es handelte sich um getrocknete Blätter, steinartige Dinge, Baumrinden – fast alles Sachen, die sie nicht identifizieren, aber leicht mit einem glatten Stein und einer Steinplatte zermahlen konnte. Eines Tages brachte er ihr eine getrocknete Echse, die vor Angst permanent gelähmt zu sein schien.

Nachdem sie den Kefir geholt hatte, kehrte sie zum Palast zurück, der nach wie vor im Nachmittagsschlaf lag. Sie legte das versteinerte Geschöpf auf eine Steinplatte, dieselbe, auf der sie Zwiebeln zu Brei zu zerreiben pflegte. Sie hatte keine andere Wahl, der Herr des Hauses hatte ihr einen Befehl erteilt. Sie versuchte die Echse zu zermahlen, doch sie blieb so hart und trocken wie zuvor. Sie griff nach dem Mörser, wohl wissend, dass sie sie nicht lautstark zerstampfen durfte, denn davon würde bestimmt jemand aufwachen. Einen anderen unbeobachteten Moment hatte sie jedoch nicht zur Verfügung. Wurche schrie sie manchmal an — *Hast du denn gar keinen Funken Verstand?,* war ihr Lieblingssatz — wenn Aminah wieder so in Gedanken war, dass sie beispielsweise vergaß, das Feuer zu löschen. Doch im Großen und Ganzen herrschte immer noch die anfängliche Gastfreundschaft vor, sodass Aminah sich langsam wohlzufühlen begann. Und zwar so sehr, dass sie Dinge wider besseres Wissen tat. Dinge, die sie getan hätte, wenn sie wieder in den Tälern Botus, in seiner fruchtbaren Landschaft wäre. Sogar Dinge, die sie nur getan hatte, wenn sie in dem Raum war, den sie sich mit Eeyah teilte. Sie legte Wumpini auf die Matte und reckte sich ausgiebig, wobei sie laut furzte.

Sie ließ die steife, versteinerte Echse in den Mörser fallen und begann damit, sie leise zu stampfen, wobei sie ihren Ekel unterdrückte. Sie wusste immer noch nicht, wofür Adnan diese Gebräue benötigte. Als Opfergabe vielleicht? In Botu tauchten tote Tiere wie diese hier nur auf, wenn Jungen Mädchen einen Streich spielten oder wenn ein Opfer gebracht werden musste. Doch dieses *Parli* wurde von Obado vorbereitet. Frauen war es nicht erlaubt, etwas zu berühren, was mit der Opfergabe zu tun hatte. Aminah hörte, wie sich etwas regte. Sie hielt inne und sah sich um. Niemand kam. Sie stampfte noch ein paar Mal.

»Warum machst du solchen Krach?«, fragte Wurche.

Aminah zuckte zusammen und entschuldigte sich, während sie verzweifelt nach einer Ausrede suchte. Wurche, die das nicht zufriedenstellte, kam näher und beugte sich über den Mörser. Obwohl ein Großteil der Echse zerfallen war, war ihr hässlicher Kopf nach wie vor unzermahlen und sah genauso knorrig aus wie vorher. Wurche stieß einen Schrei aus. Aminah schluckte. Wo war Adnan?

»Versuchst du, uns zu vergiften?« Wurche wurde laut.

»Bitte, Schwester!«, hob Aminah an.

»Mma, schau dir das an.«

Mma schlurfte aus ihrer Hütte und befestigte ihren weißen Schleier am Kopf. Sie schleppte sich vorwärts und schloss ihr Wickeltuch vor der Brust. Sie spähte in den Mörser, während Wurche darauf zeigte.

»*Wo yo!*«, stieß Mma hervor und schlug die Hand vor den Mund.

»Isst man das bei euch?«, fragte Wurche. »Vermisst du deine Heimat?«

Aminah schüttelte den Kopf. Die Echse, der Mörser und der Stößel bekamen gewellte Konturen, als sie in Tränen ausbrach. Adnan tauchte auf, sah sie und den Mörser und verließ das Gehöft, als hätte er nicht das Geringste damit zu tun.

»Wurche, dein Vater lässt uns alle möglichen Mittelchen zubereiten«, sagte Mma. »Das ist nichts! Ich hab schon mal einen ganzen Waran zermahlen und gekocht, um seine Männer angstfrei zu machen. Aminah, spül den Mörser sorgfältig aus, wenn du damit fertig bist.«

Wurche nahm Wumpini hoch und ging zu ihrem Raum, wobei sie ihrem Kind den Mund abwischte, als hätte Aminah ihm etwas von diesem schrecklichen Vieh zu kosten gegeben. Aminah schämte sich und hätte am liebsten nach dem Mörser getreten, das ganze Zeug weggeworfen, doch sie stampfte weiter. Um ihre Würde nicht zu verlieren, aber auch um den Unmut loszuwerden, den Adnan bei ihr ausgelöst hatte. Als die Echse zu Pulver zermahlen war, gab sie dieses in eine Schale mit Kefir und stellte sie an den Rand der Treppe, die zu Wurches Zimmer führte. Wenn Adnan zurückkehrte, würde er sehen, welch ein Feigling er war, und sich dafür schämen.

Aminah war gerade dabei, den süßen Ort, kurz bevor man vom Schlaf überwältigt wird, zu erreichen, wenn die schönsten Bilder des Tages vor dem inneren Auge vorüberziehen. Sie hatte keinen guten Tag gehabt, aber dieser Moment war trotzdem angenehm. Sie stellte sich vor, sie würde im grünen Gras liegen, auf dem Ahmeds Kühe grasten, und nickte gerade ein, als Mma ihren Raum betrat, den Kopf verschleiert.

»Das war nicht für dich, stimmt's?«, fragte sie. Zunächst war Aminah verwirrt. »Das mit der Echse ist dir von einem Mann aufgetragen worden, nicht wahr? Schau mich an! Wenn ich den richtigen Namen nenne, blinzle zwei Mal.«

Mma kam näher, und Aminah spürte ihren Atem. Noch so etwas, das alte Menschen gemeinsam hatten: schlechter Atem, der vom baldigen Tod kündete. »War es Etuto?«

Aminah reagierte nicht.

»Sulemana?«, erhob sie ihre Stimme ungläubig.

Nach wie vor reagierte Aminah nicht. Mma zählte mehrere Soldaten Etutos auf. Dann verstummte sie.

»Ah, Adnan.«

Aminah blinzelte zwei Mal.

Mma brach in Gelächter aus und murmelte »*Wo yo*« in sich hinein. »Du weißt bestimmt, wofür es gut ist«, sagte sie.

Aminah schüttelte den Kopf.

»Manche sagen, es ist ein Liebestrank. Andere glauben, es fördert die sexuelle Ausdauer. Ein Mann mit Ausdauer, heißt es, kann seine Frau zu allem bringen, was er will.«

Er nahm die Mittelchen bereits seit Wochen, doch Wurche schien eher weniger mit Adnan und dafür mehr mit Sulemana zu sprechen. Daraufhin empfand Aminah fast Mitleid mit Adnan.

»Mma, bitte verrat ihm nicht, dass ich dir das gesagt habe.«

Mma versicherte Aminah, dass sie nur aus Neugier gefragt hatte. Dann schwieg sie, ihre altersgrauen Augen suchten Aminahs, als wollte sie ihr etwas entlocken. Ihre Stimme wurde leiser. »Du bist ein gutes Mädchen. Das spürt man. Behandle uns gut, dann wird es dir auch bei uns gut gehen.«

Wumpini feierte seinen ersten Geburtstag, und sein Vater ließ ein großes Schaf schlachten. Der Junge weigerte sich nach wie vor zu laufen, deshalb trug Aminah ihn den ganzen Vormittag herum, während sie eine Schüssel Hammel nach der anderen für die Gäste briet, die gekommen waren, um diesen Meilenstein zu feiern. Die beiden großen Töpfe mit Hirsebier standen in der Küche und verströmten einen stechenden Geruch. Es war ihr unverständlich, wie man etwas derart Stinkendes trinken konnte. Felle wurden vor Etutos und Wurches Hütte ausgebreitet, und den ganzen Vormittag schauten Besucher vorbei.

Genau an diesem Vormittag, an dem Aminah so beschäftigt war wie noch nie, kam Sulemana zu ihr, nahm sich ein Stück Fleisch und fragte sie, woher sie stamme.

»Aus Botu«, erwiderte Aminah, doch bevor die Unterhaltung irgendwohin führte, kamen mehrere Männer mit Talismanen, hohen Reitstiefeln und geschulterten Gewehren hereinmarschiert und ließen sich bei Etutos Hütte nieder. Zu Aminahs Erleichterung leistete ihnen Sulemana Gesellschaft. Sie konnte nicht unbeschwert plaudern und sich gleichzeitig auf das Essen und Wumpini konzentrieren.

Etuto kam heraus, und alle warfen sich vor ihm auf den Boden. Aminah staunte immer wieder darüber. Egal, ob der Boden staubig oder schlammig war – die Menschen warfen sich darauf, sobald sie dem Kpembewura begegneten. Etuto trug bestickte Reitstiefel – solche wie Baba sie damals begonnen hatte. Als hätte er ihren Blick bemerkt, reckte Etuto seinen rechten Arm und rief: »Bier!«

Aminah stellte mehrere Kalebassen auf ein Tablett, schüttete die ekelerregende Flüssigkeit hinein und eilte zu Etutos Festgesellschaft. Sie bot Adnan das Tablett an. Er lehnte ab, dankte ihr jedoch mit ernster Stimme. Seit dem Vorfall mit der Echse brauchte ihn Aminah nur zu sehen, um sich zu ärgern. Dann bekam sie immer gleich ein ganz schlechtes Gewissen: Manchmal war es ein Fluch, sich so leicht in andere hineinversetzen zu können.

Als sie vor Etuto trat, hob er seine Kalebasse und sagte: »Ich danke dir, wunderschöne Aminah.« Erst ruhte sein Blick auf ihrem Gesicht, um dann zu ihrer Brust zu wandern. Sie bekam Herzklopfen. Alle lachten, als hätte er einen Witz gemacht.

Weitere Besucher kamen, und Aminah staunte über den Anblick zweier Männer, die vor dem Innenhof warteten: bleicher als frische Sheabutter. Alles Blut schien aus ihnen gewichen zu sein. Wenn Na gefunden hatte, dass Issa-Na halb gar aussah – wie hätte sie dann erst diese Männer beschrieben? So jemand hatte also Husseina am großen Wasser gekauft. Die Neuankömmlinge sprachen mit Etuto, und er kommandierte sein Bataillon hinaus.

»Mehr Bier, Aminah«, befahl Etuto.

Sie holte weitere Kalebassen und eilte zurück, um mit Etuto mithalten zu können. Mit den bleichen Männern war auch ein Schwarzer gekommen, der wie diese Hemd und Hose trug, so ähnlich wie der Aufsichtsbeamte, der

Wofa Sarpongs Gehöft aufgesucht hatte. Etuto führte die Gäste ins Gehöft, wo Mma, Wurche und andere Kpembe-Frauen inzwischen auf Fellen vor Wurches Hütte saßen.

Die Männer sprachen Gonja, Hausa und noch etwas, das die Sprache der bleichen Männer sein musste. Aminah entnahm dem Hausa, dass sie gekommen waren, um das bereits geschlossene Bündnis zu stärken. Dazu gehörte auch, Geschenke untereinander auszutauschen. Die Boten der bleichen Männer überreichten Etuto Perlenketten, der sie an Wurche weitergab. Wurche verbeugte sich vor den Besuchern und teilte die Perlen zwischen Mma und den anderen Frauen auf, die Jubellaute ausstießen. Die bleichen Männer zückten Flaschen mit einer braunen Flüssigkeit. Ahmed kam mit einer schwarz-weißen Kuh herein, die fast so groß war wie das Eingangstor, und ein anderer Mann mit einem großen Sack Yamswurzeln, den er auf dem Kopf balancierte. Ahmed und der Mann verschwanden, und Etuto stand auf und zeigte auf seine Geschenke. Hätte man Aminah die Geschenke präsentiert, hätte sie sich mehr über die von Etuto gefreut.

Die Männer redeten stundenlang, woraufhin der wie ein Aufsichtsbeamter gekleidete Schwarze Etuto ein blau-weiß-rotes Tuch überreichte. Später am selben Abend erklärte Mma Aminah, dass sie gerade einem historischen Moment beigewohnt hatte: Indem Etuto ihre Flagge akzeptiert hatte, hatte er Freundschaft mit den weißen Briten geschlossen. Und Wurche meinte, dass Etuto aufgestanden sei, um die Weißen zu begrüßen, bedeute, dass sich die Machtverhältnisse geändert hätten. Früher pflegten die Weißen zu ihm zu kommen. Wenn Etuto die Flagge akzeptiert habe, heiße das, dass Salaga nicht mehr neutral sei – das sei eine Schutzherrschaft und keine Freundschaft.

Aminah hatte nicht die geringste Ahnung, wovon sie redeten.

Wurche

Während immer mehr Weiße bis Salaga-Kpembe vordrangen und um eine Audienz bei Etuto baten, verwandelte sich Wurches Ehe in den reinsten Albtraum. Bei allem musste sie Adnan um Erlaubnis fragen, und er nutzte seine Macht über sie trefflich aus. Er verbot ihr, an Etutos Versammlungen teilzunehmen, denn was solle man nur von ihm als Mann halten, wenn sich seine Frau nicht den Regeln füge? Er verbot ihren Unterricht mit Jaji. Wenn sie nach Salaga wollte, dann mit ihm wie eine anständige Ehefrau. Zunächst protestierte sie und sagte, das verstoße gegen alles, was man ihr beigebracht habe. Sie dürfe ihr Zuhause durchaus verlassen, um nach Erkenntnis zu streben. Doch er meinte, das seien subversive Ideen. Und als sie sagte, sie werde tun und lassen, was sie wolle, schlug er sie. Sie versuchte, Etuto davon zu erzählen, doch ihr Vater blieb unnachgiebig. Er war dermaßen damit beschäftigt, Salaga unter Kontrolle zu behalten, dass er darauf beharrte, sie möge stillhalten, bis er sich sicher sei, dass niemand (weder die Abtrünnigen aus Kete-Kratschi noch die Aschanti, die Franzosen oder die Deutschen) Salaga einnehmen werde. Bis dahin seien sie auf den Schutz Dagombas angewiesen. Sie versuchte, Mma davon zu erzählen. Und da sang die alte Frau, die das Lied von der Hochzeit gesungen hatte, solange Wurche denken konnte, plötzlich eine ganz andere Melodie.

»Erst als ich Witwe war, hatte ich meine Ruhe«, gestand Mma.

Schon bald bemühte sich Wurche, ihren Protest einzustellen. Nicht weil sie sich von Adnan um ihren Kampfgeist bringen ließ, sondern aus Selbstschutz.

Er besaß jede Menge Kraft, und wenn sie sich gegen seine zunehmenden Aggressionen wehrte, zog sie zwangsläufig den Kürzeren. Wenn er wie so oft mit den Steinen seiner Gebetskette spielte und ins Leere starrte, beobachtete ihn Wurche und fragte sich, wie sie ihn bloß je für sanftmütig hatte halten können. Sein Gesicht wies inzwischen sämtliche Merkmale eines gewalttätigen Mannes auf: Augen, die einst klein und unschuldig gewirkt hatten, waren jetzt hinterhältige Schlitze. Sein Schnarchen hatte sie schon immer gestört, doch wenn er jetzt schlief, war es, als läge ein hungriger Löwe neben ihr, der laut und unregelmäßig nach Luft japste – bereit, sie anzufallen, sobald er sich ausgeruht hatte. Es fiel ihr nicht leicht, seine unstillbaren Bedürfnisse zu befriedigen, doch sie gab sich Mühe.

Statt sich zu wehren, wenn Adnan sie schlug, band Wurche sich Wumpini auf den Rücken, nahm einen Gegenstand, der ihr wichtig war, und trug ihn in Aminahs

Zimmer. Eines Morgens bei Sonnenaufgang, als Adnan sie so schlimm geschlagen hatte, dass große Blutstropfen aus ihrer Nase rannen, nahm sie zwei Säcke, hob Wumpini hoch (schwer vom Schlaf und kaum zu tragen), um den Raum zu verlassen. Sie hatten darüber gestritten, wo Wumpini schlafen sollte. Adnan wollte, dass der Kleine sich angewöhne, bei Aminah oder Mma zu schlafen. Wurche wusste, was das bedeutete – dann wäre sie Adnan vollkommen ausgeliefert. Sie schüttelte den Kopf, weigerte sich, ihre Gefühle hinunterzuschlucken. Doch bevor sie etwas sagen konnte, hatte sie Adnans Hand schon im Gesicht.

Aminah war bereits aufgestanden und fegte. Selbst bei so einer schlichten Tätigkeit bewegte sich das Mädchen voller Anmut. Wurche sah ihr dabei zu und riss sich dann aus ihrer Trance, um Aminah Wumpini und die Säcke anzuvertrauen. Sie kehrte in ihr Zimmer zurück, in dem der Löwe nach wie vor schlief, und überlegte: *Was, wenn ich ihn ersticke?*

»Schwester Wurche!«, drang Aminahs Stimme an ihr Ohr. Leider zu laut: Wurche genoss gerade einen Vormittag ohne Adnan. »Schwester, bitte komm und schau!«

Im Innenhof machte Wumpini seine ersten zögernden Schritte. Er fiel hin. Ging dann jedoch sofort auf alle viere und stemmte sich hoch, um es erneut zu probieren. Wurche rannte auf ihn zu und umarmte ihn. Dann zog sich ihr Herz vor Entsetzen zusammen.

»Behalt die Neuigkeit für dich!«, sagte Wurche.

»Aber das ist eine gute Nachricht, Schwester«, erwiderte eine verwirrte Aminah.

»Trag ihn auch weiterhin: Niemand darf erfahren, dass er laufen kann.«

Wurche musste Zeit schinden, auch wenn sie es kaum erwarten konnte, die frohe Botschaft mit Mma und Etuto zu teilen. Doch wenn sie es einem von beiden erzählte, würde auch Adnan davon erfahren, und dann müssten sie nach Dagomba umziehen. In Kürze musste sie tun, wozu sie sich in den vergangenen vier Jahren nicht hatte durchringen können. Doch zunächst musste sie dafür sorgen, dass Aminah so weit war.

Sie bat Aminah, Wumpini und ein Tuch zu bringen. Sie sattelte Baki, saß auf, platzierte das Kleinkind vor sich auf dem Tuch und ritt los, wobei sie Aminah bedeutete, ihr zu folgen. Sie waren noch zu nah am Palast, als dass man sie auf Wurches Pferd hätte sehen dürfen. Wurche nahm die von Bäumen gesäumte Straße nach Salaga und bog dann nach rechts auf einen schmalen Pfad ein. Dort hielt sie an und befahl Aminah, ebenfalls aufzusteigen. Aminah zögerte, und Wurche fluchte leise. Aminah starrte und starrte. Als sie endlich beschloss, sich in Bewegung zu setzen, stellte sie einen Fuß in den richtigen Steigbügel, schaffte es aber nicht, den anderen nachzuziehen.

»Gib mir deine rechte Hand«, befahl Wurche.

Aminah gehorchte, wollte ihren linken Fuß aber nach wie vor nicht vom Boden lösen.

»Aminah, heb deinen Fuß.«

»Entschuldige, Schwester.«

Aminah trat beiseite, und Wurche ließ ihre Hand los, saß ab und band sich Wumpini auf den Rücken. Sie verankerte Aminahs Fuß erneut im Steigbügel und hob deren Po, bis Aminah weit genug oben war, um auf das Pferd zu klettern. Dann saß Wurche wieder auf und murmelte: »Ay, Allah! *Mein* Leben verkürzt sich, wenn jemand aus dem gemeinen Volk reitet – nicht Bakis!«

Wumpini kicherte ausgelassen, während sie den Pfad entlangtrabten. Sie erreichten den Wald ihrer Kindheit, den Ort, an dem sie mit Sulemana Schießen gelernt, an dem Fatima und sie einander erkundet und an dem sie wild geträumt hatte. Sie saß zuerst ab, half Aminah vom Pferd und band Baki an einen Baum. Die inzwischen in die Höhe geschossenen Bäume bildeten gerade Linien – Mma behauptete, ihre Freundinnen und sie hätten sie als junge Mädchen gepflanzt. Wurche schaute zum Blätterdach empor und erinnerte sich an Fatimas begeistertes Klatschen, wenn sie eine Rede beendet hatte. Wo ihre Kindheitsfreundin wohl gelandet sein mochte? Und was sie wohl sagen würde, wenn sie wüsste, dass Wurche in Bezug auf ihre Ziele keinen Schritt weiter war?

»Trag ihn zu Hause immer auf dem Rücken. Ich will nicht miterleben, dass er im Haus umherläuft. Hier kann er ungestört üben«, sagte Wurche, band Wumpini los und ließ ihn den Rücken hinuntergleiten. Sosehr sie sich auch wünschte, dass Adnan nichts davon erfuhr, wollte sie doch, dass Wumpini rasch unabhängig wurde. Er schwankte, machte einen Schritt und stürzte. Wurche klatschte. Der Junge stand wieder auf und machte weitere Schritte. Sie zeigte auf einen Baum in der Nähe, etwa zehn Schritte von Wumpini entfernt. »Aminah, stell dich dorthin. Ja, Wumpini, geh zu Aminah!«

Während Wumpini auf sie zuwackelte, beobachtete Wurche Aminah. Ihre Wangen waren voller geworden, und sie trug das Haar ordentlich geflochten. Wurche verstand, warum sämtliche Männer so angetan von ihr waren. Aminah – schon über ein Jahr lebte sie jetzt bei ihnen, nach wie vor in sich gekehrt. Sie erledigte, was man ihr auftrug, ohne sich je zu beschweren. Moros Mädchen. Jeder einzelne Mann im Haus war von ihr bezaubert, daher hatte sie keine Zweifel, dass auch Moro in sie vernarrt gewesen war. Es lag nicht nur an Aminahs atemberaubender äußerer Erscheinung, sondern auch an der Ruhe und Gefasstheit der jungen Frau, die auch Wurche angezogen hatten. Sie besaß weder Wurches aufgestaute, nervöse Energie noch Mmas ängstliche Art, Sulemanas Ernst oder Etutos Habgier. Man wollte sie einfach nur die ganze Zeit anschauen, so sein wie sie. Oder über sie herfallen. Wurche verdrängte diese Gedanken. Sie musste sich konzentrieren.

Eine Woche lang ließ Wurche Aminah Dinge einpacken, die sie dann in ihrem Zimmer in Säcken aufbewahrte. Zu dritt unternahmen sie Ausflüge in den Wald, damit Wumpini laufen lernen und Aminah sich an Baki gewöhnen konnte. Es könne gut sein, dass sie bald verreisen müssten, sagte sie zu Aminah, deshalb müsse sie lernen, zügig aufzusteigen.

Zwei Tage später rief Etuto Wurche zu sich. Die Haut

unter seinen Augen bildete Tränensäcke vor lauter Schlafmangel, und sein Gesicht war ganz aufgedunsen vom Alkohol.

»Wir müssen uns um diese Königssöhne in Kete-Kratschi kümmern«, lallte er. »Ich werde Sulemana zu den Briten an der Goldküste schicken, weil diese Königssöhne Salaga zerstören wollen.«

Jetzt, wo er sich mit den Briten angefreundet hatte, wollte er, dass sie ihn bei seinen Militäraktionen unterstützten. Die in Kete-Kratschi hatten sogar damit begonnen, seine besten Soldaten abzuwerben. Er nahm einen Schluck aus seinem Weinbeutel.

»Würdest du sie begleiten? Wenn eine Frau an der Delegation teilnimmt, wird das vielleicht das Herz des Gouverneurs erweichen.«

»Ja.« Sie verschwendete keinen Gedanken mehr an ihren Mann, an ihren Sohn oder an ihre Fluchtpläne. Endlich war sie kurz vor dem Ziel.

»Sie brechen morgen auf«, sagte Etuto. »Im Morgengrauen.«

Sie betrat Aminahs Zimmer, froh, bereits einiges gepackt zu haben. Aminah hatte sich um Wumpinis korpulente Gestalt geschmiegt.

»Ich breche morgen zur Goldküste auf«, flüsterte Wurche. »Such drei meiner schönsten Kaftane heraus ...«

Genau in diesem Moment steckte Mma den Kopf zur Tür herein.

»Aminah, los, geh und hol Kefir von dem Fulani-Jungen für Sulemanas Reise.«

»Ich werde ihn begleiten«, sagte Wurche.

»Und dein Mann?«, fragte Mma.

Wurche zuckte nur mit den Achseln und wandte sich dann an Aminah. »Wenn du zurück bist, packst du.«

Aminah sah nervös zu Wumpini hinüber, dessen tiefe Atmung gerade in Schnarchen überging. Aber das war in Ordnung. Aminah konnte kurz weg – bei ihrer Rückkehr würde das Kind immer noch schlafen. Alle drei Frauen verließen die Hütte. Wurche betrat ihre und sah, dass Adnan sich im Bett aufgesetzt hatte, die Gebetskette in der rechten Hand. Sie verlor ihm gegenüber kein Wort. Sie würde auf der Reise ihr Gewehr brauchen und eine Kopfbedeckung, außerdem ihren Kholstift – was Mma bestimmt gefallen dürfte. Wenn ein wenig Charme und Verführung vonnöten waren, um den Gouverneur zu überzeugen, bitte sehr! Als sie in dem Korb mit ihren Kämmen und ihrem Schmuck wühlte, hörte sie einen Schrei. Sie eilte hinaus, gefolgt von Adnan. Etuto kam aus seiner Hütte. Mma klatschte und rief. Um ihre Beine lief Wumpini, als hätte er noch nie etwas anderes getan.

»*Ay Allah!*«, rief Mma.

Wurche wusste nicht so recht, ob sie sich gleichgültig oder erstaunt zeigen sollte. Aminah kam mit zwei kleinen Töpfen herein. Sie hielt inne und sah Wurche an.

»Ja! Allah sei Dank!«, rief Wurche, die sich beeilte, Wumpini auf den Arm zu nehmen.

»Und ich dachte schon, dieser Tag kommt nie«, sagte Adnan. »Endlich können wir nach Hause! Etuto, mein lieber Vater, mit deiner Erlaubnis werden wir so bald wie möglich nach Dagomba aufbrechen – dann habt ihr auch wieder mehr Platz.«

»Und was ist mit meiner morgigen Reise?«, fragte Wurche, während Wumpini strampelte, um abgesetzt zu werden. Sie musterte ihren Vater. Er schien förmlich in seinem Kaftan zu ertrinken. Noch nie hatte er so klein auf sie gewirkt. Niemand sagte etwas. Sogar das Blätterrauschen verstummte. »Etuto?«

»Wenn es dir dein Mann erlaubt«, erwiderte er.

Wurche, die Adnan den Triumph nicht gönnte, ihr sagen zu dürfen, was sie zu tun hatte, gab Aminah ein Zeichen und ging in ihren Raum.

»Bereite die Säcke vor, die ich dir gegeben habe, und steck deine ganze Habe in einen Sack oder eine Tasche. Trag alles nach draußen. Dann nimmst du Baki und bindest sie locker an einen Baum vor dem Haus. Belade sie mit den Säcken und warte auf mich. Hier!«

Sie schnallte Wumpini auf Aminahs Rücken, atmete tief durch und ging in ihr Zimmer. Sie nahm die Muskete, die Dramani ihr geschenkt hatte, und sah sich im Zimmer um. Sie hatte keine Zeit mehr, ihre restlichen Dinge durchzugehen. Wenn Adnan schlau war und sah, dass Aminah Säcke trug, würde er seine Schlüsse daraus ziehen. Sie ging hinaus und sah Bakis Rumpf in der Toröffnung. Gut. Aminah war so gut wie fertig. Adnan war der Einzige, der sich noch im Innenhof aufhielt.

»Adnan«, sagte Wurche und ging auf ihn zu, das Gewehr noch in der Hand. Was, wenn Adnan glaubte, sie würde es gegen ihn richten? Doch sein überheblicher

Gesichtsausdruck – die nach oben zeigenden Mundwinkel und seine gerümpfte Nase – sagte ihr, dass er niemals darauf gekommen wäre.

»Nach unserer Hochzeit habe ich bei einem anderen gelegen«, sagte sie, während sie vor ihn trat.

Schweigen. Adnan fiel die Kinnlade herunter. Ihm entglitt die Gebetskette, und Wurche nutzte die Chance zur Flucht. Sie band Baki los und befahl Aminah zu rennen. Aminah nahm die Beine in die Hand, während Wumpini auf ihrem Rücken auf und ab hüpfte – gefolgt von Wurche, die an Bakis Zügeln zerrte. Die Säcke bremsten Baki, doch bald fiel sie in Trab.

»Hure! Scheitan!«, brüllte Adnan.

Wurche schlug das Herz bis zum Hals. Aminah, Baki und sie rannten, so schnell sie konnten. Wurche sah sich um und war erleichtert, aber auch etwas enttäuscht, dass ihnen niemand folgte. Sie nahmen den Pfad zum Wald und bestiegen dort Baki. Ihr Ziel? Kete-Kratschi.

Sie ritten durch drei Städte, bevor sich Wurche weit genug von Kpembe entfernt wähnte, um anhalten zu können. Sie kauften Milch und Maasa von einem Mädchen, das einen Korb wie eine Krone auf dem Kopf trug, und setzten die Reise anschließend fort. Drei Städte weiter machten sie erneut Halt, um Wumpini zu wickeln und Baki eine Ruhepause zu gönnen.

Es fühlte sich an, als würde Kete-Kratschi niemals kommen. Nachdem sie mit Essens- und Ruhepausen einen ganzen Tag unterwegs gewesen waren, versicherte ihnen ein Mann in Hiamankyen, dass sie kurz vor Kete-Kratschi seien.

Als sie in die Stadt einritten, hörte Wurche Wasser an eine Küste schlagen: ein Klatschen, gefolgt von einem leiser werdenden Flüstern – gewaltig und beruhigend zugleich. Sie überlegte, wie lange es wohl dauern würde, sich an die Geheimnisse dieses Ortes, an seinen nächtlichen Geruch und seine Geräusche bei Sonnenaufgang zu gewöhnen. Das Gras war fleckig und trocken, doch die Luft war feucht, und ihre Haut fühlte sich nicht so gespannt an wie in Salaga. Mehrere Hütten – manche eckig, manche rund – säumten die Straße ins Zentrum. Sie hatte zwar ihre Flucht geplant, aber nicht, wie lange sie fortbleiben würde. Ein Mann überquerte die Straße, eine Hacke über der linken Schulter. Wurche begrüßte ihn auf Gonja, doch er starrte sie nur verständnislos an. Erst als sie ihn auf Hausa ansprach, nickte er höflich zurück. Bei der Erwähnung Jajis schüttelte er nur den Kopf.

»Keine Pferde«, sagte er stattdessen.

»Warum?«, fragte Wurche.

»Der Dente erlaubt keine Pferde.«

Wurche seufzte und saß ab. Am besten, sie verscherzte es sich nicht gleich am ersten Tag hier mit dem mächtigen Hohepriester des Dente-Orakels. Sie nahm Aminah Wumpini ab, die ungelenk vom Pferd kletterte. Dann setzte sie ihren Sohn auf den Boden, löste die Säcke, gab zwei Aminah und nahm den letzten. Sie band Baki mit einem raffinierten Knoten an einen Baum und presste die Stirn gegen die Kruppe des Pferdes.

Auch wenn sie eine Mischung aus Erleichterung und Bedauern empfand, hatte Wurche das plötzliche Bedürfnis, laut zu lachen. All die Jahre hatte sie sich eingesperrt gefühlt, wie eine Gefangene, und jetzt war sie auf einmal endlich frei. Sie glaubte förmlich zu schweben. Sie würde ihre Familie vermissen, aber keiner ihrer Angehörigen hatte gesagt: Adnan taugt nichts, hier ist dein Ausweg.

Sie kamen nur langsam voran, doch die Stadt wachte gerade erst auf, weshalb sich Wurche keine Sorgen machte. Wenn sie niemanden fanden, der Jaji kannte, würden sie einfach zur Moschee gehen. Der hiesige Imam würde ihre Lehrerin oder deren Imam bestimmt kennen. Mehrere Mädchen huschten mit leeren Töpfen an ihnen vorbei. Wurche begrüßte sie und beschrieb ihnen Jaji (groß, stets mit einem Hut aus Flechtstroh unterwegs), woraufhin zwei Mädchen auf eine eckige Hütte hinter mehreren runden zeigten. Wurche fragte, ob Aminah sie begleiten dürfe, um Wasser für Baki zu holen.

Nachdem Aminah Baki getränkt hatte, gingen sie zu Jaji, die sie staunend begrüßte.

»Ich habe etwas Furchtbares getan«, sagte Wurche.

»Was denn?«

»Ich bin meinem Mann davongelaufen.«

»*Ay, Allah.*«

Jaji bat ihnen Sitzgelegenheiten an und holte Wasser. Dann wollte sie alles ganz genau wissen. Wurche, die sich vor Aminah keine Blöße geben wollte, sprach Gonja. Sie erzählte Jaji, dass sie genug von Adnans Gewalt gehabt habe und fortgelaufen sei, bevor er sie nach Dagomba mitnehmen konnte. Wenn sie dort bliebe, würde sie nie mehr etwas Nützliches oder etwas, das ihr Freude mache, tun können. Jaji meinte, ihre Behausung sei bescheiden, sie freue sich jedoch wie immer über Wurches Unterstützung.

»Was soll ich mit meiner Stute machen? Ein Mann hat gesagt, dass der Dente verbietet, sie mitzunehmen.«

»In Kete sind Pferde erlaubt«, sagte Jaji. »Früher hatte sie der Dente in Kratschi verboten. Doch der ist letztes Jahr hingerichtet worden. Ich weiß nicht, ob man dort inzwischen Pferde haben darf. Ich bin eigentlich nie in Kratschi ...«

»Er wurde hingerichtet?«, fragte Wurche. Davon hätte sie doch etwas wissen müssen. Andererseits hatte Adnan dafür gesorgt, dass sie bei politischen Fragen außen vor blieb. Und Moro, der sie informiert hätte, war schon lange aus ihrem Leben verschwunden. Sie fragte sich, wie lange es wohl noch dauerte, bis sie sich wiedersahen.

»Die Deutschen haben ihn erschossen. Sie wollen die Menschen kontrollieren, doch die haben nur auf den Dente gehört. Bevor er umgebracht wurde, haben sich alle, von nah und von fern, vor ihm gefürchtet. Lange hat er keine Händler mehr nach Kete-Kratschi gelassen. Erst nachdem ein Vertrag mit den Briten unterzeichnet wurde, ist Kete zu einem Handelsplatz geworden. Manche hier glauben sogar, dass die Deutschen den Dente bloß erschossen haben, weil er mit den Briten befreundet war. Willkommen zu einer ganz neuen Politik! Ich dachte, ich könnte hier Salagas Problemen entfliehen ... aber ich schweife ab. Hier sind die Regeln nicht so streng wie in Kratschi. Geh und hol dein Pferd. Du kannst es hierbehalten. Dieser Mensch hat sich getäuscht.«

Wurche schickte Aminah los, um Baki zu holen. Jajis Raum war kleiner als jeder ihres Gehöfts in Kpembe. Er war zu klein für vier Personen – darunter ein kleines Kind, das gerade erst das Laufen entdeckt hatte. Wurche würde sich nach einer anderen Unterkunft umschauen müssen.

Aminah war schon über eine Stunde fort. Als sie zurückkehrte, stand ihr der Schweiß auf der Stirn, Verwirrung und Angst waren ihr ins Gesicht geschrieben.

»Das Pferd war nicht da, Schwester«, sagte sie. Sie hatte überall danach gesucht. Sogar flussaufwärts und -abwärts.

Jaji holte scharf Luft. »Diebstahl ist hier inzwischen an der Tagesordnung.«

»Das Pferd gehört mir, seit ich zehn bin.« Das musste ein schrecklicher Irrtum sein. Wurche ließ sich zu Boden gleiten, brauchte das Gefühl, festen Halt unter sich zu spüren. »Bist du sicher, dass du überall geguckt hast?«

»Ja, Schwester.«

Wurche stand auf und verließ Jajis Hütte. Aminah war keine Lügnerin. Sie sah nach rechts: ein beidseitig von Hütten gesäumter Laterit-Pfad. Links ein weiterer roter Pfad mit Dawadawa-Bäumen. Vor ihnen floss der Fluss vorbei, braun und gleichgültig. Sie ging zu dem Baum, an dem sie Baki zurückgelassen hatte. Keine Baki. Sie kehrte zu Jaji zurück. Dass sie Baki verlor, hatte nicht zu ihrem Plan gehört.

»Sie ist so unverwechselbar! Wenn der Dieb irgendwo in Kete-Kratschi lebt, wird man ihn erwischen«, sagte Jaji.

Wurche ließ sich erneut zu Boden sinken. Dass sie Baki verloren hatte, bewirkte, dass ihr die Flucht wie ein Fehler vorkam. Sie starrte auf den Stapel vergilbter Papiere neben Jajis Bett.

Aminah

Schon bald nach ihrer Ankunft in Kete-Kratschi verkündete Jaji, dass sie Besuch erwarte – darunter auch jemand, der bei Wurche nicht gerade hochangesehen sei, ihr, Jaji, aber geholfen habe. Wenn Wurche ihn also nicht sehen wolle, könne sie gern für ein paar Stunden verschwinden. Wurche blieb, saß auf einer Matte und stand nicht auf, als der Besuch kam. Nur sie konnte es sich leisten, unhöflich zu Gästen zu sein, die noch dazu Männer waren, dachte Aminah.

Als die Gäste kamen, erkannte auch sie einige davon – der Mann, der sie hätte kaufen sollen! Er starrte sie an, als würden sie sich kennen, zwang sie, den Blick abzuwenden. Von den Gefühlen, die in ihr tobten, war Scham das stärkste, auch wenn sie sich das nicht erklären konnte: Sie hatte schließlich nichts Falsches getan. Der zweite Mann – Jaji nannte ihn Shaibu – trug ein reich verziertes blau-weißes Gewand, das bis zu seinen Knöcheln reichte. Und der Dritte war ein noch bleicherer Mann in einer schwarzen Uniform mit schwarzem Gürtel und goldenen Knöpfen, der einen steifen Hut umklammert hielt.

Aminah hatte gesehen, wie Etuto in Kpembe von bleichen Männern besucht worden war, doch das war das erste Mal, dass sie dabeibleiben und einen aus der Nähe mustern durfte. Er besaß alles, was ein normaler Mensch auch besitzt – Augen, Nase, Ohren und Mund –, und seine Gliedmaßen waren so wie bei allen anderen, nur das Braun seiner Augen war grün, fast gläsern. Als er auf Hausa grüßte, klangen seine Worte so abgehackt und stockend, dass Aminah ein Lachen unterdrücken musste. Zunächst blieb Wurche steif neben Jaji stehen. Dann gab ihr Shaibu die Hand und sagte etwas, das ihr ein Lächeln entlockte und sie dazu brachte, seine ausgestreckte Hand zu ergreifen. Sie erwiderte etwas auf Gonja.

»Wurche, die reizende Königstochter aus Kpembe«, sagte Shaibu auf Hausa zu den Männern. »Ich habe ihr gerade gesagt, dass sie meine Avancen schon abgelehnt hat, als wir noch Kinder waren. Deshalb muss ich wohl akzeptieren, dass wir Bruder und Schwester sind. Und dass wir nicht zulassen sollten, dass die Sünden unserer Väter unsere Freundschaft beeinträchtigen. Ich bin ein friedliebender Mann und hege keinerlei Groll gegen sie.«

»Und *ich* habe ihm gesagt, dass er versucht hat, meinen Vater umzubringen«, sagte Wurche in aufrechter Haltung. Sie schien Wortgeplänkel, Konflikte regelrecht zu genießen oder aber anders zu sein als alle anderen. »Du hast Nafu unterstützt, und damit sind wir Feinde. Wenn du willst, dass wir Freunde sind, wirst du mein Pferd finden und den Dieb angemessen bestrafen.«

»Wurche, wir wissen beide, dass ich ein Feigling bin«,

sagte Shaibu. »Mein Leben ist mir heilig. Der Tag, an dem ich bei einem Himmelfahrtskommando mitmache, wird niemals anbrechen. Ich habe geschaut, dass ich bei Kriegsbeginn so schnell wie möglich nach Kete-Kratschi komme. Jaji hat mir das mit deinem Pferd erzählt. In meiner ersten Woche hier hat jemand einen meiner kostbaren Kaftane gestohlen. Wir werden danach Ausschau halten. Doch jetzt erlaube, dass ich dir meine Freunde vorstelle.« Er zeigte auf den Mann, der Aminah gekauft hatte. »Moro dürftest du bereits kennen.« Dann zeigte er auf den Weißen. »Und das ist Helmut.«

Wurche sah Moro an und lächelte vielsagend. Sie schürzte die Lippen, und ihre Augen flirteten, gaben ihm zu verstehen, dass Wurche eines seiner Geheimnisse kannte. Moro lächelte kurz zurück.

Als Shaibu erfahren hatte, dass Wurche nach Kete-Kratschi gezogen war, hatte er ihr seine Aufwartung machen wollen: »Um ehrlich zu sein, hat mich Moro dazu gedrängt: Es sei unhöflich, die wilde Königstochter von Kpembe zu ignorieren. Nun, hier wären wir also.«

Sie konnten nicht zum Mittagessen bleiben – zum Glück, denn Aminah hatte nur für vier gekocht.

»Finde mein Pferd!«, rief Wurche ihnen noch zum Abschied hinterher.

Als Aminah Bakis Diebstahl bemerkt hatte, war sie den Weg zu Jajis Haus zurückgegangen, als klebte schwerer Lehm an ihren Füßen. Und als sie sah, wie Wurche sich zu Boden gleiten ließ, war sie zunächst verwirrt gewesen, konnte es aber verstehen. Baki war so etwas wie ein Familienmitglied für Wurche. Eine Woche lang war Wurche untröstlich, sie trug sogar braune Trauerkleidung. Jaji meinte, sie könne zu den Stallungen gehen und ein neues Pferd kaufen, doch sie wollte nichts davon wissen: Ein Pferd lasse sich nicht einfach so ersetzen. Aminah war sich sicher, dass Baki unwiderruflich verschwunden war, weil Wurche zu stolz war, um um Hilfe zu bitten. Sie hatte zwar Shaibu aufgefordert, nach dem Pferd zu suchen, doch der wirkte nicht so, als würde er irgendwelche Anstrengungen unternehmen. Wurche hätte selbst zu den Stallungen gehen und sich erkundigen können, ob jemand versucht hatte, ein Pferd zu verkaufen, das wie Baki aussah. Stattdessen trug sie Trauerkleidung. Insgeheim freute sich Aminah, dass das Pferd gestohlen worden war: eine Aufgabe weniger. Jetzt würde sie nicht mehr vor Sonnenaufgang aufstehen müssen, um das Tier zu striegeln. Sie hasste das, denn kaum hatte sie es abgerieben, gab es einen langen Urinstrahl von sich, der jedes, aber auch jedes Mal auf sie spritzte.

Nach diesem ersten Besuch hörten die drei Männer nicht auf, Jaji zu besuchen. Jedes Mal, wenn sie da waren, aß Shaibu, während Helmut Wumpini kitzelte, bis der sich totlachte, und Moro Aminah betrachtete. Zunächst schloss sie daraus, dass er sich hintergangen fühlte, weil sie mit Wurche mitgegangen war. Doch als sein glühender Blick auch weiterhin auf ihr ruhte, wich ihre Scham einem nervösen Flattern wie von Schmetterlingsflügeln.

Sie wurde neugierig auf ihn und begann, seine Blicke zu erwidern.

Eines Nachmittags streiften Wurches Finger die Unterseite von Moros Oberarm und kniffen hinein, als gehörte sein Körper ihr wie eine Tasche. Sie flüsterte ihm etwas ins Ohr – und egal, worum es sich handelte: Es führte dazu, dass er seine Stirn in Falten legte. In Aminah stieg ein seltsames Gefühl auf: Eifersucht. Genau in diesem Augenblick sah er zu ihr hinüber, und seine Lippen verzogen sich zu einem Lächeln. Sie ging vor die Tür. Als sie die Platte spülte, von der sie gegessen hatten, kam er zu ihr.

»Behandelt Wurche dich gut?«

Fast blieb ihr das Herz stehen. Sie brachte kein Wort heraus, deshalb nickte sie nur und starrte auf das Geschirr.

An einem anderen Nachmittag bereitete sie ein köstliches Reis-Bohnen-Gericht zu, da sie wusste, dass er Jaji besuchen würde. Sie ließ sich Zeit, befreite die Bohnen von sämtlichen Steinen und wusch den Reis drei Mal. Das letzte Mal mit Liebe gekocht hatte sie in Botu. Diesmal ging sie früh auf den Markt, suchte den besten Ingwer und Knoblauch aus und pflückte die reifsten Tomaten aus Jajis Garten. Beim Metzger klimperte sie mit den Wimpern und bat um den zartesten Hammel. Als dann nur Shaibu und Helmut erschienen, konnte sie ihre Enttäuschung nicht verbergen. Alle glaubten, sie wäre krank. Jaji bestand sogar darauf, dass Aminah sich hinlegte. Ein schweres Gewicht lastete auf ihr, und es fiel ihr schwer, sich von der Matte zu erheben.

Später, als alles still war, als Wumpini neben ihr schlief und Jaji und Wurche weg waren, merkte sie, dass sie nicht mehr klar denken konnte. Sie benahm sich albern. Das war der Mann, der versucht hatte, sie zu kaufen, ein Mann, der schlimmer sein konnte als alle anderen, denen sie bisher begegnet war. Sein Äußeres lenkte davon ab, doch er war auch nicht anders als die Reiter. Er hatte Khadija nach Salaga gebracht. Er war schön anzusehen, das schon. Aber Schönheit ist relativ, dachte Aminah. Ihre Zwillingsschwestern zum Beispiel – die wohlgemerkt dasselbe träumten! – hatten völlig unterschiedliche Vorstellungen von Schönheit. Für Hassana war ihr Nachbar Motaaba der hässlichste Junge von ganz Botu. Aminah und Husseina sahen das anders, auch wenn er zugegebenermaßen als Heranwachsender weniger anziehend geworden war. Was war das nur, das jemanden auf viele anziehend wirken ließ? Macht? Der Madugu, der Karawanenführer, war jemand, den alle anziehend fanden. Moro besaß nicht einmal die Hälfte von Madugus Macht, und trotzdem fühlten sich sowohl Wurche als auch sie zu ihm hingezogen. Sie musste sich immer wieder vor Augen führen, wer er eigentlich war.

Drei lange Monate blieben sie bei Jaji und versuchten ihr so wenig wie möglich im Weg zu sein – Aminah nahm Wumpini für Spaziergänge mit an den Fluss, während Wurche verschwand. Doch selbst die fromme Jaji hatte schlechte Tage. Eines Morgens wachte Aminah früh auf und nutzte die Gelegenheit, allein zu baden, bevor Wumpini aufstand. Nicht einmal mit den Zwillingen hatte Aminah das Gefühl gehabt, so wenig Zeit für sich zu haben. Es war, als würde sie jede wache Minute mit Wumpini verbringen. Deshalb ließ sie es langsam angehen und schrubbte jeden Teil ihres Körpers. Als sie damit fertig war, fühlte sie sich wohl in ihrer Haut – ein Gefühl, das sich legte, als sie Wumpinis durchdringendes Gebrüll hörte. Kaum hatte sie die Hütte erreicht, nahm sie den Gestank von Exkrementen wahr. Wumpini hatte sich auf einem auf dem Boden liegenden Blatt Papier erleichtert. Er schrie in einer Ecke, während Jaji mit verschränkten Armen und ausdrucksloser Miene danebenstand.

»Es tut mir leid, Jaji«, sagte Aminah. »Was ist jetzt mit deiner Arbeit?«

»Das ist schon in Ordnung. Es ist bloß eine Zeitung.«

Aminah beeilte sich, einen Lappen, Seifenwasser und Sand zu holen. Jaji hatte eindeutig genug von ihnen. Aminah fragte sich, ob sie wohl bald nach Salaga zurückkehren würden – Wurche hatte kein Wort über die Dauer ihres hiesigen Aufenthalts verloren, und Aminah war sich sicher, dass Jaji gern Bescheid gewusst hätte. Aminah entzündete ein Streichholz und verbrannte Weihrauch, dann trug sie Wumpini zum Waschen nach draußen. Als sie ihm die Tränen abwischte, hatte er immer noch Schluckauf vom Schreien. Es war fast unheimlich, wie stark er Adnan ähnelte.

Der Vorfall schien Wurche dazu gebracht zu haben, etwas zu unternehmen, denn kurz darauf kam Shaibu mit der Neuigkeit, sie dürfe sich hinter Jaji ein eigenes Haus bauen. Die Deutschen hätten es erlaubt. Das ließ darauf schließen, dass sie sich endgültig hier niederließen. Und Aminah stellte fest, dass sie sich freute. Sosehr sie die Menschen in Kpembe auch gemocht hatte: In Kete-Kratschi besaß sie mehr Freiheiten. Es dauerte nicht lange, Jajis Hütte zu putzen, deshalb verbrachte sie viele Vormittage mit Wumpini am Fluss, wobei sie ihren Gedanken freien Lauf ließ. Sie freute sich so sehr über die Neuigkeit, dass sie Moro, der vorschlug, die Hütte zu bauen, ihre Hilfe anbot. Keine Ahnung, was da in sie gefahren war, dass sie sich das traute.

»Apropos die Deutschen«, sagte Wurche nach Shaibus Ankündigung, »wo steckt eigentlich Helmut?«

»Er ist in Salaga und wird von dort nach Dagomba weiterreisen«, erklärte Shaibu. »Sie müssen dort ein Problem lösen. Anscheinend haben die Briten gegen den Vertrag verstoßen, den sie mit deinem Vater und den Deutschen geschlossen haben.« Er reckte den Kopf und leckte sich die Lippen, als würde er gleich von einem leckeren Mahl kosten, um dann zu sagen: »Er scheint Geschmack an dir gefunden zu haben.«

Wurche ignorierte ihn und fragte, wann die Bauarbeiten beginnen würden. Moro gedachte, gleich am nächsten Tag anzufangen.

Er kam, als der zweite Ruf zum Gebet des Muezzins gerade in ein langes, lautes Klagen überging. Wurche verließ Jajis Hütte und begrüßte ihn kühl. Aminah versuchte, aus ihrer Beziehung schlau zu werden. Moro pflegte Wurche anzulächeln, während sie so tat, als wäre er ihr gleichgültig. Danach versuchte sie meist, ihn zu berühren, woraufhin er sich versteifte.

Moro schleppte Säcke mit Lehm sowie einen geraden Stock herbei und befahl Aminah, sich in die Mitte dessen zu stellen, was die erste Hütte werden sollte. Er gab ihr ein Ende des Stocks, neigte das andere und benutzte es, um damit einen Kreis auf den Boden zu ziehen. Wurche wollte, dass die Tür zur Sonne zeigte. Mit Habichtsaugen beobachtete sie jede Bewegung von Moro und Aminah. Erst als Wumpini aufwachte und hinauskam, ließ Wurche Moro und Aminah allein – allerdings nicht ohne Aminah vorher gründlich zu mustern, so als wüsste sie um die Gefühle, die in der jungen Frau tobten.

Moro hob ein Fundament innerhalb des Kreises aus, Wumpini spielte in der Nähe auf einem Sandhaufen, und Aminah ging hinunter zum Fluss, um einen Krug Wasser zu holen. Sie vermisste Kpembes Brunnen – auch dass sie mitten im Innenhof standen. Viehherden zogen Karren mit Salz am Ufer entlang, und Kanus glitten den Fluss hinauf und hinunter. In einem davon saßen bestimmt zehn Personen – überwiegend junge Frauen, die Halseisen trugen. Aminah schauderte. Wo sie wohl landen würden? Auch sie war nicht frei, hatte aber nicht mehr unter dieser Ungewissheit zu leiden. Sie sah ihnen nach, bis sie mit dem Horizont verschmolzen.

Am zweiten Tag, als sie gerade Wasser in ein kleines Loch goss, das Moro in eine Mischung aus Sand und Lehm gegraben hatte, berührte er ihre Hand. Seine schlammige Hand blieb knapp über ihrem Handgelenk liegen, und sofort traf sie eine Art Blitzschlag. Er schien etwas sagen zu wollen, verkniff es sich aber. Dann nahm er seine Hand weg. In ihr wetteiferten Aufregung und Angst. Er ist ein Sklavenräuber!, rief sich Aminah wieder in Erinnerung. Genau in diesem Moment kam Wurche aus Jajis Hütte.

Am dritten Tag sagte Moro: »Ich bin froh, dass sich alles so gefügt hat.« Aminah sah ihn nicht an, wusste nicht recht, ob dieses Gespräch erlaubt war. »Das bedeutet, dass wir Freunde sein können.«

Mit wildem Herzklopfen musterte sie den Ziegel, den sie gerade auf die Mauer stellte. Durfte sie als Wurches Besitz überhaupt einen Freund haben? Bei Wofa Sarpong waren die Sklaven so sehr von allen anderen isoliert gewesen, dass sich die Frage nie gestellt hatte. Sie zwang sich, an Moros dunkle Seite zu denken. Die Menschen im Kanu fielen ihr wieder ein. Sie wollte keinen Freund wie Moro.

Aminah vermisste die schlichte Schönheit Botus. Abgesehen von den Bäumen, den sanften Hügeln und dem Wasserloch ihrer Heimat, waren die dortigen Hütten bunt und mit wunderschönen Mustern verziert. In Kpembe und Kete-Kratschi waren sie schwarz-weiß oder einfach bloß lehmfarben. Als die Hütten fertig waren, zog Aminah drei Linien um die Türöffnung ihrer Hütte und malte Wellenlinien dazwischen. Wurche sagte nichts dazu. Die Arbeit an den Hütten hatte Aminah wieder daran erinnert, wie gern sie mit den Händen arbeitete. Sollte Wurche sie je ziehen lassen, und sollte sie jemals wieder frei sein, wollte sie ein Handwerk ausüben, Kleidung herstellen, Töpfe. Oder Schuhe.

Na hatte ihr immer geraten, Probleme anzusprechen statt sie zu verdrängen, auch wenn das keine von ihnen wirklich oft getan hatte. Ihr hatte schon lange keiner mehr ein mitfühlendes Ohr ohne Hintergedanken geliehen, aber etwas an der Art, wie Jaji mit Wurche redete – mit Respekt, obwohl sie ihre Lehrerin war –, und etwas in ihrem Blick sagten Aminah, dass sie der Lehrerin ihre Probleme anvertrauen konnte. Als Wumpini schlief, ging Aminah zu ihr. Jaji saß auf einer Matte, große Papierbögen in der Hand. Aminah blieb an der Wand stehen, räusperte sich und ging vor ihr in die Knie. Jajis Brauen wanderten nach oben, bis sie den Rand ihres weißen Schleiers berührten, und da brach Aminah in Tränen aus.

»Oh, meine Liebe, was hast du denn?«, fragte Jaji und nahm Aminahs Hand.

Aminah suchte schniefend nach Worten. »Ich bin neunzehn«, hob sie an und konnte gar nicht mehr aufhören zu weinen. Sie erzählte Jaji von Babas Verschwinden, davon, wie sie von den Reitern entführt worden war, ihre Geschwister verloren hatte, in einem Wald gelebt und schließlich auf dem Markt von Salaga gelandet war. Tränen trübten ihren Blick, und Jaji wischte sie mit ihrem Schleier fort.

»Werde ich je wieder die Freiheit kennenlernen?«, fragte Aminah.

Jaji seufzte. »Ich will dir mal erzählen, was ich so höre.«

Sie schaute über Aminahs Kopf hinweg zur Tür und senkte ihre Stimme. »Die Chiefs hier in Salaga, ja, eigentlich in der gesamten Umgebung, haben Verträge mit den Engländern und mit den Deutschen geschlossen. Was die meisten von ihnen nicht wissen, ist, dass darin ein Ende der Sklaverei gefordert wird. Einer meiner Lehrer, Alhaji Umar – du hast ihn bereits bei der Moschee gesehen, der mit dem weißen Haar und dem weißen Bart, der alte Imam von Salaga –, hat immer gesagt, dass sich die Chiefs von den Engländern und den Deutschen fernhalten sollten. Er nennt sie Christen. Aber als ich das letzte Mal mit ihm gesprochen habe, meinte er, er verstehe, warum die Chiefs diese Verträge unterzeichnen: Ihre Waffen seien Spielzeug im Vergleich zu denen der Christen. Die mächtigen Aschanti, zum Beispiel, sind bereits mehrmals besiegt worden. Du siehst verwirrt aus. Ich hoffe, ich überfordere dich nicht.«

»Nein, Jaji«, erwiderte Aminah und fragte sich, wann die Lehrerin endlich auf den Punkt kommen würde.

»Gut. Er meinte, die Christen hätten durchaus gute Ideen. Sie führen alle möglichen Verbesserungen ein. Mehr Schulen zum Beispiel, breitere Straßen, mehr Sicherheit. Außerdem fordern sie ein Ende der Sklaverei. Alhaji Umar hat gesagt, dass die Christen, wie wir Muslime, jahrhundertelang Sklaverei betrieben, ja, die Sklavenraubzüge, auf die heute Leute wie Babatu und unser Freund Moro spezialisiert sind, befürwortet haben. Doch jetzt wollen sie sie plötzlich beenden. An der Goldküste, woher auch diese Zeitung stammt – wie du siehst, lerne ich Englisch –, wurde die Sklaverei gerade verboten. Gleich auf der anderen Seite des Flusses, stell dir das mal vor! Man nennt es Emanzipation.«

Aminah hatte gar nicht gewusst, dass Jaji so gern redete. Fast bereute sie es, sich ihr anvertraut zu haben, zumal Jajis Lösung nur für die andere Seite des Flusses galt und nicht für hier. Sie legte nahe, dass Aminah lieber bei Wofa Sarpong hätte bleiben sollen.

Als könnte die Lehrerin Gedanken lesen, fügte sie noch hinzu: »Was ich damit meine, ist, dass es nur eine Frage der Zeit sein wird, bis es hier auch so weit ist, und ich für meinen Teil freue mich darauf. Mein Rat lautet: Wart's ab! Wurche wird Verständnis haben, wenn der Tag gekommen ist. Sie hat ein gutes Herz.«

Aminah wollte Jaji gerade für ihre Zeit danken, um sie zum Verstummen zu bringen, als Fußgetrappel ihr Gespräch unterbrach. Draußen nahm sie ganz in der Nähe eine große Menschenmenge wahr. Ein lautes, chaotisches, unverständliches Stimmengewirr war zu hören, während sich die Leute dicht an dicht fortbewegten. Jaji griff zu ihrem Hut aus Flechtstroh und reihte sich ein. Aminah folgte ihr und betete darum, dass Wumpini noch eine Weile weiterschlief. Jaji tippte einer Frau, die am Rande mitlief, auf die Schulter und fragte, was los sei.

»Er ist ein Dieb!«, rief sie. Spucke flog ihr aus dem Mund, und die Augen wollten ihr schier aus dem Kopf quellen. Was er gestohlen hatte, konnte sie allerdings nicht sagen. Als sie merkte, dass sie keine verwertbaren Informationen genannt hatte, erklärte sie: »Er ist verprügelt worden und hat darum gebeten, zu den deutschen Baracken gebracht zu werden.«

Jaji nickte und löste sich aus der Menge. Aminah wollte sich einreihen, um herauszufinden, ob das der Mann war, der Baki gestohlen hatte. Sie drängte sich vor, verschmolz mit ihr, wie sie es auch schon in Botu getan hatte. Sollte Wurche nachher fragen, wo sie nur gesteckt habe, würde sie einfach behaupten, sie hätte geglaubt, Jaji hätte dasselbe getan. Sie zwängte sich vor bis zur Mitte, sodass sie einen Blick auf denjenigen erhaschen konnte, der mitgezerrt wurde. Sein halb nackter Körper war von Striemen übersät, das Gesicht geschwollen. Er konnte nicht laufen, weshalb ihn zwei Männer unter den Achseln gepackt hatten. Einige verlangten, er solle noch heftiger verprügelt werden, andere baten um Geduld, wollten, dass man auf die Deutschen wartete. Aminah konnte kaum erkennen, wo es hinging. Sie wurde von der Menge mitgerissen, und als diese stehen blieb, wäre sie beinahe gestürzt.

Die weiß getünchten deutschen Baracken, die größten Gebäude in Kete-Kratschi, besaßen schwarze Sockel, ihre Gärten waren mit weiß getünchten Felsen verziert. Sie hatten vor dem kleinsten Gebäude haltgemacht, aus dem ein dünner weißer Mann in der gleichen Uniform wie Helmut trat. Ein weiterer Weißer kam heraus, dann noch einer, bis sie zu sechst waren, alle schwer bewaffnet.

Derjenige, der der Ranghöchste zu sein schien, zeigte mit seinem Gewehr auf die Menge, woraufhin diese sich teilte. Die beiden Männer, die den Beschuldigten getragen hatten, traten vor und ließen ihn in den Staub fallen.

»Er hat eine Kuh gestohlen«, sagte der rechte und wischte sich die blutigen Hände an seinem Gewand ab.

»Und was euer Imam sagen?«, fragte der Weiße in holprigem Hausa.

»Der Dieb hat darauf bestanden, dass wir ihn zu euch bringen«, erwiderte der Mann mit dem blutigen Gewand.

Die Weißen berieten sich. Einer ging zu dem Beschuldigten und musterte ihn.

»Bringt ihn zu eurem Imam«, sagte der Anführer der Weißen. »Und hört auf, ihn zu schlagen.«

Die Menge stöhnte auf, und die beiden Männer packten den Verprügelten wie einen leblosen Gegenstand. Aminah löste sich aus der Menge und rannte zurück zum Haus, war fast ohnmächtig vor Angst, als sie dort ankam. Wurche trug Wumpini, auf dessen runder Wange eine Träne prangte, den Rücken seines speckigen Händchens hatte er sich in den Mund gesteckt. Aminah erzählte, was passiert war, doch das konnte Wurche nicht besänftigen. Sie verpasste Aminah eine Ohrfeige. Das war das erste Mal, dass sie so etwas tat. Aus irgendeinem Grund spürte Aminah, dass es dabei weniger um das Alleinlassen von Wumpini ging.

Wumpini entwand sich dem Griff seiner Mutter und streckte die pummeligen Arme nach Aminah aus. Wurche presste ihn nur noch fester an ihre Brust und trug ihn zu ihrer Hütte. In Aminahs Ohr klingelte es immer noch von der Ohrfeige. In Salaga hatte sie einmal jemanden sagen hören, dass ein Sklave erst dann frei wird, wenn sein Besitzer stirbt. Nie würde sie es übers Herz bringen, Wurche oder irgendjemanden sonst umzubringen. Doch jetzt ertappte sie sich bei dem Gedanken, dass alles viel einfacher wäre, wenn Wurche an einer schlimmen Krankheit stürbe. Gleich darauf schämte sie sich dafür.

Aminah trug ein Tablett mit gekochten Yamswurzeln und Bitterleafeintopf in Jajis Zimmer. Die üblichen Gäste hatten sich dort versammelt. Jaji hatte Weihrauch verbrannt, dessen Duft sich im ganzen Raum verteilte. Moro nahm Aminah das Tablett ab, als müsste er sie von einer schweren Last befreien. In der Zwischenzeit erzählte Wurche den Versammelten, dass sie Tiere züchten wolle.

»Ich werde mit Hühnern anfangen. Aminah wird das Gehege errichten. Sie hat unser Haus mit den schönsten Verzierungen versehen.«

Aminah war davon ausgegangen, dass Wurche die Verzierungen gar nicht bemerkt hatte.

»Ich werde ihr helfen«, sagte Moro.

Aminah war gespannt auf Wurches Reaktion, schaffte es aber nicht, ihr ins Gesicht zu sehen. Und auch sonst niemandem. Sie fühlte sich nackt, spürte, wie sämtliche Blicke auf ihr ruhten. Sie schaute zu Helmut hinüber, dem anderen Außenseiter hier. Sein jungenhaftes Gesicht lief vom Pfeffer immer röter an, während er aß. Er schien die Spannungen gar nicht zu bemerken. Aminah fragte sich, was ihn wohl von seinen Brüdern unterschied, die mit Gewehren auf die Menge, die ihnen einen Verbrecher brachte, zeigten, als wäre *die Menge selbst* kriminell. Warum war Helmut ständig bei Jaji oder mit Shaibu und Moro zusammen? Kein anderer Weißer stand ihnen so nahe. Er wischte sich die triefende Nase mit dem Handrücken ab. Aminahs Gedanken eilten zurück zu Moro. Wenn er wirklich so freundlich war, wie er aussah – ständig bot er ihr Hilfe an –, warum überfiel er dann Dörfer, riss Familien auseinander und verkaufte Menschen? Diese Fragen nagten an ihr und hielten sie davon ab, auch nur zu versuchen, sich mit ihm anzufreunden.

»Der Salagawura führt eine Namenszeremonie für seinen Sohn durch«, sagte Shaibu. Er wandte sich an Wurche. »Gehst du auch hin?«

»Findest du es nicht lächerlich, jemanden, der außerhalb von Salaga lebt, ›Salagawura‹ zu nennen? Das ist ebenso respektlos wie lächerlich«, meinte Wurche.

Aminah verstand immer noch nicht viel von der hiesigen Politik, doch sie wusste, dass Wurche ihren Vater verraten hatte, indem sie nach Kete-Kratschi gezogen war. Etwas, das sie wiedergutmachen wollte, indem sie ihn vehement verteidigte. Diejenigen, die nach irgendeiner großen Schlacht in Salaga nach Kete-Kratschi geflohen waren, hatten einen neuen Chief, den Salagawura, gewählt, als Oberhaupt der Salaga-Einwanderer, doch Wurche bezeichnete ihn als unrechtmäßig und überflüssig.

»Es gibt nur einen einzigen Chief von Salaga«, fuhr Wurche fort, »und das ist der Kpembewura.« An Helmut gewandt, sagte sie: »Dafür sind deine Leute verantwortlich.«

»Ich führe nur Befehle aus«, sagte Helmut schniefend.

Wurche sagte, sie werde der Zeremonie nicht beiwohnen, und stampfte wütend hinaus, um dann Aminah und Moro zu sich zu rufen. Neben Aminahs Hütte blieb sie stehen.

»Ich habe eine Entscheidung getroffen. Ich werde Hühner züchten.«

Hühner stanken, so gesehen war Aminah nicht gerade begeistert davon, demnächst ein Hühnergehege neben sich zu haben.

Wurche legte ihre Hand auf Moros Arm und hob die andere auf Schulterhöhe. »Nur so hoch. Aminah, stell dich hin und streck die Arme aus.« Auch sie streckte ihre aus, sodass sich ihre Fingerkuppen berührten. Wurche übte Druck auf Aminahs Finger aus und sah sie auf eine Art an, die Aminah verwirrte: mit einer Mischung aus Vorwurf und Begehren. Genauso plötzlich löste sich Wurche wieder von ihr und ging zu Moro. Sie nahm seinen Arm und zog ihn zurück in Jajis Hütte.

In dieser Nacht fand Aminah keinen Schlaf. Wut machte ihr zu schaffen. Wurches seltsame Berührung, Moros Ungerührtheit. Moro und alles, wofür er stand. Nur gut, dass sie wütend war! Damals, bei Wofa Sarpong, hatte sie gar nichts mehr spüren können. Vermutlich hatte sie auch deshalb so lang stillgehalten. Wut war gut. Wut motivierte sie, und Wut hatte sie dazu gebracht, in Kwesis Nase zu beißen. Wer weiß, wohin die Wut diesmal führen würde?

Gleich am nächsten Tag tauchte Moro auf, noch bevor Aminah gebadet hatte. Sie säuberte ihre verkrusteten

Mundwinkel und rieb sich die Augen. Ihr Haar war zerzaust, aber daran ließ sich jetzt auch nichts mehr ändern.

Er hatte getrocknete Palmblattstreifen gekauft, die sich zu Matten weben und anschließend, gestützt durch Stöcke, aufstellen ließen. Am Schluss versahen sie das Hühnergehege noch mit einer Tür. Aminah öffnete und schloss sie, staunte, wie hübsch das aussah. Moro trat neben sie. Um dann seine Hand auf ihre zu legen, die die Tür berührte. Sie entriss sie ihm sofort.

Er wandte den Blick ab, schaute an ihr vorbei, um sie dann wieder anzustarren.

»Ich wünschte, du würdest keine Menschen entführen und damit handeln«, sagte Aminah, noch bevor sie sich bremsen konnte. Kaum hatte sie das ausgesprochen, fühlte sie sich mutiger. »Warum wolltest du mich kaufen? Um mich zu deiner Sklavin zu machen?«

»Nein. Nicht um dich zu meiner Sklavin zu machen. Als ich dich bei Maigida gesehen habe, hatte ich das Gefühl, nach dir gesucht zu haben, ohne es zu wissen. Ganz so als hätte es meine schlimme Vergangenheit nur gegeben, damit ich dich finden kann.« Er verstummte und sagte dann: »Es tut mir leid, dass du so leiden musstest.«

In Botu hatte Eeyah oft das Wort *Licabili* in den Mund genommen, Schicksal. Aminah hatte so gut wie keinen Gedanken daran verschwendet. Gemeint war die Überzeugung, dass einen der eigene Lebensweg schon dahin führt, wo er einen hinführen soll. Ihr war das nicht so wichtig gewesen, weil in ihren ersten fünfzehn Lebensjahren kaum etwas passiert war. Sie kannte Botu in- und auswendig, sah keinen Grund, es zu verlassen, sodass es nie danach ausgesehen hatte, als würde sie das Leben irgendwo anders hinführen. Bedeutete das, dass alles, was sie durchgemacht hatte – der Verlust ihrer Familie, die Reiter, Wofa Sarpong –, sie zu diesem Mann geführt hatte? Ihre Hände wurden ganz feucht. Sie hatte immer geglaubt, dass Otienu bestimmte, was einem zustieß, vorausgesetzt man stellte sich gut mit ihm oder war ein guter Mensch. Doch wer Otienu war, oder wo er sich aufhielt, hätte sie nicht zu sagen gewusst. Eeyah hatte stets behauptet, Otienu wäre überall, doch jetzt war sie sich da nicht mehr so sicher. Vielleicht passierten die Dinge einfach so, ganz ohne Grund. Sie starrten sich an, und er lächelte. Aminah zwang sich, nicht zurückzulächeln. Sie war zu verwirrt.

Wurche verließ ihre Hütte. Sie öffnete und schloss die Tür des neuen Geheges, bewunderte sie so wie Aminah vorhin. »Eine wunderbare Arbeit. Lasst uns keine Zeit verlieren! Aminah, füttere Wumpini und hol dann Hühner vom Markt.«

Wurche

Als sie Moro das erste Mal gesehen hatte, hatte sie gehofft, ihre Affäre, jetzt, wo sie Adnan los war, wiederbeleben zu können. Und als er jedes Mal zusammengezuckt war, wenn sie ihn an empfindlichen Stellen berührt hatte, beschloss sie, mutiger zu werden. Sie begann, ihn auch in Aminahs Gegenwart zu berühren – schließlich konnte jeder, der Augen im Kopf hatte, sehen, dass da etwas zwischen ihnen brodelte. Doch er stieß ihre Hand fort. Einmal hatte er ihr sogar zwischen zusammengebissenen Zähnen warnend zugezischt, sie solle damit aufhören. An dem Abend, als er nur mit Shaibu bei Jaji aufgetaucht war, hatten sie sich über Aminah unterhalten.

»Ich will sie zurück«, hatte er geflüstert.

»Ich hab für sie bezahlt«, entgegnete Wurche.

»Du hättest sie gar nicht kaufen dürfen. Dann kauf ich sie dir jetzt eben wieder ab.«

»Sie ist nicht zu verkaufen. Aber wenn du so weitermachst, ist sie es vielleicht irgendwann doch. Nur dass ich sie dann jemandem verkaufe, der auf dem Fluss nach Süden fährt.«

Mit diesem letzten Satz hatte Wurche ihren ganzen Unmut, ihre Wut und ihre Verwirrung an ihm ausgelassen – ein Durcheinander der Gefühle, das sie bedrückte. Sie war nicht stolz darauf, Aminah gekauft zu haben – schon gar nicht zu einem Zeitpunkt, als sie Gewissensbisse wegen des Haltens von Sklaven gehabt hatte. Und noch weniger stolz war sie darauf, damit zu drohen, Aminah nach Süden zu schicken. Am meisten ängstigte sie jedoch der Gedanke, ohne Aminah weiterleben zu müssen. Aminah erdete sie. Zum einen nahm ihr die junge Frau Wumpini ab. Zum anderen verbreitete sie Ruhe und Frieden. Doch sie spürte noch etwas, wenn Aminah in der Nähe war, was sie lieber verdrängte. Dieses Etwas kam in ihren Träumen vor, in denen Aminah langsam den Platz ihrer Freundin Fatima einnahm. Im wirklichen Leben wusste Wurche jedoch, dass Aminah nie so willig sein würde wie Fatima.

Wurche hielt derlei Gedanken und Gefühle von sich fern. Sie hatte genug, womit sie sich ablenken konnte – es gab wichtigere Dinge als Träume, die sich nicht verwirklichen lassen. Ihr gefiel ihr unabhängiges Leben in Kete-Kratschi, gleichzeitig vermisste sie Kpembe. Sie vermisste es, ein Pferd und Platz zum Ausreiten zu haben. Sie vermisste ihre Familie. Sie vermisste die Politik von Kpembe. Um nach Kpembe zurückkehren und wirklich dort leben zu können, würde sie sich unabhängig machen müssen. Und dafür brauchte sie Geld. Jetzt, wo sie ein neues Geschäftsfeld entwickelt hatte, wollte sie anfangen zu sparen. Hätte sie erst einmal genug Geld mit den Hühnern verdient, würde sie sich Pferde zulegen, denn die waren lukrativer. Wer Geld hatte, besaß Macht. Und wer unabhängig war, gelangte an Informationen. Tagsüber unterrichtete sie gemeinsam mit Jaji die Frauen von Kete-Kratschi, und abends studierte sie die Handschriften ihrer Lehrerin. Vorausgesetzt, Shaibu, Moro und Helmut waren nicht da. Wenn sie kamen, fragte sie sie nach den neuesten politischen Entwicklungen in Kete-Kratschi und Umgebung aus. Sie erfuhr, dass die Deutschen eine große Anzahl Hausa-Männer für ihre Armee rekrutiert hatten. Dass die Briten sich ebenfalls in der Region breitmachten, fast bis Dagomba, um Verträge mit den Chiefs zu schließen. Das gefiel den Deutschen gar nicht. Doch wieder bekam sie nur Bruchteile zu hören, weil die Männer bloß Aminahs Speisen genießen wollten, und Shaibu das Thema wechselte, sobald sie nachhakte.

Eines Abends folgte sie Shaibu und Helmut zu den deutschen Baracken. Wenn sie mehr Zeit mit ihnen verbrachte – das hoffte sie zumindest –, konnte sie mehr über die Strategien der Europäer erfahren. Hatte sie genug Geheiminformationen aus den Deutschen herausbekommen, so ihre Überlegung, würde ihr Etuto bei ihrer Rückkehr nach Kpembe vergeben. Und vor allem wäre sie dann diejenige, die mit den Weißen verhandelte, weil sie sie verstand. Dann könnte sie sagen, ob sie ihrem Volk halfen oder ihm eher schadeten.

Ein Vollmond stand tief am Himmel und erhellte den Weg. Der Fluss schimmerte ruhig und spiegelglatt im Mondlicht, bis ein Kanu vorbeiruderte. Bei den Baracken sprangen zwei sitzende Wachen auf, grüßten Helmut und sagten nichts, als Wurche und Shaibu ihm folgten. Helmut führte sie auf eine Veranda und dann in eine große Halle.

In dem Raum befanden sich zwölf zu drei Reihen gruppierte Holzstühle. Sie zeigten auf einen Schreibtisch, hinter dem ein weiterer Stuhl stand. In Kpembe dagegen wurden Versammlungen im Kreis abgehalten. Eine schwarz-weiß-rote Fahne steckte in einem Topf neben dem vorne stehenden Schreibtisch. Helmut lotste sie durch eine Tür rechts davon. Eine kleine Laterne war an der Wand befestigt, und eine zittrige schwarze Rauchsäule stieg von der Flamme auf. Der beleuchtete Flur wurde beidseitig von Türen gesäumt. Helmut führte sie in sein Zimmer. Darin standen ein hölzernes Bett, das mit einem weißen Laken und einem Kissen bedeckt war, ein Schreibtisch mit drei Bücherstapeln und daneben zwei Stühle. Shaibu ging auf ein großes, hölzernes Ding zu. Er nahm davor Platz, klappte dessen Deckel hoch und enthüllte eine Reihe von schmalen elfenbeinfarbenen und schwarzen Rechtecken, auf die er beherzt einschlug.

Wurche saß verängstigt auf dem Bett, während Shaibu dem Instrument kakophonische Klänge entlockte. Nachdem sie ihre Angst überwunden hatte, trat sie näher und versuchte herauszufinden, was Shaibu da trieb. Helmut schob Shaibu vom Hocker und spielte eine wunderschöne, traurige Melodie. Shaibu nickte, hob die Hände, als hielte er einen Stock, und wackelte mit dem Kopf. Weiße waren seltsam, und Shaibu ließ sich von ihrer Welt vereinnahmen.

»Was ist das?«, fragte Wurche.

»Ein Klavier«, erwiderte Shaibu.

»Bach, ein deutscher Komponist, sagt, es wäre nicht weiter erwähnenswert, darauf spielen zu können. Vielleicht hat er ja recht«, sagte Helmut. »Es hat sich nur schwer verschiffen lassen, aber es lindert mein Heimweh.«

Er öffnete eine große Truhe und wühlte darin. Dann hielt er eine grüne Flasche und drei durchsichtige Gläser hoch – solche wie sie auch Mma in ihrer Schatzkiste mit Geschenken, die sie von den Europäern bekommen hatte, aufbewahrte. Er goss eine wasserklare Flüssigkeit hinein und reichte seinen Gästen die Gläser. Wurche nahm ihres, es war klein und glatt. Sie schnupperte an seinem Inhalt und wäre beinahe in Ohnmacht gefallen. Das roch sogar noch stärker als das Zeug, das ihr Vater so gern trank. Shaibu, der Wurche nach wie vor aufzuziehen pflegte, schlug vor, das Glas auf einen Zug zu leeren. Die Flüssigkeit brannte ihr in der Kehle und drohte sie schier zu ersticken. Helmut kippte sein Getränk hinunter und klopfte ihr auf den Rücken. Sie konnte nichts daran finden und verzog angewidert das Gesicht.

»Was danach kommt, ist herrlich«, erklärte Helmut.

Ihr wurde innerlich warm. Sie nahm noch so ein Getränk. In seinem Zimmer waren Helmuts Augen noch grüner als sonst, und sie ruhten auf ihr. Sie kannte diesen Blick, hatte ihn schon in Moros und Adnans Augen gesehen. Interessierte er sich tatsächlich für sie? Shaibu hatte eine entsprechende Bemerkung gemacht, die sie jedoch als einen von Shaibus ewigen Scherzen abgetan hatte. Sie hatte Helmut und seinen Leuten nie getraut. Bei der nächsten Runde setzte Wurche aus. Sie musste einen klaren Kopf behalten.

»Was wollt ihr hier?«, fragte sie. Das Getränk entlockte ihr diese Worte und machte es ihr unmöglich, die Höflichkeit zu wahren.

»Wurche, nicht jetzt!«, hob Shaibu an.

Wurche erzählte, dass man in ihrer Jugend nirgendwo Menschen wie Helmut gesehen habe. Es gab zwar Menschen mit heller Haut, die allerdings genauso aussahen wie alle anderen – mit demselben Haar, aber eben ohne die dunkle Hautfarbe. Doch dann schienen auf einmal von Tag zu Tag mehr bleiche Menschen mit ungewöhnlich glattem Haar und bunten Augen aufzutauchen. »Man hat uns erzählt, dass ihr uns beschützt. Aber wovor?«

»Vor Leuten wie den Aschanti«, sagte Helmut mit hochrotem Gesicht. »Die Aschanti haben euch jahrzehntelang unterjocht … dein eigener Vater hat mir das erzählt.«

»Wir können unsere Kriege selber führen«, gab Wurche zurück. »Du sagst, ihr helft uns – aber woher sollen wir wissen, dass ihr uns unser Land nicht wegnehmt und uns vertreibt?«

»Wenn wir das wollten, hätten wir euch den Krieg erklärt«, erwiderte Helmut.

»Es reicht«, schaltete sich Shaibu ein.

Helmut griff nach einem zusammengerollten Bogen Papier, der auf seinem Tisch lag, setzte sich neben Wurche und breitete ihn aus. Es war eine Landkarte. Ihre Legende war nicht auf Arabisch wie die Karten, die Jaji ihr gezeigt hatte. Die Karte hier war auch größer und zeigte Orte, die sie noch nie zuvor gesehen hatte. Manche waren geformt wie Hühnerflügel.

»Das ist die ganze Welt«, erklärte Helmut. Einige Orte waren mit Tinte markiert worden: im westlichen und südlichen Afrika, aber auch im Blau des Ozeans. Er zeigte auf Europa und fuhr dann mit dem Finger bis nach Afrika. Wenn er so eine weite Strecke mit dem Schiff zurücklege, sagte er, dann nur mit gutem Grund.

»Mein Volk ist auch weitergezogen«, sagte Wurche. »Und zwar um andere Völker zu erobern.«

»Es geht um Freundschaft«, sagte Helmut.

Wurche war nicht überzeugt, aber sie war müde. Als Helmut anbot, sie nach Hause zu begleiten, lehnte sie nicht ab. Dann, vor ihrer Tür, presste er die Lippen auf ihren Handrücken. Sie fragte sich, ob er ehrlicher wäre, wenn Shaibu nicht dabei war. Deshalb bat sie Aminah am nächsten Tag, Tuo mit Baobabpulversuppe zuzubereiten – ein Gericht, das Helmut köstlich fand. Sie gab die Schale mit Tuo sowie zwei Krüge mit Hirsebier in einen Korb, hängte ihn sich um und ging zielstrebig zu den Baracken.

»Guten Tag«, grüßte sie.

»Guten Tag«, sagte der erste Wachmann und kniff seine fast durchsichtigen Augen misstrauisch zusammen. Sie fragte sich, ob es derselbe war, der Hafisa, die Frau, die gekochte, in alte Zeitungen von der Goldküste gewickelte

Erdnüsse verkaufte, sitzengelassen hatte. Hafisa hatte ein Kind in der Farbe ihrer eigenen Nüsse zur Welt gebracht. Und als sie, nachdem sie das Kind aus sich herausgepresst hatte, zu den Baracken gegangen war, wollte der Wachmann sie keines Blickes mehr würdigen. Wurche fragte nach Helmut, doch der war nicht da. Während sie dem Wachmann den Korb gab, erfasste sie plötzlich ein kühler Windstoß. Der Himmel verdüsterte sich, und Bäume, die stabil gewirkt hatten, schwankten wild hin und her. Wurche rannte los, während die Tropfen wie Körner gegen ihre Wangen prasselten. Als sie ihre Haustür erreichte, regnete es längst in Strömen, und sie war komplett durchweicht. Das Wetter in Kete-Kratschi war häufig so: extrem und unvorhersehbar. Sie schälte sich aus ihren nassen Kleidern und ließ sich auf ihr Bett fallen, Niedergeschlagenheit machte sich breit: Ihre Mission war gescheitert. Ihre Gedanken eilten zu Kpembe, wie immer wenn sie allein war oder einen schweren Tag hatte. Nach ihrer Ankunft in Kete-Kratschi hatte Mma ihr einen Boten geschickt und sie gebeten zurückzukehren. Ihr Vater hatte nichts von sich hören lassen, genauso wenig ihr Mann oder ihre Brüder. Es war tröstlich zu wissen, dass es noch einen Menschen gab, der sie liebte, doch ein Wort von Etuto hätte ihr mehr bedeutet: Sie wollte hören, dass ihr Vater sie vermisste und brauchte. Trotzdem waren neun Monate vergangen, ohne dass sie auch nur das Geringste von ihm vernommen hatte.

Später nahm Wurche die dünne Handschrift eines Lehrgedichts von Nana Asma'u mit ins Bett. Der Raum war schwach erhellt, und in der Abendstille hörte man den Fluss ans Ufer schlagen. Sie überflog die Gedichte immer zuerst, um zu wissen, worum es darin ging, bevor sie sie für Jaji abschrieb – auch wenn sie letztlich immer von jemandem handelten, der sie nicht war: von einer anständigen Frau. Sie selbst las lieber von Gestalten wie Alexander dem Großen, doch Jajis Bibliothek enthielt nicht viel von dieser Literatur. Sie hatte kaum begonnen, die erste Zeile zu lesen, als ein Klatschen die Stille durchbrach. Sie ging zur Tür und sah sich Helmuts strahlendem Grinsen gegenüber. In der Hand hielt er eine kleine Laterne. Er bedankte sich für den Tuo und fragte, ob sie einen Spaziergang mit ihm machen wolle. Sie zog sich einen Kaftan und Reitstiefel an.

Der Geruch von Asche, Dawadawa-Bäumen und Regen hing in der Luft. Der Himmel war pechschwarz – vom Mond fehlte jede Spur –, aber dafür mit Sternen übersät. Schweigend liefen sie zum Fluss. Wieder wollte sie ihn fragen, was er in Kete-Kratschi mache, aber nicht so aggressiv wie vorher. Sie musste lernen, sich in Geduld zu üben.

»Macht es dir auch nichts aus, wenn der Spaziergang länger wird?«, fragte Helmut.

»Ich habe meine Reitstiefel an.«

Eine Viehherde graste am Ufer, die langen Hörner erinnerten an einen Dornengarten.

»Die Fulani glauben, dass Rinder vor langer Zeit aus dem Wasser gekommen sind«, sagte sie. »Sie sagen, ein Wassergeist hätte eine Frau geschwängert, die in Flussnähe wohnte. Damals lebten Rinder noch im Wasser. Der Geist trieb die Rinder für seine Menschenkinder aus dem Wasser und hat sie anschließend gelehrt, wie man Vieh hütet und züchtet. Deshalb sieht man Fulani nie ohne Kühe.«

Helmut fragte, ob Aminah eine Fulani sei. Wurche, die Aminah nie gefragt hatte, woher sie stammte, antwortete: »Ja, sie kommt irgendwo aus dieser Gegend.«

Sie schämte sich, dass sie nichts von derjenigen wusste, die sich um ihr Kind kümmerte. Von derjenigen, deren Schönheit sie bis in ihre Träume verfolgte. War Helmut ebenfalls in sie verliebt?

»Sie arbeitet sehr hart«, sagte er.

Wurche fragte sich, was er mit diesem Gespräch bezweckte. Wenn er bei ihr um Aminahs Hand anhalten wollte, musste sie diesen Spaziergang dringend beenden.

»Warum sagst du das?«, fragte sie.

Er zögerte und antwortete dann: »Ich habe ein Dossier über die Region gelesen, und in dem stand, dass die Fulani faul sind. Dass sie lieber andere herumkommandieren und Sklaven halten – nicht zuletzt weil sie zu den Ersten gehörten, die zum Islam konvertiert sind.«

»Und was steht über die Gonja drin?«

»Bloß, dass der Name auf Hausa Kolanuss bedeutet.«

»Aber doch nicht nur das.«

»Vielleicht auch, dass ihr eine höhere Zivilisation seid, weil ihr Muslime seid. Über eine Gruppe hieß es, sie hätte einen Despoten zum König, und die Untertanen seien Trunkenbolde.«

So etwas wie Triumph erfasste Wurche, rasch gefolgt von Verärgerung. Was war das für ein riesiges Dossier? Und wieso tat man ein ganzes Volk als faul, als fleißig oder als Trunkenbolde ab? Sie kannte Leute in Kpembe, die das Land bearbeiteten, bis ihre Gelenke steif wurden, aber auch solche, die tranken, bis ihre Lippen knallrot waren.

Sie erreichten eine Stelle am Ufer, wo gefällte Baumstämme lagen. Wurche ließ sich auf einen davon sinken. Raue Rinde bohrte sich in ihre Haut. Helmut setzte sich ebenfalls, stellte die Laterne ins Gras und rückte näher. Sie wollte ihn wegstoßen. Sie hatte keine Kontrolle über ihr Innenleben. Ihre Gefühle verselbstständigten sich.

»Hast du dieses Dossier?«

Er schüttelte den Kopf. »Ich habe es in Deutschland gelesen.«

Es war gut zu wissen, was für Weiße an Orte wie Kete-Kratschi kamen, ob sie zum Helfen kamen oder aus Eigennutz. Sie musste die Ruhe bewahren.

Wenn sie wütend wurde, würde sie ihn verärgern und die einzige Verbindung zu seiner Welt verlieren. Sie erkundigte sich nach seiner Familie.

Sein Vater unterrichtete an etwas, das sich Universität nannte, eine Schule für Erwachsene. Seine Mutter hatte ihn und seine fünf Geschwister großgezogen. Aus seiner Sicht lebten seine Eltern ein langweiliges Leben, sodass er nach dem Pflichtjahr bei der Armee geblieben war. Dann hatte man ihn nach Kete-Kratschi geschickt. Er war in einer Stadt namens München aufgewachsen, die wie

Kete-Kratschi an einem Fluss lag. Vor Kurzem war er zum Leutnant befördert worden, hatte aber nach wie vor das Gefühl, hauptsächlich ein Befehlsempfänger zu sein.

»Nichts Aufregendes«, schloss Helmut. »Und jetzt erzähl du mir, wie eine Königstochter aus Salaga im Lager ihrer Feinde landen konnte.«

»Weil sie einem Mann davongelaufen ist, den sie heiraten musste. Wieso, was hat dir Shaibu denn sonst erzählt?«

»Er hat nur Gutes über dich berichtet. Dass du ihn bei Pferderennen geschlagen hast, als du noch jünger warst.«

»Unternimmt er irgendetwas wegen meines Pferdes? Oder du? Es ist jetzt über neun Monate her.«

»Noch habe ich nichts von einem gestohlenen Pferd gehört. Dafür haben wir oft mit Viehdiebstählen zu tun. Mit Schafen und Kühen.«

»Vor einiger Zeit wurde ein Mann gefasst, der eine Kuh gestohlen hatte. Aminah hat mir erzählt, dass ihr den Fall an den Imam weitergegeben habt. Warum habt ihr ihn nicht einfach verhaftet?«

»Weil eure Imame das sind, was unsere Priester für uns sind. Sie sind wichtig, um den Frieden zu wahren, und das soll auch so bleiben.«

»Und der Dente war nicht wichtig, um den Frieden zu wahren? Ihr habt einen unserer Hohepriester umgebracht. Wenn du mich fragst, hetzt ihr uns gegeneinander auf.«

»Das war, bevor ich hierherkam. Aber soweit ich weiß, war er alles andere als friedlich.«

Wurche warf die Arme in die Luft. Die Strategie der Europäer trieb eindeutig einen Keil zwischen sie. Sie musterte Helmut. Er schien ein anständiger Mann zu sein.

Später brachte er sie bis vor die Haustür, und wieder presste er seine Lippen auf ihre Hand.

Vor Jajis Haus beschnüffelten sich zwei Hunde. Einer war klein und schwarz, der andere groß und braungefleckt. Der Große versuchte den Kleinen zu besteigen, doch der wollte nichts davon wissen und bellte. Der große Hund verschwand, lief zu einem Baum, hob das Bein und pinkelte. Der kleine Hund jagte hinter dem großen her und begann erneut, an ihm zu schnuppern, versuchte seinerseits, ihn zu bespringen. Dadurch ermutigt, versuchte der große Hund erneut den kleinen zu bespringen. Der Kleine knurrte ... ein schier endloser Tanz. Jedes Mal wenn sie sich Jaji näherten, warf sie ihren Hut nach den Tieren. Wurche sah, wie sich ein weißer Hund näherte. Der kleine Hund rannte auf ihn zu.

»Dieser kleine Hund saust von einem Hund zum nächsten«, sagte Wurche. »Ein echter Charmeur.«

»Davon gibt es viel zu viele«, sagte Jaji und fächelte sich mit ihrem Hut Luft zu. »Seit der Dente umgebracht wurde, herrschen die Hunde über diese Stadt.«

»Wieso das?«

»Weißt du noch, dass er lange keine Fremden in die Stadt gelassen hat? Erst die Händler haben die Hunde mitgebracht.«

Wurche musste an Baki denken und schüttelte den

Gedanken gleich wieder ab, da sie sich nicht die gute Laune verderben wollte. Jaji liebte ihre Samstagvormittage, wenn sie weder an der Koranschule noch die Frauen von Kete-Kratschi unterrichten musste. Und Wurche mochte ihre Lehrerin am liebsten, wenn sie neben der Gelehrten sitzen und ihre Abrechnung machen konnte. Die Verkäufe liefen so gut, dass sie noch mehr Geld in Hühner investiert hatte und Aminah einen kleinen Anteil vom Erlös abgeben konnte. Nur einen kleinen Anteil, weil sie sparen musste. Aminah sammelte die Eier, legte sie in Körbe und verkaufte sie roh, gekocht und gebraten. Frauen nahmen die rohen Eier, Kinder auf dem Weg zur Koranschule bevorzugten die gekochten, und Männer liebten die gebratenen, die in Brottaschen gesteckt wurden – während sie Aminah gewiss heimlich bewunderten, zumindest stellte sich Wurche das so vor.

Die Hunde kläfften sich an. Während sie ihnen zusah, fragte Wurche Jaji, warum sie nach dem Tod ihres Mannes nicht wieder geheiratet hatte. »Du hast doch bestimmt auch deine Bedürfnisse«, sagte sie.

»Wenn du merkst, dass ich mich in meinem Zimmer eingeschlossen habe, stille ich diese Bedürfnisse. Außerdem glaube ich nicht, dass ein Ehemann Verständnis für meine Arbeit hätte.«

»Bist du nicht einsam?«

»Ich habe keine Zeit, um einsam zu sein«, sagte Jaji. Wurche glaubte ihr nicht. Jaji hatte keine engen Freunde. Ihre Verwandten lebten unweit von Sokoto, zwei Wochen von hier. Obwohl Jaji, Shaibu und Helmut ihr Gesellschaft leisteten, waren sie nicht ihre Familie. Wurche vermisste ihren Vater, ihre Brüder und Mma. Sie war froh, dass sie Aminah hatte, ihre stille Gefährtin, die sie gerade vom Markt kommen sah, Wumpini an der Hand und einen Korb am Unterarm. Sie übergab ihr die Kaurimuscheln, die sie mit ihren Verkäufen erzielt hatte, und ging ins Haus. Wurche fragte sich, was wohl im Kopf der jungen Frau vorging. Nie hatte sie auch nur ein einziges Stirnrunzeln auf Aminahs Gesicht gesehen. Sie zeigte ein gelassenes Lächeln, das nicht immer glücklich war, aber dafür freundlich und allen um sie herum guttat.

»Hör auf damit!«, sagte Jaji und riss Wurche aus ihren Gedanken.

Wumpini hatte einen Stein genommen und zielte damit auf die Hunde.

»Sei nicht grausam«, sagte Wurche.

»Die beißen mich noch«, antwortete Wumpini.

Das versetzte Wurche einen schmerzhaften Stich. Sie wollte nicht, dass aus ihrem Sohn ein Angsthase wurde. Wäre Mma hier gewesen, hätte sie bestimmt gesagt, das liege daran, dass Wumpini ohne die starke Hand eines Vaters aufwachse. Als sie noch jünger war, hatte sie sich oft gefragt, ob sie das Aufwachsen ohne Mutter hart gemacht hatte, wie die Frauen von Kpembe oft über sie sagten. Jetzt glaubte sie das nicht mehr, denn sie hatte durchaus eine Mutter gehabt: Mma hatte sich um sie gekümmert. Wenn überhaupt, fehlten Wumpini seine Verwandten, von denen jeder eine andere Rolle bei der Kindererziehung spielte. Je eher sie nach Kpembe zurückkehrten, desto besser. Sie musste sich noch mehr anstrengen, Informationen aus Helmut herauszubekommen, um zu verstehen, was die Weißen wollten. Und sie musste mehr Geld verdienen.

Wurche beschloss, persönlich einen Korb mit Eiern zu den Baracken zu bringen, in der Hoffnung, Helmut dort vorzufinden. Normalerweise übernahm das Aminah. Sie überreichte den Korb Bonsu, dem Koch, ein Aschanti, der vor Ausbruch des Krieges in Salaga gelebt hatte.

»Das ist kein guter Tag«, sagte Bonsu, der vor einer großen Schüssel mit Tellern voller Essensreste saß. Sein Gesicht war tränennass.

»Was ist los?«

»Der König der Aschanti wurde gefangen genommen, und die Engländer schicken ihn ins Exil, irgendwo auf den Seychellen.«

Wurche hatte nicht immer Sympathien für die Aschanti gehegt, weil sie den Gonja so viel abverlangt hatten, aber sie waren ihr immer noch lieber als die Europäer. Jetzt hatten die Europäer den mächtigsten König der gesamten Region besiegt: Was sie wohl als Nächstes vorhatten? Die Tür öffnete sich quietschend, und ein bleicher Soldat kam heraus, gefolgt von Helmut, der seinen leeren Frühstücksteller in der Hand hielt. Sie tätschelte Bonsu den Rücken und winkte Helmut. Der wurde rot und winkte zurück. Sie fragte, ob sie am Abend einen Spaziergang machen wollten. Er nickte und ging wieder hinein. Die Kommunikation war seltsam gewesen. Helmut war deutlich mehr auf der Hut gewesen als sonst. Vielleicht weil sein weißer Kollege dabei gewesen war. Als Bonsu Wurche ihren Korb hinschob, sahen seine Augen aus wie kleine Teiche. Kopfschüttelnd fuhr er damit fort, das Geschirr zu spülen.

An diesem Abend wollte Wurche für eine unbeschwerte Atmosphäre sorgen, um so viel aus Helmut herauszubekommen wie möglich. Sie beantwortete sogar seine bohrenden Fragen zu ihrer Ehe, die er mit der einer europäischen Königin namens Katharina die Große verglich. Fast schon verschwörerisch sagte Helmut: »Nachdem sie ihren Mann verlassen hatte, hat sie sich einen Liebhaber genommen.«

Wurche erstarrte. Hatte Moro sie abgewiesen, nur um anschließend allen von ihrer Affäre zu erzählen? Ob Helmut Bescheid wusste oder nicht, war ihr herzlich egal. Aber wenn er eingeweiht wäre, galt das bestimmt auch für Shaibu und sämtliche Feinde ihres Vaters. Und das wollte sie auf gar keinen Fall. Falls Moro Shaibu davon erzählt hatte, würde sie zur Mörderin werden, wie es diese Katharina die Große angeblich auch gewesen war. Am helllichten Tag würde sie von der Muskete Gebrauch machen, die Dramani ihr geschenkt hatte. Doch als Helmut ihre Hand nahm, begriff sie, was er meinte: *Er* wollte dieser Liebhaber sein. Auf einmal kam sich Wurche sehr dumm vor.

»Ich habe mich sehr darüber gefreut, dass du mit mir spazieren gehen wolltest«, sagte Helmut. »Ich habe schon überlegt, wie ich Zeit mit dir verbringen kann – allein. Aber ich wusste nicht, ob das eine gute Idee ist – ob du überhaupt Interesse hast.«

Die letzten Worte verschluckte er. Sein Gesicht hatte die Farbe von Fischkiemen angenommen.

»Es gibt zu viele Hindernisse«, dachte Wurche laut, verschwieg aber den Nachsatz *selbst wenn ich tatsächlich interessiert wäre*. Als er sie verständnislos ansah, legte sie ihre Hand an seine und zeigte auf ihre unterschiedliche Hautfarbe. »Hier. Was, wenn wir ein Kind bekämen?«

»Wir müssen ja kein K...«, hob Helmut an.

»Es würde böse enden. Schau nur Hafisa an.« Wurche dachte an die arme Frau mit ihrem gelbhäutigen Kind zurück, die von Tag zu Tag elender aussah. Und fühlte sich dadurch veranlasst zu sagen: »Dein Wachmann hat sie sitzenlassen. Du und dein Volk, ihr könnt tun, was ihr wollt. Dir ist doch völlig egal, ob ich die Tochter eines Königs oder eines Normalsterblichen bin. Du kannst tun, was du willst, weil du mächtige Waffen und noch viel mächtigere Menschen im Hintergrund hast, die dich schützen. Du sagst, du bist gekommen, um uns Freundschaft und Schutz zu bringen, aber ich habe gesehen, wie deine Leute – seien es nun Engländer oder Deutsche – mit unseren Chiefs reden. Sie haben keinen Respekt. Der König der Aschanti wurde ins Exil geschickt. Aber warum? Weil er sein Land und sein Volk verteidigt hat? Du hast gesagt, dass du in freundlicher Absicht gekommen bist, aber so behandelt man keine Freunde. Sagst du mir auch die Wahrheit? Warum bist du hier? Und warum wetteifert ihr Engländer, Franzosen und Deutschen miteinander? Warum lasst ihr uns unsere Angelegenheiten nicht selbst regeln?«

Helmut starrte auf seine Füße, das Gesicht hochrot vor Scham. Die Zeit schien stillzustehen. Die Stille zwischen ihnen war so drückend wie Luft an einem feuchtschwülen Tag.

»Es tut mir leid«, sagte Wurche, beschämt über ihre Vorwurfattacke. »Du hast dich gegenüber Jaji und mir stets tadellos verhalten. Du hast uns deine Freundschaft angeboten, warst offen und wunderbar. Ich versuche bloß zu verstehen, was da bei uns passiert. Wenn du die Dinge aus unserem Blickwinkel betrachten würdest, würdest du sehen, dass wir zu neuen Lebensweisen gezwungen werden – und das ist verwirrend.«

»Das verstehe ich gut«, antwortete Helmut. »Ich verspreche dir, so ehrlich wie möglich zu sein. Meiner Meinung nach profitieren wir genauso von euch wie ihr von uns. Es ist ein Geben und Nehmen.«

»Damit kann ich umgehen. Mich stört nur, dass ihr uns vorschreibt, wie wir zu leben haben. Ich will dir ein Beispiel nennen. Bevor ihr aufgetaucht seid, waren Sklaven Kriegsgefangene oder Menschen, deren Angehörige nicht für sie sorgen konnten. Viele davon haben in die Familien ihrer Besitzer eingeheiratet, sogar in Königsfamilien. Doch nachdem ihr gekommen seid, ist ein Geschäft daraus geworden: Entführungen, Raubzüge ... All das hat nur begonnen, um euren Bedarf zu decken. Und jetzt bekommen wir ständig zu hören, dass ihr Europäer die

Sklaverei abschaffen wollt. Mit anderen Worten, ihr schiebt *uns* die Schuld in die Schuhe!«

»Da könntest du recht haben«, gestand Helmut. »Was die Doppelmoral betrifft.«

Er gab zu, dass die Sklaverei viele reich gemacht hatte. Aber er war fest davon überzeugt, dass die Vorteile die Nachteile überwogen. »Wir bauen Schulen in Kete-Kratschi, sorgen dafür, dass die Kinder länger zur Schule gehen«, sagte Helmut. »In Lomé haben wir Gleise, Straßen und Brücken gebaut. Solltest du dort jemals hinkommen, kannst du sehen, wie es in Kete-Kratschi in wenigen Jahren aussehen wird.«

Wurche merkte, dass er es ernst meinte. Er glaubte, was er sagte. Trotzdem bezweifelte sie, ob die anderen Weißen, die den König der Aschanti ins Exil geschickt hatten, Helmuts Einstellung teilten. Der hielt ihrem Blick stand. Ans Ufer schlagende Wellen durchbrachen die Stille, die sich wieder zwischen ihnen eingestellt hatte.

Dann tat Helmut etwas sehr Seltsames. Er nahm ihr Gesicht in beide Hände und küsste sie auf den Mund. Moro und sie hatten sich ihre Zuneigung anders gezeigt – sie hatten die Stirnen aneinandergepresst. Kurz war sie beunruhigt, weil es so übergangslos passiert war ... das kam ihr irgendwie falsch vor. Aber sie mochte, wie es sich anfühlte.

Als sie seinen Annäherungsversuchen nachgab, war es aus Neugier und aus Trotz – in der Hoffnung, dass sie das nach Hause zurückbringen würde. Es geschah wieder und wieder.

»Ich brauche deinen Rat«, sagte Wurche.

Jaji schaute von ihrer Handschrift auf. Die Lehrerin wurde nur ungern beim Lesen gestört, doch jetzt war der richtige Moment, um sie zu fragen: Aminah war nicht da, genauso wenig wie Wumpini, der damit begonnen hatte, alles nachzuplappern, was er hörte. Jaji schenkte Wurche ein aufmunterndes Nicken.

»Ist es schlimm, dass ich Aminah habe?«

»Wieso?«

»Ist es falsch, eine Sklavin zu besitzen?«

Jaji ließ die Handschrift in ihren Schoß sinken, legte die Hände unter dem Kinn zusammen und zog die Schultern hoch.

»Es gibt da eine Geschichte, die ich sehr mag. Sie handelt von einem Philosophen und einem alten Mann. Der Philosoph fragt: ›Ich habe einen Vogel in meiner Hand. Ist er tot oder lebendig?‹ Daraufhin sagt der alte Mann: ›Das Leben des Vogels liegt in deiner Hand.‹«

Anschließend griff Jaji wieder nach ihrer Handschrift. Warum konnte die Frau nicht einfach Ja oder Nein sagen? Das sollte vermutlich bedeuten, dass sie Aminahs Leben in der Hand hatte. War das etwas Schlechtes oder etwas Gutes? Helmut sagte immer, das sei nicht gut. Angesichts des Rätsels, das sie anstelle einer Antwort bekommen hatte, ging Wurche davon aus, dass Jaji Helmuts Meinung teilte.

Aminah

Aminah hatte Wumpini auf dem Markt gerade eine bunte Perlenkette gekauft, als er auf eine kleine, von einem schwarzen Seil eingeschnürte Trommel zeigte, die neben mehreren Koras und Flöten lag. »Na, na!«, sagte Aminah und packte seine Hand, als er danach griff. Ständig wollte er irgendetwas haben, was Aminah doch ein wenig enttäuschte. Sie vermutete, dass er diese Gier von Adnan hatte. Denn nur Gier konnte Adnan so dick gemacht haben. Die leise Enttäuschung rührte daher, dass sie Wumpini inzwischen als Familienmitglied betrachtete – er war wie ein Sohn für sie, die einzige Familie, die sie hatte. Wie jede Mutter wollte sie nur das Beste für ihn und befrachtete ihn gleichzeitig mit ihren Hoffnungen und Träumen. Trotz ihrer Enttäuschung verwöhnte sie ihn, wann immer sie es sich leisten konnte.

Wie an jedem Markttag war es laut und voll. Sie gingen an Matten mit rostigen Gewehren, Äxten, Ballen gebatikter Baumwollstoffe, Sandalen, Hörnern mit Sheabutter, Glaswaren, Körben und Tabakkugeln, wie Eeyah sie zum Stopfen ihrer Pfeife benutzt hatte, vorbei. Bald erreichten sie den Viehmarkt.

»*Salam aleikum*«, begrüßte sie den Metzger, der gerade Fleisch zerteilte. Er nickte ihr zu. »Hammel, einen wie üblich von dir zerteilten Ziegenkopf und einen Kuhfuß.«

Sie begann zu verhandeln, ein Hin und Her, das sie genoss und zugleich verabscheute. Es freute sie, wenn sie einen guten Preis herausschlagen konnte, doch das zähe Ringen strengte sie an. Sie sah sich nach Wumpini um. Als sie ihn nirgendwo entdecken konnte, starrte sie den Metzger mit großen Augen an, der einfach nur mit den Achseln zuckte. Sie hatte keine Ahnung, was Wurche mit ihr anstellen würde, und wollte es lieber nicht darauf ankommen lassen. Sie suchte das Gewusel vor sich ab: ein Barbier, der eine Rasierklinge an den Schädel eines Mossi-Händlers hielt. Grünliches Wasser, das über den Marktboden floss. Ein struppiger brauner Hund, der davon trank. Eine Frau, die auf einem Stück Stoff vor ihr getrockneten Fisch ausgebreitet hatte. Ein Mann, der Metallwerkzeug feilbot ... und Moro, der Wumpinis Hand hielt. Langsam kehrte das Herz, das ihr bis in die Kniekehlen gerutscht war, wieder dorthin zurück, wo es hingehörte.

Bei Jaji lief sie Moro öfter über den Weg. Normalerweise schien er immer in etwas Wichtiges vertieft zu sein, weshalb Wumpini oder sie ihn zuerst bemerkten. Sie wollte sich nicht eingestehen, dass ihre Wege sich aufgrund einer höheren Macht kreuzten – wegen der *Licabili*-Sache, der Sache mit dem Schicksal. Er pflegte aufzuschauen und zu lächeln, woraufhin sie davonhuschte. Nicht verängstigt, sondern wegen des Gefühlsaufruhrs in ihr. Weil sie sich so sehr zu ihm hingezogen fühlte, bei gleichzeitiger Abneigung gegen das, wofür er stand. Wegen all der Dinge, die sie ihm verzeihen musste. Sie dachte an die auf der Erde liegende Eeyah vor ihrem Gehöft, an Issa, an die Zwillinge, an Na und das Baby, die bei lebendigem Leib verbrannt waren. Sie war noch nicht so weit.

»Wumpini!« Sie eilte auf ihn zu und packte seine Hand, nickte hastig zur Begrüßung und kehrte zu dem Metzger zurück.

»Es war meine Schuld«, sagte Moro, der plötzlich neben ihr stand. »Ich hab ihm zugewinkt, und da ist er zu mir gerannt. Gib meiner Schwester die besten Stücke, klar?«

Der Metzger schnaubte, knallte den Ziegenkopf auf seinen Hackklotz und zerteilte ihn. Aminah musterte die Fleischwürfel, die Fliegen, die den Metzger umschwirrten, den großen Schafskadaver, der an der geflochtenen Graswand des Verkaufsstandes hing – alles, um nur ja nicht mit Moro sprechen zu müssen. Als der Metzger Aminah ihr Fleisch gab, legte sie es in ihren Korb, lächelte, um ihm zu bedeuten, dass sie jetzt aufbrach, und zerrte Wumpini in Richtung Barbier. Sie drehte sich um. Moro war bereits in der Menge der Marktbesucher verschwunden. Sie atmete auf.

Weil er sie nicht bedrängt hatte, hatte Aminah gleich weniger Panik, als sie Moro nach diesem Treffen beim Metzger erneut begegnete.

Sie ließ zu, dass er sie ein kurzes Stück begleitete, aber nur, wenn sie Wumpini dabeihatte. Sie wusste noch nicht, welche Rolle Moro in ihrem Leben spielen sollte. Bald merkte sie, dass Moro großzügig war, was Wumpini sofort für sich zu nutzen wusste. Moro kaufte ihm die Trommel, die er sich wünschte. Als Nächstes eine Straußenfeder. Moro kaufte auch immer Kolanüsse, um sie den blinden Bettlern auf dem Markt zu schenken.

Eines Abends, als Aminah Eier zu den Baracken gebracht hatte, sah sie Helmut mit einem anderen Weißen auf der Veranda sitzen und eine Pfeife rauchen, die der von Eeyah ähnelte. Noch bevor sie ihn zurückhalten konnte, stand Wumpini auf der Veranda. Helmut nahm ihn auf den Arm und kitzelte ihn, woraufhin er kicherte. Aminah erstarrte. Sie wäre näher gekommen, wenn Helmut allein gewesen wäre, aber der andere Mann mit dem dicken Bart machte einen mürrischen Eindruck. Außerdem: Immer wenn sie zu den Baracken ging, wurde sie von den Wachmännern nach hinten gescheucht, wo Bonsu, der Koch, arbeitete. Auf der Veranda war sie noch nie gewesen. Der mürrische Mann brach in Gelächter aus. Helmut winkte sie näher. Sie knickste und entwand Wumpini Helmuts Griff.

»Schwester wartet schon auf uns«, sagte sie.

Helmut stand auf und kitzelte Wumpini am Bauch, woraufhin der Junge erneut von Gelächter geschüttelt wurde.

»Dann mal los.« Er kam die Verandastufen herunter und berührte Aminah kurz am Arm. »Vielleicht steht es mir nicht zu, das zu sagen, aber ich sage es trotzdem: Du bist Moro wirklich sehr wichtig.« Seine Augen musterten sie forschend, doch sie wusste nicht, was sie zu ihm sagen oder was sie mit dieser Information anfangen sollte. Sie hatte es bereits geahnt, aber es bestätigt zu bekommen, war sowohl tröstlich als auch beängstigend. Sie brauchte einen Freund, jemanden, der ihre Gefühle mit ihr durchkaute, damit sie daraus schlau wurde. Als sie damals in Botu ständig Motaaba erwähnt hatte, hatten ihre Freundinnen ihr erklärt, dass sie ihn liebte. Aber es war nur eine vorübergehende Verliebtheit gewesen, die aufhörte, als sie ihre Regel bekam. Plötzlich kam ihr Motaaba so unreif vor, mit seinen Krokodilhaut-Verkleidungen und seinen dürren Beinen. Diesmal hätte sie ihren Freundinnen erzählt, das Problem sei, dass Männer wie Moro ihre Familie, ja sie selbst zerstört hatten. Es kam ihr dumm vor, einen solchen Menschen zu lieben. Wo lag die Grenze zwischen Vergebung und Dummheit?

Noch war die Emanzipation an der Goldküste, von der sie gehört hatten, nicht über den Fluss bis nach Kete-Kratschi vorgedrungen. Die Menschen verkauften nach wie vor Sklaven auf den Märkten, Gefangene saßen nach wie vor in den Booten auf dem Fluss, und Wurche hatte mit keinem Wort erwähnt, dass sie vorhatte, Aminah freizulassen. Jaji hatte Aminah gebeten zu warten, doch langsam wurde sie ungeduldig. Das Warten verleidete ihr Wurche: die Art, wie sie Wasser trank und sich ein leises Rülpsen entweichen ließ. Die Art, wie sie redete, den Mund rund machte, ja, wie sie die Mundwinkel mit

Daumen und Zeigefinger berührte, weckten in Aminah den Wunsch, ihr das Gesicht zu zerkratzen. Sobald diese Gedanken in ihr aufstiegen, erfasste sie eine Welle der Scham. An solchen Tagen hielt sie sich am besten von Wurche fern. Dann ging Aminah auf den Markt, Wumpinis kleine Hand in ihrer, während sie in der anderen die kostbaren Kaurimuscheln hielt, die sie mit dem Verkauf der Eier verdient hatte.

Viel gab ihr Wurche nicht davon ab – vermutlich mit ein Grund, warum Aminah so gereizt war –, doch sie beschloss, etwas davon beiseitezulegen. Vögel bauten ihre Nester nach und nach – genauso würde sie es auch handhaben. Vielleicht konnte sie sich freikaufen, ohne warten zu müssen, bis die Emanzipation Kete-Kratschi erreicht hatte. Wenn ihr das gelänge, wäre sie wahnsinnig stolz.

Der Geruch des Hühnerstalls: eiig, fleischig, fäkal – eine seltsame Mischung aus stinkend und angenehm. Millionenfaches Gackern und Kreischen. Ein Hühnerstall voller Exkremente. Aminah fragte sich, warum sie der Geruch dieses Ortes faszinierte und gleichzeitig abstieß. Er stank nicht so wie die Ausscheidungen anderer Tiere – die von Wofa Sarpongs Schweinen zum Beispiel. Doch kaum hielt sie sich länger als fünf Minuten darin auf, musste sie die Luft anhalten. Und dann dieser Lärm! Hühner waren geschwätzige Tiere.

»Was für eine schöne Überraschung«, sagte in dem Moment eine Stimme. Sie gehörte Wurche. Aminah fürchtete sich den Stall zu verlassen – nicht dass Wurche dachte, sie wollte sie belauschen. Sie war gezwungen, den Gestank des Stalls einzuatmen, und hörte, wie Helmut eine Begrüßung murmelte.

»So früh kommst du sonst nie«, fuhr Wurche fort. »Es ist schön, dich bei Tageslicht zu sehen.«

»Ja«, erwiderte Helmut ungewöhnlich steif. »Hör zu, ich habe gerade erst davon erfahren und will dir Bescheid geben, weil du alles Recht der Welt hast, das zu wissen. Aber auch weil ich dich gernhabe. Außerdem habe ich versprochen, ehrlich zu dir zu sein.«

»Was ist denn?«

»Heute Morgen ist eine Einheit nach Salaga aufgebrochen. Dein Vater soll gegen den Vertrag verstoßen haben, den er mit uns geschlossen hat. Er hat vor einigen Jahren die britische Flagge akzeptiert, und als einer unserer Generale neulich versucht hat, ihm unsere zu überreichen, hat er sie abgelehnt. Ich weiß nicht, was meine Leute in Salaga vorhaben, aber sie waren schwer bewaffnet. Ich ziehe mit einer anderen Einheit nach Dagomba. Wir haben den Befehl bekommen sicherzustellen, dass der oberste Chief unsere Flagge akzeptiert – um jeden Preis.«

Aminah fühlte sich, als hätte ihr jemand die Nasenlöcher mit Hühnerexkrementen verschlossen. Nichts mehr daran war angenehm. Sie revidierte ihre ursprüngliche Meinung.

»Ich muss nach Hause«, sagte Wurche.

»Es gibt nichts, was du dort tun könntest. Hier bist du in Sicherheit.«

»Ich muss sie warnen.«

»Sie werden schneller in Salaga sein, als du das jemals schaffen könntest.«

Eine Feder flog in Aminahs Nase. Sie nieste laut.

»Aminah!«, entfuhr es Wurche.

Aminah öffnete die Stalltür und kam heraus. Helmut trug eine grüne Uniform samt Mütze, und über seiner rechten Schulter hing ein Gewehr.

»Ich kann nicht bleiben. Bitte handele nicht überstürzt!«

Dann streckte Helmut die Arme aus und presste seine Lippen auf Wurches. Die stand da, die Hände neben dem Körper, und sah aus, als hätte man sie gezwungen, einen Teelöffel fermentiertes Dawadawa zu essen. Trotzdem war es ein so intimer, privater Moment, dass Aminah den Blick abwenden musste. Das erklärte Wurches Abwesenheiten!

»Sag bitte Jaji nichts davon«, meinte Wurche, als Helmut gegangen war. Aminah rechnete damit, ausgeschimpft zu werden, weil sie gelauscht hatte. Doch Wurche verlor kein Wort mehr darüber.

Gegen Ende des Tages lief Wurche unruhig in dem kleinen Innenhof auf und ab. Das Abendessen hatte sie nicht angerührt. Jaji schlang gierig große Brocken Tuo hinunter. Die Gelehrte konnte nicht kochen und freute sich deshalb umso mehr, wenn sie zu Aminahs und Wurches Mahlzeiten eingeladen wurde.

»Wie komme ich nach Hause?«, fragte Wurche.

»Bist du sicher, dass du schon so bald dorthin reisen solltest?«, fragte Jaji. »Nicht alle werden dich so freundlich empfangen wie Shaibu. Dein Vater hat viele Feinde, und wenn die Deutschen nach Salaga unterwegs sind, haben sie bestimmt ein paar Feinde von Etuto dabei, die dich kennen.«

»Wenn die Deutschen bereits angegriffen haben, dürften Etutos Feinde nicht unbedingt nach mir Ausschau halten.«

Aminah schöpfte neue Hoffnung: Wenn Wurche aus Kpembe zurückkam, würde sie über alle Berge sein. Sollten die Deutschen Salaga tatsächlich angreifen, würden Wurche und ihr Vater – vorausgesetzt, er war überhaupt noch am Leben – viel zu geschwächt sein, um sich Gedanken über eine flüchtige Sklavin zu machen. Das Problem war Wumpini. Was sollte dann aus ihm werden? Jaji konnte sich nicht um ihn kümmern.

»Ich werde morgen zu den Stallungen gehen und uns ein Transportmittel besorgen«, sagte Wurche, womit sie Aminahs Hoffnungen zunichte machte. »Wir sollten gegen Abend aufbrechen. Aminah, pack all unsere Taschen.«

»Das ist zu riskant«, sagte Jaji. »Warte, bis du Neuigkeiten hast. Oder nimm wenigstens nicht gleich alles mit, falls du zurückkehren musst.«

»Wumpini wird uns begleiten«, sagte Wurche. »Der Mensch ist nett zu Müttern mit Kindern.«

Aminah konnte es nicht erwarten, Wurche eine Lektion über das Wesen des Menschen zu erteilen: Den Reitern waren Mütter und Kinder egal gewesen. Nachdem sie ihr das gesagt hatte, war Wurche nachgiebiger und offener denn je. Noch nie hatte Aminah sie so kleinlaut erlebt.

»Was, wenn du hinkommst, und die Stadt ist dem Erdboden gleichgemacht?«, fragte Jaji. »Machst du dann wieder kehrt? Warum wartest du nicht erst auf eine Nachricht?«

»Ich muss zurück. Sie haben mich nicht immer gut behandelt, aber sie sind nun mal meine Familie.«

Wurche ging wieder in ihre Hütte.

Aminah folgte ihr. »Schwester ...« Wurche sah sie an. »Ich möchte in Kete-Kratschi bleiben.«

»Ich auch«, erwiderte Wurche. Das war nicht die Antwort, die Aminah sich erhofft hatte. Sie rechnete damit zu hören, dass sie für Wumpini gebraucht würde. Stattdessen fügte Wurche hinzu: »Ich habe etwas aus mir machen wollen, bevor ich zurückgehe ... Ich brauche dich in Kpembe.«

Sie hatte nicht gesagt, was sie sich eigentlich wünschte. Sie hätte sagen sollen, dass sie frei sein wollte.

Aminah stopfte ihre und Wumpinis Habe in einen Stoffsack. Dann band sie die Hühner so zusammen, wie Wurche es ihr erklärt hatte, und legte sie in zwei Körbe. Alles ging so schnell, und sie wurde ganz panisch und traurig, ja wütend auf sich selbst, weil sie nicht mutiger war. Das brachte sie auf die Idee, nach Moro zu suchen. Vielleicht lag es auch daran, dass sie Wurche und Helmut bei diesem intimen Moment ertappt hatte. Jetzt war sie so weit, Moro zu vergeben.

Sie ging zu Shaibu. Er lebte in einer Ansammlung von Hütten, die genauso prunkvoll waren wie Etutos Palast in Kpembe. Die Deutschen hatten sie für den neuen Salagawura gebaut, und Shaibu und Moro wohnten ebenfalls dort. Shaibus Gesicht blieb steinern, als Aminah ihm erzählte, die Deutschen würden Salaga angreifen. Ihr Verhalten war leichtsinnig, das schon, aber es schien keine Rolle mehr zu spielen. Es war, als stünde der Weltuntergang bevor, und sie hätte keine Zeit zu verlieren.

»Wo ist Moro?«, fragte sie.

»Auf dem Markt.«

Sie durchkämmte jeden Winkel des Marktes, musterte jeden hochgewachsenen Mann, der vorbeiging. Sie entdeckte ihn bei einem Metallwarenhändler, wo er gerade eine Hacke in Augenschein nahm. Sie tippte ihm auf die Schulter, und als er sich umdrehte, brach es schon aus ihr heraus: »Wir gehen zurück nach Kpembe.«

Sie erzählte, dass die Deutschen gen Salaga marschierten, dass Wurche so schnell wie möglich dorthin wollte, sie jedoch lieber in Kete-Kratschi bleiben würde. Sie wollte frei wählen können. Sie wollte frei sein.

»Was würdest du an meiner Stelle tun?«, fragte Aminah.

»Ich war einmal an deiner Stelle«, sagte Moro. »Wenn man so will, bin ich es immer noch. Ich bin in einem der Sklavendörfer von Salaga-Kpembe aufgewachsen, an einem Ort namens Sisipe. So gesehen gelte ich als Nachkomme von Sklaven. Ich war noch sehr jung, als man mich in den Palast des Kpembewura mitnahm. Meine Eltern waren überzeugt, dass es gut für mich war, vom früheren König unter die Fittiche genommen zu werden. Sie haben nicht mal protestiert, als ich ihnen erzählt habe, dass ich Dörfer überfallen soll, wenn ich einmal erwachsen bin. Mein Vater meinte nur, dass jeder von uns geboren wird, um bestimmte Aufgaben zu erfüllen. Das Leben führt uns dorthin, also sollten wir jede dieser Aufgaben ordentlich erledigen und alles andere dem Leben überlassen.«

Moro zahlte die Hacke, die er sich angeschaut hatte. Der Verkäufer trug einen runden Draht um die Augen, ein Schmuckstück, das Aminah noch nie zuvor gesehen hatte. Was ist das bloß mit uns?, hätte Aminah ihn gern gefragt. Warum hatten ihre Wege sich gekreuzt, wenn sie jetzt weit fortgeschickt wurde? Endlich ließ sie den Gedanken zu: dass sie sich nicht grundlos begegnet waren.

»In Salaga«, sagte sie. »Warum hast du mich damals nicht mitgenommen? Und warum bist du nicht zurückgekehrt?«

»Ich habe dich gesehen und fand dich schön, fand es schade, dass du mit diesem kleinen, hässlichen Mann zusammen warst. Erst wusste ich nicht, in welcher Beziehung ihr zueinander steht. Als ich erfuhr, dass er dich verkaufen will, habe ich dafür gesorgt, dass ich dich kaufen kann. Ich hatte nicht genug Geld dabei, weil Shaibu mich gebeten hatte, ihm von dem Geld, das ich mit meinen Verkäufen erziele, Gewänder auf dem Markt zu kaufen. Ohne diese Gewänder konnte ich unmöglich nach Kete-Kratschi zurückkehren. Ich wollte mich von Shaibu auszahlen lassen und dann nach drei Tagen mit dem Geld zurückkommen, um mein Geschäft mit Maigida zu besiegeln. Aber Shaibu hat mich eine Woche lang nicht bezahlt … und als ich dann nach Salaga zurückkam, hatte dich bereits Wurche erworben. Man könnte meinen, dass Shaibu mein Freund ist, aber in Wahrheit bin ich sein Diener. Die Königsfamilie lässt mich nie vergessen, dass ich von Sklaven abstamme.

Als ich nach Salaga zurückkam, war ich wütend auf Maigida, doch zum Glück hatte er dich nicht einem Wildfremden verkauft. Dann hörte ich, dass Wurche in die Nähe von Kete-Kratschi gezogen ist. Ich musste herausfinden, ob sie dich mitgenommen hat. Ich war derjenige, der Shaibu angefleht hat, Jaji zu besuchen, um ihr unsere Aufwartung zu machen. Und da warst du dann – sogar noch atemberaubender als bei unserer ersten Begegnung. Das Schicksal schien uns wohlgesonnen zu sein.«

»Und jetzt führt es mich wieder von dir fort.« Das konnte sich Aminah einfach nicht verkneifen. »Ich werde also zurück nach Kpembe gehen, und dann? Ich werde nicht für immer eine Sklavin bleiben. Im Gegensatz zu dir bin ich nicht als Dienerin geboren worden.« Aminah bereute ihre Worte, kaum dass sie sie ausgesprochen hatte. Sie hatte ihn nicht verletzen wollen.

»Ich gehe nach Sisipe«, sagte er. »Um Ackerbau zu betreiben. Als du mir gesagt hast, dass ich keine Menschen verkaufen sollte … ist mir das unvergesslich geblieben. Ich habe schon seit einer ganzen Weile versucht, davon wegzukommen, aber deine Worte waren der letzte Anstoß, der mir noch gefehlt hat. Geh mit nach Kpembe, sie braucht dich! Und dann bitte sie, dich freizulassen. Hör nicht auf, sie darum zu bitten. Auch ihr wird das unvergesslich bleiben. Anschließend bist du in Sisipe willkommen, wenn du das willst.«

Er streckte die Hand nach ihr aus, erst schüchtern, um dann Aminahs Schulter fest zu drücken und wieder loszulassen.

Noch am selben Nachmittag nahmen Wurche, Aminah und Wumpini mitsamt ihrer Habe und ihren Hühnern auf einem Karren Platz, der nach Salaga fuhr. Aminah war gar nicht klar gewesen, dass Wurche nicht mehr die reiche Frau war, als die sie sie kennengelernt hatte. Daher staunte sie, dass sie sich nicht mal einen eigenen Esel leisten konnten. Das war ernüchternd und führte dazu, dass sie Mitleid mit ihr bekam und sich freute, Wurche noch nach Kpembe begleiten zu können. Hätten sich Wurche und Wumpini erst einmal in Kpembe eingelebt – für den Fall, dass es überhaupt noch stehen sollte –, würde Aminah sie um ihre Freilassung bitten.

Der Eselskarren hielt vor einem Gebäude, das der Karrenbesitzer die Lampour-Moschee nannte. Sie war von Einschusslöchern durchsiebt und erinnerte an einen Himmel voller Sterne. Der Karrenbesitzer weigerte sich weiterzufahren. Wurche stritt mit dem Mann und versuchte ihn dazu zu bringen, sie nach Kpembe zu bringen, doch er sagte, das sei sein letzter Halt.

»Es riecht nach verbranntem Tuo«, sagte Wumpini, als Aminah ihn vom Karren hob. Mit seinen knapp vier Jahren war er größer und schlanker geworden, aber immer noch von schwerer Statur. Sie hob die beiden Hühnerkörbe herunter und sah sich um. Wumpini hatte recht. Es stank nach Asche. Sie musste an den Tag zurückdenken, an dem sie ihr Zuhause verloren hatte. Wenige Schritte von ihnen entfernt entdeckte sie eine unbekleidete Leiche. Der Karren wäre beim Anfahren fast über sie drüber gefahren. Aminah zog Wumpini an sich und legte ihm die Hände vor die Augen. In der Ferne waren Schüsse zu hören. *Ta-ta-ta-ta!*

Wurche wühlte in einem der Säcke und zog ein langes Gewehr heraus. Sie drückte es Aminah in die Hand und befahl ihr zu warten, während sie die Fahrt nach Kpembe organisierte. Aminah warf einen Blick auf die Waffe, die arabische Schriftzeichen trug – ein schweres Ding, auf das sie gut verzichten konnte. Sicherer fühlte sie sich damit keineswegs.

»Warum ist alles zerstört?«, fragte Wumpini. »Wo ist Mama?«

»Ein paar böse Menschen waren hier und haben alles niedergebrannt«, erklärte Aminah. »Schwester ist gleich wieder da.« Wohin sie sich auch wandten, erwarteten sie zertrümmerte Mauern und Flechtdächer sowie Asche. Es müsste schon ein Wunder geschehen, damit Wurche eine Transportmöglichkeit fand. Aminah legte die Waffe weg, griff aber sofort wieder danach, als ein rußbedeckter Mann näher kam. Wo war Wurche? Doch der Mann ging weiter.

Wurche kehrte mit jemandem zurück, der Aminah irgendwie bekannt vorkam. Als sie sich näherten, wusste

Aminah nicht recht, wie sie ihn begrüßen sollte. Schließlich war er derjenige, der ihren Verkauf abgewickelt hatte.

»Maigida«, sagte sie kühl.

»Gut siehst du aus«, meinte er und wandte sich dann an Wurche, die auf die Hühner zeigte.

»Maigida ist so freundlich, auf unsere Hühner aufzupassen, bis ich sie holen kann«, erklärte Wurche. »Wir müssen nach Kpembe laufen.«

Aminah brachte die Hühnerkörbe in Maigidas Hinterzimmer. Während das übrige Salaga in Trümmern lag, hatte dieser Raum überdauert. Er sah genauso aus wie immer und hatte seinen modrig-fermentierten Geruch behalten. Mit wie vielen Leben war hier gehandelt worden? Und wo waren diese Menschen jetzt?

Sie verließen Maigida und traten den Marsch nach Kpembe an. In den engen Gassen Salagas beugten sich die Menschen über qualmende Schutthaufen, die Kleider zerrissen und verdreckt, um die verkohlten Überreste ihres früheren Lebens zusammenzusuchen. Ein Mann ließ einen Topf in einen Brunnen hinab und wusch sich den Ruß aus dem Gesicht.

»Noch ein Brunnen!«, rief Wumpini.

»Salaga ist die Stadt der hundert Brunnen«, sagte Wurche.

»Warum gibt es hier so viele Brunnen?«, fragte Aminah.

»Sie wurden zum Waschen der Sklaven nach langen Transporten gebaut«, erwiderte Wurche.

Eine Stadt, die nur dazu dient, mit Menschen zu handeln – ein solche Stadt kann unmöglich gedeihen!, dachte Aminah. Das war sicherlich auch der Grund, warum Salaga unter so vielen Kriegen gelitten hatte.

»Was sind Sklaven?«, fragte Wumpini.

Ich bin die Sklavin deiner Mutter, hätte Aminah gern gesagt.

»Menschen, die anderen Menschen gehören.«

»Warum ...«

»Wumpini, spar dir deine Kräfte!«, befahl Wurche. »Wir haben noch einen weiten Weg vor uns, bis wir zu Hause sind.«

Was weniger als eine Stunde hätte dauern sollen, wurde zu einer zweistündigen Qual. Die Straße war durch aufeinandergetürmte Steine blockiert, und zwei Mal hatten Weiße in der gleichen Uniform, wie Helmut sie trug, sie mit ihren Wägen verstellt. Sie lachten, manche zogen sich sogar halb nackt aus und kochten. Sie machten keinen bedrohlichen Eindruck, doch Wurche zückte ihr Gewehr und scheuchte Aminah und Wumpini ins Gebüsch neben der Straße.

Sie durchquerten den Wald, in dem Aminah geübt hatte, auf Baki zu steigen, in dem Wumpini das Laufen gelernt hatte. Schwarzbraune Flecken hatten das saftige Grün verdrängt, das einst den Waldboden bedeckt hatte. Frühere Baumriesen waren jetzt verdorrt und an den Wurzeln verkohlt.

Als sie Kpembe erreichten, war Wumpini staubverkrustet. Aminah hatte höllische Kopfschmerzen, und Wurche lief schneller denn je, weit vor Aminah und

Wumpini. Wäre Aminah an Wurches Stelle gewesen, sie hätte dasselbe getan. Die große Palasthalle war noch intakt, aber die Hütten des äußeren Rings waren niedergebrannt worden. Sogar die beiden Steine, die den Eingang zu kennzeichnen pflegten, waren verschwunden. Vorsichtig und mit erhobenem Gewehr führte Wurche sie in den Innenhof. Mma beugte sich über den Brunnen vor Sulemanas Zimmer. Während sie mit einer Hand den Rücken stützte, griff sie mit der anderen nach einem Topf in dem Brunnen.

»Mma«, brachte Wurche hervor und ließ das Gewehr sinken. Die alte Frau fuhr herum, schlug sich die Hand vor den Mund und ließ den Topf in tausend Scherben zerspringen. Sie kam näher, und ihre Augen füllten sich mit Tränen.

»Oh, Allah sei Dank! *Alhamdulillah*. Ich hab schon mit dem Schlimmsten gerechnet.«

»Ich auch«, sagte Wurche und umarmte ihre Großmutter.

Mma hob Wumpini mühsam hoch und zog ihn in eine innige Umarmung. Sie beugte sich vor und umarmte Aminah. Dann wandte sie sich wieder dem Gehöft zu. »*Maraba, maraba, maraba*! Sie sind wieder da!«

Das lockte irgendwann Sulemana und einige von Etutos kleineren Kindern hervor. Etuto war der Letzte, der seine Hütte verließ. Aminah staunte, wie der große Mann in zwei Jahren solch einen Buckel hatte bekommen können. Seine Schultern waren so krumm, als würden ihn unsichtbare Hände zu Boden drücken. Seine Haut war fahl und fleckig. Außerdem hatte er seine massive Statur verloren, die ihn einst derart Respekt einflößend gemacht hatte.

Alle auf dem Gehöft sahen mit angehaltenem Atem zu ihnen hinüber. Etuto schlang die Arme um Wurche. Aminah staunte, als Wurche in lautes Schluchzen ausbrach. Sie war froh, dass niemand verletzt worden war, und freute sich für Wurche. Aber das bedeutete auch, dass Wurche sie nicht mehr brauchte. Sie konnte ihre Freiheit erbitten.

Wurche

Wurche versteckte die leichte Wölbung ihres Bauches unter langen Gewändern. Schon seit einigen Wochen musste sie sich übergeben. Erst dachte sie, es läge an ihrer Nervosität. Und dann, dass sie sich erst wieder ans Brunnenwasser von Kpembe gewöhnen musste. Nach einigen Wochen sah sie im Spiegel eine Beule, die unnatürlich tief an ihrem Bauch saß. Sie tat alles, um Mmas forschenden Blicken auszuweichen, und das Einzige, was funktionierte, war, der alten Frau Wumpini aufzuhalsen.

Sie freute sich, wieder bei ihrer Familie zu sein, zumal Adnan nach Dagomba zurückgekehrt war. Belustigt erzählte ihr Sulemana, dass ihr Mann verlangt hatte, ihm die Brautgabe zurückzuerstatten, sich geweigert hatte, mit leeren Händen nach Dagomba zurückzukehren. Entweder eine Frau königlicher Abstammung oder aber seine Brautgabe. Er war bestimmt noch einen Monat in Wurches Zimmer geblieben und ließ sich erst besänftigen, als Etuto seinen Einfluss als Kpembewura nutzte, einen rangniedrigeren Chief dazu zu zwingen, Adnan eine

Tochter zu geben. Aus Rache lief dieser Chief dann nach Kete-Kratschi über, wie so viele von Etutos einst getreuen Soldaten. Das und der deutsche Angriff waren ihren Vater teuer zu stehen gekommen, was Wurche empfindlich traf, weil ihre Flucht die Gesundheit ihres Vaters auch nicht eben befördert hatte. Sie war jetzt fest entschlossen, zu bleiben und alles in ihrer Macht Stehende zu tun, um ihn zufriedenzustellen.

Doch dabei würde ihr das Baby in ihrem Bauch keine große Hilfe sein.

Nur Aminah hatte bemerkt, dass Wurche schwanger war. Die junge Frau gab sich eine Weile ahnungslos, um Wurche dann eines Abends zu fragen, was sie tun wolle, wenn das Baby zur Welt komme. Wurche tat so, als wüsste sie nicht, wovon Aminah redete. Natürlich würde das Baby bei seiner Geburt für Wirbel sorgen, da jeder (genau wie bei der Erdnussverkäuferin) an der hellen Irokoholz-Hautfarbe des Kindes sehen konnte, dass ein Weißer der Vater war. Aber das war noch lange kein Grund, es loszuwerden. Helmut war sehr gut zu ihr gewesen und hatte eine Zärtlichkeit bewiesen, die weder Adnan noch Moro je an den Tag gelegt hatten. Wurche hatte sich nach wie vor eingeredet, dass sie nur mit ihm schlief, um den Geheimnissen und Strategien der Deutschen auf die Schliche zu kommen. Eine leichte Verliebtheit konnte dabei nicht schaden. Trotzdem war sie traurig darüber, von ihm und seinem sanften und aufrichtigen Wesen getrennt zu sein. Doch bald wurde klar, dass ihre Beziehung niemals Gelegenheit haben würde, sich weiterzuentwickeln, weil ihre Trauer nachließ, wann immer sie ihre Familie sah: Mma mit Wumpini, Etuto trotz seiner Gebrechlichkeit, Sulemana ... und Aminah.

Eines Morgens hinderten sie schreckliche Krämpfe daran, das Geheimnis ihres Bauches noch länger zu verbergen. Wurche brüllte, Aminah möge Mma holen. Ein stechender Schmerz breitete sich in ihrem Körper aus, und sie unterdrückte einen Schrei, sank zu Boden und entblößte ihren Bauch. Eigentlich hätte sie gedacht, dass es bei der zweiten Geburt einfacher sein würde. Als Mma kam, schlug diese die Hand vor den Mund, riss sich dann allerdings zusammen und schickte Aminah nach der Hebamme und deren Helferinnen im Haus gegenüber.

Das Baby war klein und hatte einen Lockenkopf. Zunächst fiel die Hautfarbe nicht weiter auf, da die meisten Babys eher bleich zur Welt kamen.

Aber eine Woche später war die Haut des Kindes immer noch nicht tiefbraun geworden, sondern wenn überhaupt sogar etwas heller: Sie hatte den Farbton von Sheabutter angenommen, den die Sonne goldbraun schimmern ließ. Außerdem waren die Augen des Kindes glasklar mit grünen Sprenkeln. Als Etuto das Baby nach acht Tagen sehen durfte, verließ er gleich darauf wortlos Wurches Hütte.

»Man redet über mich, nicht wahr?«, sagte Wurche.

Aminah säuberte gerade das Baby, während Wurche im Bett lag. Die Kleine sah Wurche mit großen Augen an.

»Ich habe ein weißes Baby, und alle halten mich für eine Hure.«

»Schwester, die Leute sagen, dass dein Baby wunderschön ist.«

»Und mein Vater? Er hat ihm noch keinen Namen gegeben, noch kein Wort zu mir gesagt.« Wurche schwieg. Milch schoss aus ihren Brüsten und befleckte ihre Baumwollbluse. Sie starrte auf die orangefarbenen Farbwirbel, mit denen der Türvorhang bedruckt war. Das Schneckenmotiv wiederholte sich und bildete ein fast durchsichtiges Muster, als sie zu Aminah hinübersah. »Kannst du dir vorstellen, dass ich anfangs wirklich nicht wusste, wer Wumpinis Vater ist?« Sie verstummte und musterte Aminah, die ihre Aufmerksamkeit vom sandbraunen Baby auf dem Bett auf Wurche verlagerte. »Adnan oder Moro.«

Aminah erstarrte und fuhr dann damit fort, das Baby zu säubern. Sie hob die pummeligen Schenkel des kleinen Mädchens und wischte ihm den Hintern ab.

»Doch schon bald war offensichtlich, dass Adnan der Vater ist.«

Erleichterung breitete sich in Wurche aus. Sie hatte nicht vorgehabt, Aminah zu verletzen, sondern wollte sich nur jemandem öffnen, der alle Beteiligten kannte. Außerdem hatte es fast schon etwas Kathartisches, sich jemandem wie Aminah anzuvertrauen. Sie wünschte sich, dass Aminah sie in den Arm nahm, sie einfach nur in den Arm nahm.

Stattdessen wickelte Aminah das Baby in Leinen und gab es Wurche zurück.

»Es bringt dich doch nicht aus der Fassung, dass ich dir das erzählt habe?«

Aminah schüttelte den Kopf.

»Du bist immer so still. Sag mir, was du wirklich fühlst.«

Aminah schwieg.

»Ich habe Moro bereits vergeben«, sagte sie schließlich. »Und ich halte dich auch nicht für eine Hure. Du hast mehrere Menschen geliebt, und das ist kein Verbrechen. Ich habe gesehen, wie dich der Vater deines Kindes angeschaut hat. Ich musste an meine Eltern denken. Er hat dich geliebt ...«

Dann runzelte Aminah die Stirn und zog die Nase kraus.

»Was ist denn?«

»Ich will meine Freiheit.«

Aminah verließ den Raum, bevor Wurche etwas darauf erwidern konnte.

Zwei Wochen vergingen, und Wurches Baby hatte immer noch keinen Namen. Zunächst glaubte Wurche, Etuto hätte erneut eine seiner schlechten Phasen, doch als sie sah, wie sein Bote herzhaft lachend aus der Hütte ihres Vaters kam, stürmte sie zu ihm hinein.

Sie begrüßte ihn, knickste so höflich sie konnte.

»Wurche«, sagte Etuto und musterte sie von seinem Pouf aus. Er stand nicht auf, um sie zu umarmen, lächelte nicht und zeigte ihr auch keine neue Spielerei, die er geschenkt bekommen hatte. Seine Augen waren rot verquollen. Alkoholdunst waberte zu ihr herüber, obwohl sie mehr als eine Armeslänge von ihm entfernt war.

»Etuto, mein Baby hat keinen Namen.«

»Der Vater gibt dem Kind einen Namen.« Er verscheuchte eine Fliege von seiner Wange.

»Der Vater dieses Kindes ist nicht hier, deshalb muss der Großvater diese Aufgabe übernehmen.«

Etuto musterte Wurche ausgiebig.

»Nenn es wie du willst«, sagte er.

Wurche wurde das Herz schwer. So kühl war ihr Vater noch nie zu ihr gewesen.

»Bitte«, hob Wurche an.

»Was soll ich deiner Meinung nach sagen? Erst läufst du davon und machst mich hier und in Dagomba vor allen lächerlich. Bei anderen wäre mir das egal, aber bei meinem eigen Fleisch und Blut? Lass mich ausreden! Irgendwann habe ich es verstanden. Deine und Adnans Seele haben einfach nicht zueinander gepasst, und ich habe dich gezwungen, deine Seele zu verleugnen. Über diesen Verrat bin ich noch hinweggekommen. Aber das hier verstehe ich nicht. Diese Menschen haben mich zerstört, uns alle zerstört.«

»Ich habe auch keine Erklärung dafür. Aber ich brauche deinen Segen. Bitte, dem Baby zuliebe.«

Wurche wollte ihn schon auf Knien anflehen, doch Etuto erhob sich mit schmerzverzerrtem Gesicht und reckte sich. Das Leben war wirklich seltsam: Sie, die den Weißen dermaßen misstraut hatte, hatte nun ein Baby mit einem Weißen. Und ihr Vater, der die Weißen mit offenen Armen empfangen hatte, weigerte sich, das Kind von einem von ihnen anzuerkennen.

»Nun, wie heißt es so schön? Wie die Mutter, so die Tochter. Ihr seid eben beide Huren.«

Er zog sich in sein Privatgemach zurück. Wurche sah, wie der Vorhang zurückschwang, und schluckte einen Kloß hinunter. Ihr Leben lang hatte sie sich vor dieser unausgesprochenen Wahrheit über ihre Mutter gefürchtet. Es machte ihr nicht so viel aus wie erwartet. Trotzdem war sie wütend, dass ihr Vater geglaubt hatte, sie damit beleidigen zu können.

Tage später beschloss sie, das Kind Bayaba zu nennen, nach ihrer Mutter.

Seit Bayabas Geburt lastete ein Schweigen auf dem Gehöft, das immer bedrückender wurde, vor allem für Wurche. Die überlegte, nach Kete-Kratschi zurückzukehren oder irgendwo an die Goldküste zu gehen, ans Meer. Sie hatte gehört, dass Frauen mit Kindern wie ihrem dort keine Seltenheit waren. Etuto hatte Sulemana dorthin geschickt, damit er den Goldküsten-Gouverneur traf, und Wurche hatte ihn begleiten wollen. Doch Mma flehte sie an zu warten, bis das Kind laufen konnte.

Wurche hätte Aminah gern gesagt, dass sie sie freiließ, doch damit würde sie warten müssen, bis Sulemana zurück war. Sie brauchte wenigstens einen Menschen, der auf ihrer Seite stand.

Weil es im Palast dermaßen still geworden war, war das Wehklagen, welches das Gehöft wenige Tage später erschütterte, so laut, so eindringlich, dass es einem noch lange in den Ohren widerhallte, nachdem es längst verklungen war. Wurche zog sich einen Kaftan über, ließ Bayaba weiterschlafen und eilte nach draußen, wo ein Bote vor Etuto und Mma kniete. Etuto, so still wie ein Topf mit Wasser, starrte über den Kopf des Mannes hinweg. Keine noch so kleine Erschütterungswelle ging durch seinen Körper. Das Wehklagen war von Mma gekommen. Aminah war auch da und hielt Wumpinis Hand.

»Was ist los?«, fragte Wurche.

»Sulemana ist etwas zugestoßen, aber das wurde auf Gonja verkündet, sodass ich nicht alles verstanden habe«, erwiderte die junge Frau.

»Sulemana und die anderen sind getötet worden«, sagte Mma in dem Tonfall, den Jajis Schüler benutzten, wenn sie Verse auswendig lernten. »In Yeji. Wir wissen nicht, ob es Banditen waren oder Feinde deines Vaters.«

»Das ist nicht wahr«, sagte Wurche. »Das kann nicht sein ...«

»Ich bin verloren«, sagte Etuto. »Es ist vorbei. Als Nächstes werden sie mich holen.«

Ihre Beine gaben nach, als hätte eine frisch geschliffene Speerspitze ihr Rückgrat durchtrennt. Sie klammerte sich noch einen Augenblick an Aminah, dann verließen sie sämtliche Kräfte. Sie kehrte in ihren Raum zurück. Endlich konnte sie die Krankheit ihres Vaters nachvollziehen: Auf einmal hatte die Welt jede Farbe, jeden Geschmack und jeden Geruch verloren. Stattdessen wurde man sich der Last des eigenen Körpers bewusst, der Nichtigkeit des eigenen Lebens. Wurche konnte gar nicht mehr aufhören, die Wand anzustarren. Wenn sie Sulemana begleitet hätte, wäre sie dann jetzt auch tot? Oder hätte ihre Anwesenheit seinen Tod abgewendet? Fragen über Fragen. Sulemana würde nie mehr zurückkehren.

Wenn sie ausnahmsweise kurz einschlief, hatte sie krause Träume. Das einzig Klare an diesem Tag war ein Schuss, der die Luft zerriss. Ganz in der Nähe und doch weit weg. Endgültig und mit Nachdruck auf ebendiese Endgültigkeit verweisend. Man konnte nur noch an diesen Knall denken. Draußen war es gerade noch so hell, dass sie die Umrisse der Hütten, Bäume und Menschen erkennen konnte, doch ansonsten war es dunkel. Alle möglichen Leute versammelten sich vor Etutos Hütte. Waren sie wegen Sulemana gekommen?

»Entschuldigt bitte.« Sie bahnte sich einen Weg durch die Menge, als Aminah sie aufhielt.

»Schwester, bitte! Lieber nicht.«

»Wenn du es gesehen hast, kann ich das auch.« Wurche drängte nach vorn, doch Aminah wich nicht von der Stelle. »Lass mich vorbei«, sagte sie mit brechender Stimme, als wüsste sie bereits Bescheid. Dann versetzte sie Aminah einen so heftigen Stoß, dass diese stürzte.

Ihr bot sich folgendes Bild: überall Blut. Eine Mutter mit ihrem Kind, eine Mutter mit ihrem Sohn. Mma hielt den toten Etuto im Arm. Das vermaledeite Gewehr lag gleichgültig auf einem Leopardenfell. Wurche umschlang Mma und Etutos leblosen Körper.

Das musste ihm endgültig das Herz gebrochen haben.

Zu Etutos und Sulemanas Beerdigung kamen Menschen aus ganz Gonja und Dagomba, sogar einige Weiße von der Goldküste. Dramani kehrte vom Gehöft zurück, begrüßte die Gäste als neuer Hausvorsteher und nahm ihre Beileidsbekundungen entgegen. An die Beerdigung an sich konnte sie sich kaum noch erinnern. Erst nachdem die Toten in Baumwollstoff gehüllt und begraben worden waren, begriff Wurche, was geschehen war: Die Machtverhältnisse in Salaga-Kpembe und Kete-Kratschi hatten sich unwiderruflich geändert. Alles war vorbei.

»Hier ist ein Machtvakuum entstanden«, sagte Wurche zu Mma, die ihr nie so kindlich vorgekommen war wie jetzt. Die alte Frau hatte nur mit Wimmern auf die Gäste reagiert und kaum etwas gesprochen. »Unsere internen Machtkämpfe, dieser Kampf zwischen uns und den Europäern«, fuhr Wurche fort. »Es geht nur um die Macht, es geht nur darum, Macht auszuüben, um jeden Preis daran festzuhalten. Die Europäer sind unseren schwachen Königslinien haushoch überlegen. Wir können nur etwas bewirken, wenn wir uns miteinander verbünden. Ich habe schon lange die Einheit gepredigt, aber noch nie versucht, tatsächlich mit anderen zusammenzuarbeiten. Ich bin bereit, Gespräche mit den Frauen von Salaga aufzunehmen. Gemeinsam werden wir alles wiederaufbauen. Erzähl das den Dorfältesten. Sie werden auf dich hören.

Es sind schon genug Menschen gestorben. Es wird Zeit, an einem Strang zu ziehen.«
 Mma nickte.

Aminah

Sie ging zum Brunnen vor Sulemanas Zimmer, tauchte einen runden Tonkrug ins Wasser und füllte ihn bis zum Rand. Sie griff nach einem Besen und näherte sich Etutos Hütte. Niemand aus der Familie war in der Lage gewesen, sein Privatgemach zu putzen. Obwohl sie in Etuto nie einen Vater gesehen hatte, fühlte es sich an, als würde sich ein Kreis schließen. Als könnte sie tun, was sie für Baba und seine Werkstatt nicht mehr hatte tun können. Dieser Raum war riesig, während Babas klein gewesen war, dafür aber schlicht, während Babas wunderschöne schwarz-weiße Linienmuster geziert hatten. Sie teilte den schweren Vorhang und betrat das Gemach. Nachdem sich Etuto erschossen hatte, hatten die Frauen von Kpembe den Toten weggebracht und das Schlimmste beseitigt. Doch der metallische Blutgestank hing nach wie vor in der Luft. Er war sogar noch stärker als der Ledergeruch, der von Etutos Fellen und Schuhen ausging. Im vorderen Raum lagen überall Waffen herum, und Aminah stellte sich die Messer an der Wand ihres Vaters vor. Das eine war ein Ort der Schöpfung, wo etwas Neues entstand, das andere ein Ort der Zerstörung. Doch letztlich lebten beide Männer nicht mehr. Beide hatten all ihre Habe zurückgelassen. Egal, was man tat, sei es nun gut oder schlecht: Der Tod kam einen am Ende holen. Was also tun, wenn man die Wahl hatte? Gutes oder Schlechtes? Eeyah pflegte zu sagen, dass man in einem sehr hässlichen Körper wiedergeboren würde, wenn man sich für das Schlechte entschied.

Sie schüttelte die dicken, muffigen Stoffe auf Etutos Bett aus und faltete sie wieder zusammen. Sie polierte seine vielen Reitstiefel, von denen einige zu Geckonestern geworden waren. Sie stellte seine leeren Spirituosenflaschen in eine Ecke. Seine vielen Talismane und Glücksbringer ließ sie, wo sie waren – aus Angst, sie zu berühren. Angeblich hatten sie ihn unsichtbar machen können.

Als sie die Hütte wieder verließ, empfand sie einen solchen Verlust, dass sie zum Weinen in ihr Zimmer gehen musste. Sie weinte, bis ihre Augen ganz wund waren, bis sie kaum noch atmen konnte und gierig nach Luft rang.

Zwei Wochen später säuberte Aminah Bayaba und überreichte sie ihrer Mutter. Mma hatte Wumpini unter ihre Fittiche genommen, als könnte das Etuto ersetzen!

»Aminah, du bist frei«, sagte Wurche. »Ich hätte dir das schon längst sagen sollen, aber wegen der Beerdigungen ...«

Zum ersten Mal spürte Aminah, dass Wurche sie geliebt haben musste: Vielleicht, wie sie ihre Schwestern geliebt hatte, vielleicht auch wie Mann und Frau sich liebten. Sie streckte die Arme aus und drückte Wurche, deren spindeldürrer Körper sich nur noch mehr versteifte. Wurche tätschelte Aminahs Rücken. Das reicht, sollte das wohl bedeuten.

»Danke, Schwester«, sagte Aminah.

»Nimm eine der Hennen mit«, antwortete Wurche.

»Danke. Darf ich zurückkommen und Wumpini besuchen?«

»Ja«, meinte sie und gleich darauf: »Wohin gehst du?«

»Zu Moro.«

Aminah räumte ihr Zimmer leer und steckte ihre Habe in einen Sack – Kleidung, die sie von Wurche geerbt hatte, Geld, das sie vom Erlös der Eier gespart hatte. Als alle schliefen, nahm sie die Henne und verließ den Palast. Sie wollte nicht, dass ihr alle nachstarrten, wenn ihr Rücken kleiner und kleiner wurde.

Sie nahm den Weg nach Salaga, und wo sie schon einmal da war, schaute sie bei der großen Moschee und bei Maigidas Hütte vorbei. Sie blieb stehen und dachte darüber nach, wie ihr Leben wohl ausgesehen hätte, wenn sie jemand anders gekauft hätte. Wenn es Moro gewesen wäre, oder wenn sie ihm niemals begegnet wäre. Wo stünde sie dann heute? Sie war behandelt worden, als wäre sie nichts anderes als ein Stück Vieh oder eine Kolanuss. Sie hatte keinerlei Kontrolle mehr über ihr Leben gehabt.

Sie ging an weiteren Hütten vorbei, an den beiden Märkten, die jetzt bis auf ein paar Hunde, die nach Fressen suchten, verlassen waren. Die Deutschen hatten die

Stadt zerstört. Obwohl sie nur kurz in Salaga gewesen war, hatte es sie fasziniert, wie viel hier verkauft worden war. Ihr wurde das Herz schwer, doch schon einen Pulsschlag später wieder leicht: Das hier war ein Neuanfang. Sie begann von einer eigenen Schuhwerkstatt zu träumen, eine, die sie mit Moro bauen und die sie in Gedenken an Botu verzieren würde. Sie würde Schuhe herstellen und dann verkaufen, während Moro das Land bearbeitete. Ihre Kinder würden lernen, Neues zu erschaffen und von der Feldarbeit zu leben. Und dann würde eines Tages ihr Vater auf dem Albino-Esel vorbeikommen und sagen, dass er sich dereinst auf dem Heimweg verirrt hätte.

Dankbarkeit

Ich danke meiner Familie dafür, dass sie immer Ja gesagt hat – so verrückt meine Träume auch waren. ARHA, NYA, RHA, PAP und ESPA: Ihr seid einfach toll! Den Gee und den Hot Gyals sage ich: Danke für eure Freundschaft und Unterstützung.

Bedanken möchte ich mich auch bei der Pontas Literary and Film Agency – dafür, dass sie sich so beharrlich für mich eingesetzt hat. Anna Soler-Pont, Marina Penalva, Maria Cardona, Leticia Vila-Sanjuan und Jessica Craig: Danke!

Ich danke meinen Lektoren Bibi Bakare-Yusuf, Jeremy Weate und Lauren Smith sowie dem Team von Cassava Republic: Danke für eure sorgfältige Lektüre, dafür, dass ihr nie lockergelassen und stets an mein Projekt geglaubt habt.

Dank schulde ich auch meinen ersten Lesern Jakki Kerubo, Mohammed Naseehu Ali, Anissa Bazari, Ayi Kwei Armah und Max Lyon Ross.

Danke, Pierre Poncelet, für die wunderschöne Landkarte. *Milles mercis.*

Dann danke ich dem Africa Centre und dem Instituto Sacatar für die Zeit, die mir zum Schreiben gewährt wurde, sowie für den Zauber Bahias. Ich danke Natalia Kanem für das wunderbare KSMT, für den Zauber von Popenguine.

Und zu guter Letzt Onkel Muntawakilu, meinem Führer durch Salaga: Meine Dankbarkeit kennt keine Grenzen.

Ayesha Harruna Attah im Interview

In welche Perspektive Ihrer Protagonistinnen konnten Sie beim Schreiben leichter schlüpfen? Aminah oder Wurche?
Es fiel mir leichter, über Wurche zu schreiben, weil Schriftzeugnisse von Frauen aus afrikanischen Herrscherfamilien wie Königin Aminah und Yaa Asantewaa in Ghana existieren. Davon konnte ich mich inspirieren lassen. Obwohl sie meiner Ururgroßmutter nachempfunden ist, war Aminah schwerer zu schreiben, da meine Familie nicht viel von ihr wusste. Nicht einmal ihren Namen. Ihr habe ich mich sehr nah gefühlt und die Figur mithilfe von Intuition und Vorstellungskraft zu Papier gebracht.

Ihr Roman ist von Ihrer eigenen Familiengeschichte inspiriert. Verraten Sie uns noch etwas mehr darüber?
Ja, gerne. Als ich unseren Familienstammbaum erforscht habe, hat mein Vater erwähnt, dass unsere Vorfahrin, die Mutter seiner Großmutter, nur »die Sklavin« genannt wurde. Das hat mich neugierig gemacht. Ich wollte mehr wissen, aber er konnte mir nur sagen, dass sie vermutlich

aus Mali, Niger oder Burkina Faso kam und sehr helle Haut gehabt haben soll. Ich habe versucht, mehr über sie herauszufinden. Meine Familie war diesbezüglich äußerst schweigsam. Letztlich habe ich mich beim Erzählen von Aminahs Geschichte eher auf meine Nachforschungen und das, was in unserer Familie ungesagt geblieben ist, gestützt.

Wie haben Sie den historischen Hintergrund recherchiert?
Ich bin nach Salaga in Nord-Ghana gefahren, habe den ehemaligen Sklavenmarkt und die verschiedenen Orte besucht, an denen Versklavte vor dem Verkauf festgehalten wurden. Dazu habe ich viele schriftliche Zeugnisse von Besuchern Salagas gelesen, die sich in den Bibliotheken der University of Ghana und dem Schomburg Center for Research in Black Culture in New York befinden.

Warum jetzt dieser Roman? Ist dieses Thema heute besonders wichtig?
Ich habe fünf Jahre gebraucht, um den Roman zu schreiben, aber aus meiner Sicht ist das Thema zeitlos. Noch heute hält man Menschen in Gefangenschaft und Sklaverei, und das müssen wir immer wieder thematisieren, um es ein für alle Mal abzuschaffen. Menschenhandel, wie wir es heute nennen, existiert in verschiedenen Formen überall auf der Welt und wird sich solange wiederholen, bis wir die Ursachen dafür ergründet haben, warum es manche Leute in Ordnung finden, mit dem Leben anderer Geschäfte zu machen.

Was bedeutet es Ihnen, dass der Roman ins Deutsche übersetzt wurde?
Es fühlt sich wirklich fantastisch an, in eine andere Sprache übersetzt zu werden, und ich freue mich sehr, dass mein Buch so eine neue Leserschaft erreicht. Ich persönlich finde eine deutsche Leserschaft besonders aufregend, weil der Roman auch die deutsche Kolonialisierung Westafrikas erwähnt. Ich bin gespannt, wie dieses Publikum auf die Figur des Deutschen reagieren wird.

Wie wird Westafrika aus Ihrer Sicht in der westlichen Welt wahrgenommen? Glauben Sie, dass Literatur andere Perspektiven eröffnen kann?
Aus meiner Sicht wird der ganze Kontinent häufig auf ein einziges darbendes Land reduziert, während die Realität vor Ort vollkommen anders aussieht. Selbst innerhalb Westafrikas gibt es unterschiedlichste Lebensformen, und ich versuche, das in meiner Arbeit einzufangen. Ich finde, dass Literatur viel Macht hat, weil sie aufklärt, vermittelt – ja, neue Perspektiven auf die Lebensweise anderer Menschen bietet.

Sie sind in Ghana geboren, haben in den USA studiert und leben jetzt im Senegal. Welche Sprachen sprechen Sie, und warum haben Sie beschlossen, diesen Roman auf Englisch zu schreiben?
Englisch ist meine offizielle Sprache, da ich in Ghana aufgewachsen bin. Ich spreche auch Twi, die Sprache der Ashanti in Ghana, und in der Schule habe ich gelernt Ga zu

lesen und zu schreiben, eine weitere ghanaische Sprache. Inzwischen spreche ich auch Französisch und besitze Grundkenntnisse in Spanisch. Beim Schreiben drücke ich mich am liebsten auf Englisch aus, deshalb habe ich den Roman auch in dieser Sprache verfasst.

Gibt es einen bestimmten Moment in Ihrer Biografie, an dem klar wurde, dass Sie Schriftstellerin sein wollen?
Insgeheim wusste ich immer, dass ich schreiben will – sogar als ich mich in der Schule mit Naturwissenschaften beschäftigt habe. Doch erst nachdem ich meinen ersten Roman fertiggestellt hatte, habe ich mich selbst als Schriftstellerin betrachtet.

Was bedeuten Ihnen Lesen und Schreiben?
Lesen und Schreiben nehmen mich mit auf eine Reise, erlauben mir, andere Teile der Welt zu erkunden und Menschen kennenzulernen, die mir sonst verborgen blieben. Das Schreiben gestattet es mir, mich mit Themen zu beschäftigen, die mich interessieren, und die Aufmerksamkeit auf meine Heimat zu lenken.

LESEPROBE

Zwei Schwestern, getrennt durch Gewalt,
verbunden durch ein unsichtbares Band

Ein großer Schicksalsroman
über unerschütterliche Liebe, Hoffnung
und Frauen in der Sklaverei.

ISBN 978-3-453-29253-6
auch als E-Book erhältlich

DIANA

I

In unseren Träumen sitzt der Vater in einem Zimmer, das keine Farben aufweist. Unsere Mutter stillt ihr Baby, aber die beiden sind wie erstarrt, als wäre die Zeit stehen geblieben. Feuer verbrennt unser Dorf, erstickender Rauch schnürt uns die Kehle zusammen, Flammen versengen unsere Haut. Wir rennen. Unsere Hände umklammern sich, kleben förmlich aneinander. Ihre Finger sind meine Finger; meine Finger sind ihre. Unsere Umklammerung hat schon im Mutterleib begonnen, vor der ersten Trennung. Wir haben unser Zuhause schon einmal verloren, aber das hat uns nicht gebrochen. Jetzt verlieren wir es erneut, aber noch haben wir uns. Wir rennen. Gejagt von Hufen, Geschrei und geflügelten Männern. Eine von uns stolpert. Schweiß bildet einen dünnen Film zwischen unseren Händen. Ihre Finger rutschen aus meinen. Wir haben uns getäuscht. Diesmal ist es endgültig. Sie entgleitet mir.

2

Hassana

Ich könnte damit beginnen, wie mein Baba nach Dschenne aufgebrochen ist, um dort seine Schuhe zu verkaufen, und nie mehr zurückkam. Oder damit, wie unser Dorf in Schutt und Asche gelegt wurde und dass ich nicht weiß, was aus meiner Mutter und meiner Großmutter geworden ist. Damit, wie meine ältere Schwester Aminah und ich unseren Bruder in einer Menschenkarawane verloren haben. Oder aber ich könnte vom schlimmsten Tag meines Lebens erzählen, als mir meine Zwillingsschwester entrissen wurde. Doch ich werde mit dem Moment beginnen, ab dem ich nicht länger zuließ, dass andere bestimmen, was ich tue, wohin ich gehe oder was mit mir geschieht. Ich werde mit dem Moment beginnen, in dem ich mich befreit habe.

1892 – ich war damals zehn – war ich gezwungen, auf einem Stück Land zu leben, wo die Bäume so dicht nebeneinander wuchsen, dass es mir die Sprache verschlug. Wofa Sarpong, ein Mann, der gerade mal so groß war wie ich, hatte Aminah und mich gekauft und uns mit in sein Haus auf einer Lichtung genommen, die von bis zu den Wolken reichenden Bäumen gesäumt wurde. Jedes Mal, wenn ich an ihnen emporschaute, fragte ich mich, wie die Bäume es bloß schafften, so groß zu werden, ohne umzufallen, und jeden Tag drückte der Wald meine Brust platt wie einen leeren Trinkschlauch aus Kuhleder. Nacht für Nacht wachte ich schweißgebadet und mit Herzrasen auf, jedes Mal völlig außer Atem. Ich war ein Kind der Savanne, der offenen Weite mit niedrigen Bäumen. Am Horizont konnten wir die Kamele der Karawanen näher kommen sehen. Die Welt erschien uns riesig und grenzenlos. Der Wald hingegen ließ die Welt schrumpfen und damit mein ganzes Leben.

Es gibt nichts, was ich an Wofa Sarpong und seiner Familie mochte. Höchstens, dass Aminah damals noch bei mir war. Sie schlug sich etwas wackerer als ich und meinte, die Speisen von besagtem Wofa Sarpong seien recht schmackhaft, ihr Tuo, das sie Fufu nannten, sei süßer als unseres. Sie achtete darauf, dass ich ein paar Schlucke von ihren Suppen mit Fisch und Pilzen nahm, aber genauso gut hätte ich Baumrinde essen können. Alles lag mir schwer im Magen, alles war ohne jeden Geschmack. Ich aß, weil Aminah es mir befahl. Aber ich war nur noch ein Schatten meiner selbst.

Als sich mein Leben von Grund auf änderte, war gerade Hauptsaison bei der Kolaernte. Wie immer befahl uns Wofa Sarpong, in mehr Kolabäume zu klettern, als ich zählen konnte. Wir Jüngeren – seine Kinder und diejenigen, die er gekauft hatte – huschten daran hinauf wie Eidechsen, immer auf der Suche nach Plätzen, an denen wir weit genug voneinander entfernt waren, um so viele Nüsse wie möglich ernten zu können. Wofa Sarpong behauptete, Kola sei ein Geschenk Gottes, und Gott werde wütend, wenn wir nicht nähmen, was er uns schenke. Ich war wütend auf meinen Gott Otienu, weil er mich an einen solchen Ort geschickt hatte, ohne dass ich etwas falsch gemacht hätte. Manchmal fragte ich mich, wie Wofa Sarpongs Gott wohl war. Er schien ihn mit einer Fülle an Kolanüssen zu segnen. Ich werde nie vergessen, wie sehr ich die Arme recken musste, um sie ganz unten abschneiden zu können, während ich mit nackten Füßen gefährlich auf den Ästen balancierte und jedes Mal befürchtete hinunterzufallen. Ich fiel nie und schaffte es, meine Angst so weit in Schach zu halten, dass ich weiterhin nach den Früchten greifen konnte, die ich Kwesi, Aminah und den anderen Älteren zuwarf. Die legten sie in große Körbe, die sie später tragen würden. Tag für Tag arbeiteten wir vor- und nachmittags, ohne dass sich Wofa Sarpong auch nur einmal bedankt hätte.

Wenn er »Fertig!« rief, hieß das, dass wir wieder runterklettern sollten. Wir ließen unsere Messer in die großen Körbe fallen, auf die Kolanüsse mit ihren höckrigen Schalen. Wir liefen auf einem Pfad zurück, der alle paar Schritte von Ameisen gekreuzt wurde. Ich hätte den Ameisen tagelang dabei zuschauen können, wie sie eine nach der anderen ihrer Arbeit nachgingen und wie sie, sobald eine von ihnen in Schwierigkeiten geriet, sich gegenseitig zu

Hilfe eilten. An diesem Tag wurde ich unglaublich traurig, als ich mir vor Augen führte, wie sogar solch winzige Geschöpfe freundlich zueinander sein können, während Leute wie Wofa Sarpong und die Männer, die uns entführt hatten, von nichts als Grausamkeit erfüllt waren.

Wir erreichten Wofa Sarpongs aus vier Langhütten bestehendes Gehöft, in dem er, seine Frauen und seine kleinen Kinder lebten. Zwei standen abseits, sie waren für seine erwachsenen Kinder und für diejenigen, die er gekauft hatte. Unweit der Tür seiner Wohnstatt befand sich eine kleine Hütte, in der Töpfe, Mörser und Stößel aufbewahrt wurden. Während Aminah mit ihrem Korb vorneweg ging, suchte ich diese für sich stehende Hütte auf und nahm einen schwarzen Tontopf, um ihn Wofa Sarpongs erster Frau zu bringen. Ich fühlte mich schwer, so als hätte man mir den Amboss eines Schmieds auf den Rücken gebunden. Wofa Sarpongs Frau schaufelte zwei glänzende Tuo-Klöße in den Topf und reichte die Schale ihrer Nebenfrau, die Kellen mit Palmsuppe und zwei Stückchen Fisch dazugab.

»Mach nicht so ein Gesicht!«, befahl sie.

Normalerweise hätte ich ein halbherziges Lächeln aufgesetzt, damit sie mich in Ruhe ließen, aber an diesem Tag brauchte ich es gar nicht erst zu versuchen.

Ich stellte den Topf Aminah und den anderen Mädchen hin, die ihre Finger in den Eintopf steckten und zu essen begannen. Noch bevor ich mich entscheiden konnte, ob ich es ihnen gleichtun wollte oder nicht, hielt Aminah den Tuo bereits an meine Lippen.

»Iss deinen Fufu«, sagte sie.

Ich weigerte mich, deren Worte zu benutzen. Ich würde das nicht Fufu nennen wie Aminah.

Ich nahm den Klumpen gelbe Kochbanane und Maniok in den Mund, und es schmeckte nach nichts. Sekunden später hatte ich Sodbrennen. Mir würde bloß alles wieder hochkommen, wenn ich mich weiterhin zum Essen zwang, deshalb stand ich auf und setzte mich unter den Katappenbaum. Ich wollte nur noch, dass das alles endlich aufhörte.

Es war jetzt ungefähr ein Jahr her, dass man uns hergebracht hatte, und der Lärm jener Nacht ließ mich immer noch zusammenzucken. Wofa Sarpong schlich häufig in unser Zimmer, um Aminah zu besuchen, und wenn er wieder weg war, lag ich lange wach und lauschte auf das Weinen meiner Schwester neben mir. In dieser Nacht schlief ich jedoch wie ein vollgefressener Python, obwohl ich wegen der auf mir lastenden Traurigkeit nicht das Geringste gegessen hatte.

Wir sind von Wasser umgeben. Darin spiegelt sich ein Blau, das noch intensiver ist als das des Himmels. Wir sind von Menschen umgeben, die aufs Wasser schauen. Das erstreckt sich hinter uns bis in alle Winkel der Erde und noch darüber hinaus. Stoffe bauschen sich wie riesige weiße Tücher im Wind, und wir stehen auf einer hölzernen Plattform. Vor uns liegt Land, das gleichzeitig fremd und vertraut wirkt, mit Bäumen, die an Palmen erinnern und sich im Wind biegen. Die Bäume werden zunehmend größer. Wir bewegen uns.

Ich wachte auf, klatschnass, so als hätte man einen Eimer Wasser über mir ausgekippt. Der Wald hatte mir nicht nur die Sprache verschlagen, sondern mich auch bis in meine Träume verfolgt, das enge Band zwischen meiner Schwester und mir durchtrennt. Als unser Baba verschwand, wussten wir, dass er noch lebte, weil sowohl Husseina als auch ich träumten, dass er in einem Zimmer war. Ich sah die Dinge aus einer Perspektive und sie aus einer anderen. Wo ich ein Gesicht erkannte, erkannte sie einen Rücken. Gemeinsam nahmen wir das Ganze wahr. Der Wald hatte dafür gesorgt, dass unsere Träume nicht mehr zueinanderfanden. Bis jetzt ...

Ich rüttelte Aminah wach und erzählte ihr von dem Traum.

»Das sind ihre Träume«, sagte ich. »Husseina lebt.«

Die nächsten Tage waren anders. Die Traurigkeit ließ nach, wich einer verwirrenden Mischung aus Aufregung und furchtbaren Bauchschmerzen. Die wurden doppelt so schlimm, wenn ich die Wäsche der Sarpongs wusch und in die Kolabäume kletterte. Ich konnte weder stillsitzen noch mich konzentrieren, schon gar nicht, als Wofa Sarpong uns antreten ließ und uns etwas sagte, auch nicht, als Aminah mich ansprach. Meine Zwillingsschwester lebte, sie war an einem Ort, der vom blauesten Wasser umgeben war, das ich je gesehen hatte. Einerseits wollte ich losrennen und alle umarmen, die Neuigkeit verkünden. Andererseits wurde ich von Angst regelrecht überrollt – was, wenn wir uns nie mehr wiedersehen würden und nur noch durch unsere Träume miteinander verbunden wären? Würde ich damit leben können? Die Frage quälte mich und rumorte wild in meinen Eingeweiden.

Eines Nachmittags rief Wofa Sarpong, in Begleitung eines Mannes, den ich noch nie auf dem Gehöft gesehen hatte, alle im Hof zusammen, wo seine Kinder Stöcke und Steine versteckten und wir gerade im Sitzen Hirse lasen. Der Fremde trug kurze Hosen, die von einem Lederband über der Taille zusammengehalten wurden. Er trug auch einen weißen Hut und marschierte auf und ab, während er darauf wartete, dass Wofa Sarpong uns Aufstellung nehmen ließ. Der Mann ging herum und fragte alle nach ihrem Namen, doch ich hörte kaum hin. Ich beobachtete Rüsselkäfer zwischen den Steinen und konnte nicht aufhören, an Husseina zu denken.

Jemand stieß mich in die Seite.

Der Mann mit den kurzen Hosen und dem Hut fragte nach meinem Namen.

»Hassana«, erwiderte ich.

Wofa Sarpong sah mich an, als hätte ich ihm das letzte Stück Fisch aus der Suppe geklaut.

Der Mann fragte mich noch einmal.

»Hassana.« Diesmal sagte ich es ganz bewusst. Denn mir fiel wieder ein, dass Wofa Sarpong uns im Vorfeld hatte antreten lassen, um uns neue Namen zu geben. Er wollte nicht als Sklavenhalter erwischt werden. Unsere Namen verrieten uns. Ich erzählte dem Mann, dass ich aus Botu stammte, die Zweitgeborene von Baba Yero und Aminah-Na sei.

Wofa Sarpong folgte dem Mann, verneigte sich so tief, dass er regelrecht zu kriechen schien, und zum ersten Mal, seit ich auf seinem Gehöft war, war mir zum Lachen zumute. Ich widmete mich wieder meinen Rüsselkäfern und Steinen.

Als ich sieben war, brachte ich mir bei, unter Wasser die Luft anzuhalten. Keine der Frauen in Botu konnte schwimmen, aber es war, als wüsste ich, dass ich in meinem Leben noch oft die Luft würde anhalten müssen. Einst hatte mich das zum mutigsten Mädchen von ganz Botu gemacht: Die anderen und ich waren frühmorgens am Wasserloch gewesen, um Wasser zu holen. Plötzlich hörte ich ein Kreischen. Ein Wort kristallisierte sich aus dem Stimmengewirr heraus: *Krokodil*. Bei uns am Wasserloch gab es keine Krokodile. Nachdem die Mädchen aus dem Wasser geeilt waren, hielt ich die Luft an und tauchte unter. Erst stiegen Schlammpartikel auf und trübten das Wasser. Ich hielt weiterhin die Luft an und wartete, dass sie sich wieder legten. Das Wasser wurde klarer, und ich sah Menschenbeine unter der Krokodilhaut. Ich streckte den Kopf aus dem Wasser. Die Mädchen schrien.

»Hassana, komm raus!« Eine besonders laute Stimme übertönte die anderen.

Ich sah zu, wie die Krokodilhaut näher kam, und drehte mich um, fing Husseinas Blick auf, deren Gesicht ganz verzerrt war, so als würde sie jeden Moment in Tränen ausbrechen. Dann wandte ich mich wieder dem

Krokodil zu, das sich jetzt direkt vor mir befand. Mal gucken, wie lange sich dieses Spiel fortsetzen ließ. Die Schreie der Mädchen gellten in meinen Ohren: »*Komm-raus-komm-raus.*« Die Sonne brannte mir auf den Rücken. Die Schnauze des grauen Geschöpfes hob sich, und die Mädchen kreischten auf. Die Krokodilhaut trieb nach oben, drehte sich und fiel ins Wasser, enthüllte Motaaba und seine großen Zähne. Er krümmte sich vor Lachen, als ich das Wasser verließ und Husseinas Hand nahm. Die lehnte den Kopf an meine Schulter und sagte den ganzen Heimweg über kein einziges Wort.

Nachdem Wofa Sarpong den Inspektor verabschiedet hatte, kehrte er mit der Peitsche zurück, mit der er seinen Esel traktierte. Er zerrte mich von meiner Hirseschale weg. Als er damit begann, mich auszupeitschen, schrie ich. Doch als ich dann die schrecklichen Laute der Niederlage aus meinem Mund hörte, hielt ich die Luft an. Seine Hiebe machten mir nicht das Geringste aus. Wenn überhaupt gaben sie mir die Kraft, die ich brauchte. Ich würde keine Sekunde länger an diesem Ort bleiben, um mich von ihm wie einen seiner Esel behandeln zu lassen. Ich würde weglaufen und nach Husseina suchen. Aminah konnte ja mitkommen, aber wenn sie sich wie Vieh schinden lassen wollte, sollte sie eben bleiben.

Doch Wofa Sarpong kam mir zuvor. Noch bevor ich einen Fluchtplan schmieden konnte, spannte er seinen Esel vor den Wagen, auf dem sich die Kolanüsse türmten, und befahl Kwesi, mich zu diesem Karren zu schleifen. Aminah warf mir einen Zweig zu und wies mich an, seine Blätter zu kauen, sie mir auf die Haut zu legen, um meine Wunden vom Auspeitschen zu behandeln. Kurz überlegte ich, Wofa Sarpong anzuflehen, den Wagen zu wenden, bei Aminah bleiben zu dürfen. Aber als ich den abweisenden Buckel des Mannes sah, merkte, wie er wütend mit derselben Peitsche auf den Esel eindrosch, die mich gezüchtigt hatte, und »*Ko! Ko!*« rief, war ich in gewisser Weise erleichtert, dass er mich fortbrachte.

Der Wagen rumpelte über Geröll, und mehrmals glaubte ich hinunterzufallen. Je weiter wir kamen, desto dichter wurde der Wald, und ich rang nach Luft. Hätte ich doch nur mit Aminah fliehen können!

Wir erreichten eine kleine Hütte auf einer Palmenlichtung. Wir hatten kaum angehalten, als ein riesiger Mann aus der Tür trat.

»Dogo«, sagte Wofa Sarpong.

»Wofa, du kommst zu früh«, erwiderte der riesige Mann.

»Die hier ist einfach zu dickköpfig. Die macht mir bloß Ärger. Nimm du sie.«

»Ich habe nichts, was ich gegen sie tauschen könnte. Etwas Salz vielleicht.«

»Einverstanden.«

Wofa Sarpong stieg vom Wagen, zerrte mich so brutal an den Ohren hinunter, dass ich fast gestürzt wäre. Doch ich schaffte es, mich wieder zu fangen, und richtete mich zu meiner vollen Größe auf. Am liebsten hätte ich ihm ins Gesicht gespuckt, doch dann würde er mich mit Sicherheit schlagen, und mein Körper war noch zu wund. Auf der Lichtung roch es nach abgestandenem Wasser. Eine Henne gackerte am Eingang zur Hütte, eine Schar von Küken hinter sich.

»Gib mir die Hühner dazu«, sagte Wofa Sarpong.

»Die brauche ich, wegen der Eier.«

»Ich bring dir hier gutes Geld, und du redest von Eiern.«

Noch ein Huhn kam heraus, ein grau-grüner Hahn, der stolz auf und ab marschierte, ohne zu ahnen, dass er in Wofa Sarpongs Fängen landen würde. Ich sah Dogo an, den riesigen Mann, dem das ebenfalls klar war und der mit den Schultern zuckte, bevor er den Vögeln nachlief. Die kreischten und gackerten, während sich Dogo wiederholt aufrichtete und den Schweiß abwischte. In der Zwischenzeit ging Wofa Sarpong in Dogos Hütte und kam mit Stoffballen und verrostetem landwirtschaftlichem Gerät wieder heraus.

»Der Stoff ist nicht für mich«, sagte Dogo und legte flehend die Hände zusammen.

»Sag ihm, er soll zu mir kommen«, erwiderte Wofa Sarpong und marschierte auf und ab wie der Hahn, den er sich gleich schnappen würde.

»Bitte!«, fuhr Dogo fort, doch Wofa Sarpong starrte ihn nur böse an, sodass der riesige Mann verstummte.

Ich wollte lachen und staunte, dass so ein Hüne klein beigab, wenn der winzige Wofa Sarpong etwas befahl. Dogo ließ Wofa Sarpong machen, was er wollte, was entweder bedeutete, dass er ihm etwas schuldete oder dass der Hüne nicht besonders schlau war.

»Komm, und nimm die Kolanüsse«, sagte Wofa Sarpong, als redete er mit einem seiner Kinder.

Die Hühner rannten immer noch umher.

Der Mann ging in seine Hütte und kehrte mit drei großen Körben zurück.

»He, du!«, rief Wofa Sarpong.

Ich zuckte nicht mit der Wimper. Ich ließ mir Zeit und sah ihm dann direkt in die Augen. »Hassana.«

»Komm, und hol die Kolanüsse.«

Ich nahm einen Korb und füllte ihn mit Nüssen von dem Wagen. Aus den Augenwinkeln sah ich, wie Wofa Sarpong Jagd auf den Hahn machte. Er stürzte sich auf ihn und griff daneben. Ich konnte nicht anders, ich musste kichern.

Irgendwann erwischte er Hahn und Henne und hievte sie mitsamt dem Stoffballen, dem landwirtschaftlichen Gerät und einem Sack Salz auf den Wagen.

»Du hast ja noch die Küken«, sagte Wofa Sarpong. »Die werden groß und legen Eier. Aber was die hier angeht ... wer will schon ein so dickköpfiges Mädchen wie das hier?«

»Die Weißen entlang des Volta-Stroms sind weiterhin nicht wählerisch«, erwiderte Dogo. »Aber an der Goldküste lässt sich so kein Geld mehr verdienen. Ich gehe jetzt nach Osten.«

»Fast hätte sie dafür gesorgt, dass mich der Inspektor erwischt. Sorg dafür, dass die Obroni sie weit fortbringen. Bis bald.«